Despertar

Obras da autora publicadas pela Editora Record:

Avalon High
Avalon High – A coroação: a profecia
de Merlin
Cabeça de vento
Sendo Nikki
Na passarela
Como ser popular
Ela foi até o fim
A garota americana
Quase pronta
O garoto da casa ao lado
Garoto encontra garota
A noiva é tamanho 42
Todo garoto tem
Ídolo teen
Pegando fogo!
A rainha da fofoca
A rainha da fofoca em Nova York
A rainha da fofoca: fisgada
Sorte ou azar?
Tamanho 42 não é gorda
Tamanho 44 também não é gorda
Tamanho não importa
Tamanho 42 e pronta para arrasar
Liberte meu coração
Insaciável
Mordida

Série O Diário da Princesa
O diário da princesa
Princesa sob os refletores
Princesa apaixonada
Princesa à espera
Princesa de rosa-shocking
Princesa em treinamento
Princesa na balada
Princesa no limite
Princesa Mia
Princesa para sempre

Lições de princesa
O presente da princesa

Série A Mediadora
A terra das sombras
O arcano nove
Reunião
A hora mais sombria
Assombrado
Crepúsculo

Série As leis de Allie Finkle
para meninas
Dia da mudança
A garota nova
Melhores amigas para sempre
Medo de palco
Garotas, glitter e a grande fraude

Série Desaparecidos
Quando cai o raio
Codinome Cassandra
Esconderijo perfeito
Santuário

Série Abandono
Abandono
Inferno
Despertar

MEG CABOT

DESPERTAR

ABANDONO • VOL. 3

Tradução de
Camila Mello

1ª edição

— Galera —
RIO DE JANEIRO
2015

CIP-BRASIL. CATALOGAÇÃO NA FONTE
SINDICATO NACIONAL DOS EDITORES DE LIVROS, RJ

Cabot, Meg, 1967-

C116d   Despertar: Abandono vol. 3 / Meg Cabot; tradução
Camila Mello. – 1. ed. – Rio de Janeiro: Galera Record,
2015.

(Abandono; 3)

Tradução de: Awaken
ISBN 978-85-01-09756-9

1. Ficção juvenil americana. I. Mello, Camila. II. Título. III. Série.

15-23692
CDD: 028.5
CDU: 087.5

Título original em inglês:
Awaken

Copyright © 2013 Meg Cabot, LLC

Todos os direitos reservados.
Proibida a reprodução, no todo ou em parte,
através de quaisquer meios.
Os direitos morais do autor foram assegurados

Editoração eletrônica: Abreu's System
Adaptação da capa original: Renata Vidal

Texto revisado segundo o novo Acordo Ortográfico da Língua Portuguesa.

Direitos exclusivos de publicação em língua portuguesa
somente para o Brasil adquiridos pela
EDITORA RECORD LTDA.
Rua Argentina, 171 - Rio de Janeiro, RJ - 20921-380 - Tel.: 2585-2000,
que se reserva a propriedade literária desta tradução.

Impresso no Brasil

ISBN 978-85-01-09756-9

Seja um leitor preferencial Record.
Cadastre-se e receba informações sobre nossos
lançamentos e nossas promoções.

Atendimento e venda direta ao leitor:
mdireto@record.com.br ou (21) 2585-2002.

> *Filho meu,*
> *Aqui de fato pode haver tormenta,*
> *mas morte jamais.*

DANTE ALIGHIERI, *Purgatório*, Canto XXVII.

Na escola, eles nos mandaram seguir as regras.

Não fale com estranhos. A segurança vem primeiro, disseram. *Não corra — a não ser que seja para fugir de um estranho, é claro.* Esperava-se que fugíssemos de estranhos o mais rápido possível, da mesma forma que Perséfone, a menina daquele antigo mito grego, tentou fugir quando Hades, o rei dos mortos, foi atrás dela.

Mas regras são coisas engraçadas; de vez em quando, estão erradas. Segundo as regras, pessoas da nossa família não devem nos machucar.

Porém, não fugir da minha própria carne e sangue foi o meu primeiro erro.

O segundo foi fugir de John Hayden. Ele era exatamente o tipo de estranho que vivem descrevendo na escola. Não, ele não me ofereceu balas ou drogas. Mas um só contato com aqueles olhos cinza, repletos de tormenta, e mesmo sendo uma menina inocente de 15 anos eu já soube que a sua oferta seria bem mais viciante do que chocolate ou metanfetamina.

Como eu poderia saber que ele tinha aqueles olhos cheios de tormenta porque também foi traído por uma pessoa que, segundo as regras, devia ter cuidado dele?

Talvez isso fizesse com que nossos caminhos se cruzassem sempre, independentemente do quanto tentássemos fugir. Qual outro motivo justificaria o fato de os dois terem ido parar em uma ilha batizada em homenagem aos ossos humanos que foram encontrados ali? Parece que temos mais do que apenas alguns esqueletos no armário.

Os ossos que deram esse nome infame ao local — Isla Huesos, "Ilha dos Ossos", em espanhol — já deviam ter sido removidos. Mas a tendência de sempre cometerem atos cruéis de enganação nessa ilha ainda não acabou.

Neste momento, não é nem a minha família, *nem* John que se aproxima de mim, e, sim, uma tempestade. Sei disso por causa dos alertas que fico recebendo no celular. Espera-se que um ciclone tropical gigantesco, "produzindo ventos extremos e altas condições para enchentes", atinja a ilha na qual eu e minha mãe planejáramos ter um "recomeço". De acordo com o último aviso, eu devo ir com cuidado (*ande, não corra*) para o abrigo de emergência mais próximo.

O problema é que estou a mais de mil quilômetros abaixo da superfície da terra e da trajetória da tempestade.

Mesmo assim, toda vez que o meu telefone vibra, eu checo os alertas e meu coração se acelera. Não por eu estar em perigo, mas porque conheço pessoas que estão.

E fico mais chateada ainda porque, em vários sentidos, a minha família se mostrou parecida com as barricadas que os líderes comunitários da Isla Huesos construíram para evitar inundação nas áreas mais baixas: não são muito confiáveis. Na verdade, alguns deles se mostraram feitos de um material inferior. Eles se despedaçaram em vez de fazer o que deviam: impedir que os seus entes queridos se afogassem.

Mas talvez isso seja o que eu mereça por acreditar que as regras me manteriam a salvo.

Tudo isso mudou. Dessa vez, as únicas regras que vou seguir são as minhas.

E agora, quando a tempestade vier, em vez de fugir, vou encará-la de cabeça erguida.

Espero que ela esteja pronta para mim.

> *Muitos sempre se põem diante dele;*
> *Ao julgamento vão, cada um à sua vez;*
> *Falam, e escutam, e depois às profundezas são enviados.*
>
> DANTE ALIGHIERI, *Inferno*, Canto V.

*E*le em Primeiro Lugar.
Era isso que estava escrito em letras brancas na camisa que a menina estava usando.

— Quem é *ele*? — perguntei para ela.

Se não estivesse tão cansada, teria logo percebido, mas achei que a camisa se referia a alguma banda ou título de filme, alguma coisa assim... não que eu fosse assistir.

— Ah — disse a menina, sorrindo. Ficou visivelmente feliz com a pergunta. Obviamente, era para isso que ela usava aquela camisa, para gerar perguntas como a minha. Deu para perceber isso pela resposta animada e ensaiada. — Meu Senhor e Salvador. Ele sempre vem primeiro.

Não faça isso. Não se meta. Não é a hora de ter uma conversa teológica — ou qualquer conversa — além do necessário. Lembre-se do que John disse: há centenas de pessoas aqui, talvez milhares. Você não pode ajudar todas elas, apenas as que parecem estar em situação pior, ou que estejam prestes a causar problemas...

— Você não acha que há *algumas* circunstâncias em que Ele gostaria que você se colocasse em primeiro lugar? — Eu me ouvi dizendo. — E se tivesse um incêndio? Ele não ia querer que você corresse primeiro e depois rezasse?

— Sim, claro — disse a menina, rindo —, mas eu ainda estaria colocando Ele em primeiro lugar no meu coração, da mesma forma que Ele me coloca em primeiro lugar no coração Dele. Ele está sempre com a gente, sabe, nos protegendo do mal.

Eu não devia ter perguntado. Até mesmo a pessoa que estava atrás dela na fila, um jovem que provavelmente morreu em um acidente de jet ski, a julgar pelo short tropical e pela falta de camisa, olhou para ela sem acreditar.

— Você se olhou no espelho recentemente? — perguntou para ela.

O sorriso desapareceu, e ela ficou assustada.

— Não. Por quê? Tem alguma coisa no meu dente?

Ela fez um movimento para pegar a mochila que estava sobre um dos seus ombros, mas eu a segurei. Se não fizesse isso, acho que ela teria encontrado um estojo de maquiagem com espelho, e, então, teria visto o que todos nós víamos: os estilhaços cristalinos do vidro de um carro inseridos nos seus cabelos louros, como diamantes em uma coroa, e a marca intensamente vermelha que o volante deixou em sua testa quando o airbag não abriu.

Ninguém a protegeu, mas para que dizer isso a ela? Provavelmente começaria a chorar, e então eu teria de passar mais tempo ainda a confortando — um tempo que John avisou que não tínhamos.

— Os seus dentes estão ótimos — falei rapidamente. — Você está linda. Aqui, bebe isto. — Peguei um copo d'água da minha bandeja e dei a ela. — Vai se sentir melhor.

Pela primeira vez, fazia calor no Mundo Inferior. Era por isso que eu estava carregando uma bandeja com copos cheios de água bem gelada. Era um gesto ridículo — como entregar salva-vidas no *Titanic*. Eu não podia mudar o que havia acontecido com aquelas pessoas. Tudo o que podia era fazer com que a viagem até o destino final fosse um pouco mais confortável... e tentar apressá-los.

O Mundo Inferior estava passando por um excesso de pessoas e de calor, tendo chegado ao ponto de condições insustentáveis.

— Obrigada — disse a menina. Pegou o copo e deu um gole graciosamente. Dessa vez, o sorriso não foi ensaiado. — Estou com tanta sede. — Disse ela depois com um tom vago, como se, no meio de tudo o que havia acontecido com ela nas 24 horas anteriores, a sede fosse o mais incrível.

Bem, morrer pode causar desidratação.

— É — concordei. — Desculpa pelo calor. Estamos dando um jeito nisso.

— Dando um jeito? — repetiu o menino de short tropical. — Estamos esperando aqui há horas. Que tal algumas respostas em vez de água?

— Eu sei — falei para Short Tropical. — Desculpa. O barco está chegando, eu juro. Estamos tentando acomodar o máximo de pessoas, o mais rápido possível, mas estamos um pouco atrasados no mo...

— Por que a gente vai acreditar em *você*? — interrompeu Short Tropical. — Quero falar com o seu chefe.

Senti uma onda de raiva emergindo em mim, mas lutei para manter a calma.

— E de onde você tirou que *eu* não sou a chefe? — desafiei.

Ele caiu na gargalhada.

— Olha pra você — disse ele.

Não me contive. Olhei para baixo. Enquanto a maioria das pessoas estava com roupas leves, como o Sr. Short Tropical — alguns estavam de camisola hospitalar, ou até mesmo de pijama, qualquer roupa que estavam usando quando a morte os levou, eu estava com um vestido justo de manga curta cuja barra arrastava no chão. Embora o material fosse de algodão bem fino, ele ficava grudando na minha perna, e não apenas porque as ondas do lago estavam mais violentas do que o normal, jorrando espuma e estourando na doca. Alguns cachos do meu longo cabelo negro haviam escorregado do coque em que tentei prendê-lo e estavam grudando no meu pescoço. Eu teria dado o meu celular, e possivelmente até o meu sutiã, por um ar condicionado ou ventilador.

Mas, no final das contas, o Short Tropical não estava se referindo ao meu guarda-roupas.

— Quantos anos você tem? — indagou ele. — Quinze? Dezesseis?

— Dezessete — respondi cerrando os dentes, tentando me conter e não jogar a bandeja inteira em cima dele. — Quantos anos *você* tem? Legalmente, tem que ter pelo menos 18 pra alugar um jet ski na Flórida.

Eu sabia disso porque a minha mãe reclamava o tempo todo que crianças ficavam apostando corrida no mangue onde ela estava estudando seus amados colheiros rosados. Os jet skis atropelavam golfinhos e peixes-boi (e às vezes até mergulhadores) logo abaixo da superfície, e os matavam sem que o motorista nem percebesse.

Com exceção dele. Não sei o que Short Tropical atingiu, mas foi forte o suficiente para matá-lo.

— Tenho 19 — disse ele com uma expressão de espanto. — Como você sabe que foi um...

— O meu trabalho é saber — interrompi. — Você pode falar com meu chefe quando quiser... é meu namorado. Aquele ali no cavalo.

Apontei para a doca na frente da nossa. Lá estava John no seu cavalo negro, Alastor, e mais dois homens altos e musculosos vestidos de couro preto, tentando conter uma multidão bem mais agitada. Se a fila da qual eu estava cuidando estava descontente, a deles já estava se rebelando. Ninguém estava recebendo copos d'água ali — caso contrário, já teriam estourado os copos na cabeça de alguém e usado os cacos de vidro como arma.

— Hum, não, obrigado — disse o Short Tropical, virando o rosto para o outro lado de maneira nervosa enquanto John puxava um homem pela gola para afastá-lo da garganta de outro. — Estou bem. Vou esperar aqui mesmo.

— Isso — respondi. Apesar da seriedade da situação, não pude evitar um sorriso para mim mesma. — Era isso que eu achei que ia dizer.

É só tentar manter todo mundo calmo, disse John quando descemos do castelo à praia. *Uma única pedra pode causar várias reverberações na água. A última coisa que precisamos agora é de uma revolta.*

Entendi, foi minha resposta.

E não precisa partir para o contato físico, disse John. *Qualquer confusão, estarei lá.*

Como você vai saber?, perguntei.

Se tiver confusão e você estiver no meio, vou saber, disse ele e me deu um sorriso que achei que fosse transformar as minhas pernas em manteiga ali mesmo.

Consegui contornar a rebelião que Short Tropical tentou causar, mas isso não significava que tudo estava uma calmaria... especialmente entre John e eu. Ainda procurávamos maneiras de acalmar a tormenta no nosso relacionamento. Algumas ondas pareciam mais difíceis de controlar do que outras. John não queria que eu ajudasse ali na praia. Queria que eu ficasse no castelo com o Sr. Graves, cuidando de Alex, meu primo, e de Kayla, minha melhor amiga, que ainda estavam se recuperando do choque de terem sidos arrancados da terra dos vivos e levados para a terra dos mortos para a própria segurança — não era uma adaptação fácil, como eu bem sabia.

Mas apenas uma olhada na quantidade de almas que apareceu na praia enquanto estivemos na Isla Huesos me deu a certeza de que eu seria mais útil ali do que ao lado das camas de Alex e Kayla. No final, até John teve de concordar comigo.

Mesmo assim, o fato de concordarmos quanto a isso não significava que não haveria pedras no nosso caminho. Eu estava aprendendo que estar em um relacionamento era difícil. Seria difícil mesmo que o seu namorado não fosse uma divindade da morte.

E ele sendo, imaginem o problema.

A menina do *Ele em Primeiro Lugar* puxou o meu braço, tirando-me daquele estado pensativo.

— Desculpa — disse ela —, mas qual o seu nome?

Não dê intimidade para eles. Esse foi outro conselho que John deu na minha orientação às pressas para o trato com almas. *Você está aqui pra trabalhar, e não pra fazer amigos.*

— Pierce — falei para ela. Eu era grata pelos avisos de John, mas o que ia fazer? Mentir? — Olha, desculpa, mas tenho que ir. — Fui saindo em direção ao final da fila, que ia como uma serpente pela doca e pela praia, para além das dunas. — Ainda tenho muitas pessoas pra ajudar...

— Ah, sim — disse a menina, assentindo em sinal de simpatia. — Eu sei, é aquela tempestade, né? Eu devia ter prestado atenção aos alertas da previsão do tempo e ficado na casa do meu pai. Não vi aquela árvore caindo. — Ela deu uma risadinha como se dissesse, *Que bobinha que eu sou por deixar aquela árvore esmagar o meu carro e me matar!* — Enfim, meu nome é Chloe. Só quero que você saiba, Pierce, que Ele também tem *você* no coração.

A princípio, não entendi sobre quem estava falando, mas depois eu me lembrei.

— Hum — falei. — Que bom. Obrigada. Tenho que...

— Não, é sério — disse Chloe, ansiosa para que eu acreditasse. — É verdade; ele realmente tem.

Era verdade mesmo? Ninguém me colocou em primeiro lugar no coração no dia em que a minha avó me assassinou.

Ou colocou a minha ex-melhor amiga, Hannah, em primeiro lugar quando se suicidou. Ou a minha conselheira, Jade, quando foi assassinada. E na noite anterior? Quem colocou o meu primo Alex em primeiro lugar em algum momento da sua pequena e infeliz vida?

E eu não era a única pessoa com dúvidas.

— Você pelo menos sabe onde está? — perguntou Short Tropical para Chloe, sem acreditar.

— Hum — disse ela, olhando para a doca. — Sim. Estamos esperando um barco. Não é? Foi o que ela... — Chloe apontou para mim.

— *No inferno* — interrompeu Short Tropical. — Estamos no inferno. Por que você acha que está tão quente? E tão lotado?

A menina olhou para mim, olhos azuis alarmados.

— Isso não é verdade, é? Estamos no...? — Ela não conseguia falar a palavra.

— É claro que não — falei, olhando irritada pro Short Tropical. Aumentei o tom de voz para que todo mundo que estava por perto me ouvisse. — Um barco vai chegar a qualquer minuto para levar vocês ao seu destino final. Peço desculpas por estar tão cheio aqui, estamos um pouco atarefados, e geralmente não é tão quente, e...

Fui interrompida por uma trovoada tão alta que todo mundo, até Short Tropical, deu um berro de susto. Todos se viraram para a fonte do barulho: uma parede de neblina de quase 15 metros de altura que vinha pela água na nossa direção; devagar, porém decidida.

Parecia um daqueles filmes com múmias, onde tempestades de areia tomam o deserto e engolem o exército valente... só que não havia múmias ali, e era neblina, não areia. E, infelizmente, aquilo não era um filme.

— O *que* é isso? — perguntou Short Tropical, apontando.

— Só uma tempestadezinha — falei. — Normal.

Nem eu achei que a minha voz foi convincente. Por que achei que fosse convencê-los? Um senhor de camisola hospitalar repetiu:

— Uma *tempestadezinha*? E você provavelmente acha que aqueles são apenas alguns passarinhos? — Apontou para cima.

Eu não precisei olhar. Sabia do que estava falando. Uma revoada de pássaros negros foi se acumulando durante o dia, voando em círculos cada vez mais próximos sobre a praia.

— São apenas pássaros — falei, fingindo não estar intimidada. — Não são diferentes desse. — Apontei para um pássaro branco e gordinho, cujas pontas das asas e do rabo pareciam ter sido mergulhadas em tinta preta acidentalmente. Estava sentado perto de mim, no corrimão da doca. — São totalmente inofensivos.

O senhor de camisola hospitalar riu como se eu tivesse contado uma piada — não muito engraçada, visto que a risada foi um tanto amarga.

— Eu sou um ornitólogo amador, senhorita. Eu sei a diferença entre pombas e corvos. — Aquele ali — apontou para Esperança, meu pássaro de estimação — é um membro da ordem dos Columbiformes. Eles não fazem mal.

Ele tinha razão. Na verdade, Esperança salvou a minha vida várias vezes, embora isso não fosse visível — principalmente quando ela ficava se aprumando como se estivesse em um spa, e não em um porto a caminho do inferno (ou do paraíso).

— *Aqueles* pássaros — continuou o Camisola, apontando para cima — são corvos. Pássaros que comem restos. Quer saber resto de que eles comem? Carniça... restos de mortos. Em outras palavras, *nós*.

Chloe se engasgou, e não foi a única. Ouvi murmúrios de insatisfação na fila inteira. Ninguém gosta da ideia de ter a carne devorada, nem mesmo quem já está morto.

Era bem o tipo de coisa que acontecia comigo, ter um ornitólogo amador na minha fila.

— Ei — falei, segurando o braço de Chloe para tranquilizá-la. — Está tudo sob controle. Estão vendo isso? — Mostrei o pingente pesado de diamante que eu usava em volta do pescoço em uma corrente dourada. Geralmente, eu o mantinha escondido embaixo da roupa porque coisas horríveis aconteceram com as pessoas às quais o mostrei. Mas as pessoas dali já haviam sofrido a pior coisa que o destino ofereceria.

Quer dizer, era isso que eu esperava.

— Este diamante fica preto em sinal de aviso sempre que tiver algum perigo ou confusão por perto — expliquei. — Então estamos todos bem.

— Jura? Eu diria que estamos ferrados, porque mais preta do que essa pedra, não existe. — O Short Tropical apontou para o próprio braço. — E de ficar preto eu entendo.

Olhei para baixo. Ele estava exagerando, mas a pedra havia mudado de cinza prateado para o mesmo tom de preto das pontas das asas e da cauda de Esperança.

Droga. Eu não devia ter ficado surpresa com a mudança de cor, considerando tudo o que estava acontecendo ao nosso redor. Talvez, além de agir como detector das Fúrias, o diamante também mudasse de cor quando o tempo ficava muito ruim.

Antes que eu pudesse dizer qualquer coisa, Chloe perguntou, com tom de curiosidade:

— É tipo um anel de humor? Já tive um desses. Ficava no tom mais lindo de roxo quando estava perto da minha mãe e minhas irmãs, mas sempre que o meu pai entrava no quarto, ficava preto. Meu pai ficou tão chateado que jogou o anel fora. Disse que devia estar quebrado.

— Devia estar — disse Short Tropical, erguendo as sobrancelhas para mim. — Foi por isso que você fugiu dele de carro no meio de um furacão e bateu a cabeça? Você e seu pai não se davam muito bem?

— O quê? — Os dedos de Chloe tocaram sua testa nervosamente. — O que tem de errado com a minha cabeça?

— Nada — falei rapidamente, e escondi o pingente sob o vestido. — Olha, vai dar tudo certo. Estamos tendo algumas dificuldades técnicas, só isso. Estamos fazendo tudo pra consertar o problema. Obrigada pela paciência.

Eu só não sabia como consertar neblinas — muito menos trovões, temperaturas lá nos quarenta graus e pássaros predadores — em um lugar sem céu, localizado em uma caverna subterrânea onde o sol jamais brilhava. É certo que as orquídeas negras e outras flores que desabrochavam no pátio do castelo lá em cima do monte não precisavam de luz para crescer. Eram o que a minha mãe, uma bióloga ambientalista, chamaria de "enganadores" não fotossintéticos.

Tecnicamente, eu também era uma enganadora. Todos os habitantes permanentes do Mundo Inferior, incluindo o meu namorado, enganaram a morte de um jeito ou de outro... embora alguns habitantes tivessem feito isso mais recentemente, e portanto não estavam tão familiarizados com a etiqueta do reino dos mortos.

Ou pelo menos foi isso que tentei dizer para mim mesma quando ouvi alguém correndo pelo píer. Eu me virei e vi meu primo voando na minha direção.

— Pierce — disse Alex, parando abruptamente na minha frente. Ofegante, ele se inclinou para descansar as mãos sobre os joelhos e recuperar o fôlego. — Graças a Deus você está bem. Achei que nunca fosse encontrar você.

Não sei o que foi mais chocante: ver o meu primo Alex com um lenço preto na cabeça, estilo pirata, e um chicote enrolado na mão, ou o fato de estar demonstrando preocupação pelo meu bem-estar. Ambos eram igualmente bizarros.

— Alex — falei quando me recuperei do choque —, quando você acordou? — Quando o vi pela última vez, ele estava no castelo, deitado em uma maca na cozinha com a consciência indo e vindo. Segundo o que me disseram, era uma reação comum dos que voltavam da morte e eram levados ao Mundo Inferior. — Achei que o Sr. Graves...

— Esse é o cara estranho de cartola? — Alex esticou a coluna e secou o suor na testa. — É, foi bem fácil escapar dele.

— Não me espanta, considerando que ele é cego — falei com raiva. — E ele não é estranho. Os médicos que trabalhavam em barcos se vestiam daquele jeito no século XIX, quando ele chegou aqui... — Parei de falar. Pela expressão de Alex, dava para ver que o que eu estava dizendo parecia loucura.

— Claro — disse Alex com sarcasmo. — Isso não é nem um pouco estranho.

— Você não machucou ele, né? — perguntei, dando uma olhada no chicote. Então meu coração bateu forte. — Cadê a Kayla?

O queixo de Alex caiu.

— Ai, meu Deus, não me diga que a Kayla também está aqui!

Eu não acreditei.

— Alex, é claro que ela está. Você não se lembra? Nós trouxemos ela pra cá pra protegê-la da...

— Deixa pra lá — disse Alex, balançando a cabeça. — Tarde demais pra voltar e buscá-la. O garoto e o cachorro louco estão atrás de mim. — Ele segurou o meu pulso. — Vem, Pierce, ouvi falar de um barco. Temos que achar esse barco.

— Alex — falei, olhando para a mão dele. — Do que você está falando?

Alex parecia impaciente.

— Pierce, você não está entendendo? Eu estou salvando você.

Cada um aos seus olhos eram escuros e cavernosos.
De rostos pálidos, e tão emaciados
Que a pele se formava a partir dos ossos.
DANTE ALIGHIERI, *Purgatório*, Canto XXIII.

— Vamos. — Alex apertou o meu braço com mais força. — Não temos muito tempo. Ouvi o cego falando pro menino que isso aqui ia virar um inferno...

Lamentei a escolha de palavras do meu primo quando a multidão, em sua maioria idosa, além de Short Tropical e *Ele em Primeiro Lugar*, começou a murmurar de novo, alarmada.

— Não. — Puxei o braço e dei a bandeja de água para ele. Alex a segurou instintivamente e me deixou pegar o chicote. — Você quer impedir que isso aqui vire um inferno? Dá água pra esse pessoal. Entendeu? Água. Chicotadas, não.

E, com a voz mais baixa, perguntei:

— Tá maluco? A gente trouxe você pra cá pra que você ficasse *longe* do perigo, pra te tirar de perto das pessoas que tentavam machucar você na Isla Huesos. Lembra? Seth Rector? Noite do Caixão? Soa familiar?

Os olhos negros de Alex se franziram.

— É claro que sim, não sou idiota. Finalmente encontrei provas pra acabar com aqueles babacas de uma vez por todas, e no meio do nada eu desmaio e acordo em... — Ele parou de falar e seu rosto franzido tomou uma expressão de confusão enquanto ele olhava em volta. — *Onde* estamos, aliás?

É claro que ele não conseguia se lembrar. Seth Rector o havia prendido de propósito em um caixão no cemitério da Isla Huesos. Alex morreu sufocado.

Eu, por outro lado, não acho que serei capaz de esquecer a imagem do corpo falecido de Alex rolando para fora do caixão, mesmo que eu e John tenhamos feito o possível para achá-lo a tempo. Então, depois de encontrá-lo sem vida, fizemos o que algumas pessoas podem considerar o impronunciável... e que outras considerariam um milagre.

— Volta pro castelo, Alex — falei para ele com calma. — Encontra a Kayla. Eu sei que devia ter estado lá quando você acordou, mas você dormiu durante horas, e o Sr. Graves estava tão preocupado com a...

Parei de falar; me dei conta de que era melhor não mencionar a palavra *pestilência*. Mas o Sr. Graves estava convencido — e John parecia concordar — de que a neblina, o calor insuportável e a nuvem cada vez mais escura de corvos acima das nossas cabeças tinham uma razão de existir: as almas dos mortos não terem sido enviadas aos seus destinos rápido o suficiente... ou *pestilência*, como chamava o médico do barco.

Pior: fui *eu* quem insistiu para que John me ajudasse a procurar Alex. Fui *eu* quem fez com que ele — e Frank, e o Sr. Liu, e o pequeno Henry, que foi o ajudante do barco onde todos esses homens trabalharam — passasse tanto tempo fora do seu mundo.

Então, se a previsão macabra do Sr. Graves estava se tornando verdade, era inteiramente culpa minha.

— Preocupado com o quê? — perguntou Alex.

— Barcos — falei, em vez de *pestilência*.

Meu celular vibrou. Não precisei nem olhar para ele, já sabia que era outra mensagem avisando sobre a tempestade que se aproximava da Isla Huesos. Só que eu obviamente já sabia disso. Frank, o segundo capitão do *Liberty*, previu a tempestade mesmo sem ter assistido ao canal do tempo, ou recebido uma mensagem de texto. Ele simplesmente olhou para o céu na manhã em que fomos procurar por Alex e notou o brilho avermelhado nas nuvens.

Céu vermelho ao deitar, marinheiro fica animado, disse Frank. *Céu vermelho ao acordar, marinheiro toma cuidado.*

Se tivéssemos levado esse aviso mais a sério, talvez nada disso estivesse acontecendo, e eu não estaria ali tendo de explicar a situação para o meu primo.

Veja bem, Alex, tenho uma notícia boa e uma ruim. A boa é que, apesar de você ter sido assassinado ontem por uns babacas da escola, eu e o meu namorado, que é senhor do Mundo Inferior, ressuscitamos você. De agora em diante, você nunca vai ficar doente, nem envelhecer.

A notícia ruim é que você precisa ficar no reino dos mortos que existe embaixo do cemitério da nossa cidade. Não dá pra fazer perguntas agora porque tenho que levar essas pessoas pro barco delas antes que este lugar exploda. Fim de história.

Hum... isso provavelmente não funcionaria.

— Olha, Alex, você está no Mundo Inferior — falei diretamente. — Tenho certeza de que você se lembra de ler sobre isso na escola...

Ele ficou olhando para mim com a expressão vazia.

— ... ou talvez não se lembre. De qualquer maneira, você está a salvo aqui. Ou relativamente a salvo. Vai ficar tudo bem. Você só precisa ter um pouco de paciência...

— Melhor se acostumar a ouvir essa frase — avisou Short Tropical ao Alex, e revirou os olhos.

— Sabe de uma coisa, ainda tem espaço suficiente pra você ali naquela outra doca — falei para Short Tropical e apontei. Ele calou a boca. Eu me virei para Alex. — Agora, qual é a desse chicote?

Alex olhou para a bandeja de copos d'água que estava segurando, com uma expressão ainda um pouco confusa.

— Eu... eu achei o chicote enquanto vinha pra cá. Foi engraçado porque eu pensei que seria bom ter alguma coisa pra me proteger daquele cachorro sinistro que estava me seguindo, e o chicote... meio que apareceu. Você disse *Mundo Inferior*?

Fiz que sim com a cabeça. Se tivesse tempo, eu teria explicado exatamente por que o desejo dele virou realidade: foi uma cortesia das Moiras, que funcionavam mais ou menos como zeladores invisíveis do Mundo Inferior e forneciam quase tudo que os seus habitantes desejavam ou demandavam. Panquecas para o café da manhã? Apareciam feito mágica, bem quentinhas e nadando na manteiga. Vestidos no tamanho certo que acentuavam as suas curvas? Eu tinha um armário cheio deles. Uma arma para se proteger da besta excessivamente exuberante e gigantesca de John, o Tifão? Pelo visto, um chicote apareceria, de maneira bem conveniente.

A única coisa que as Moiras *não* providenciavam era aquilo que Alex mais queria... uma saída daquele mundo.

Mas não havia tempo para explicar tudo isso para ele.

— Sim — respondi. — O Mundo Inferior. Agora volta pro castelo e acha a Kayla, e prometo que vai ficar tudo...

— Espera aí. O *Mundo Inferior*? — A voz de Alex falhou. — Aonde os mortos vão? Você acha que eu sou idiota? Não existe *Mundo Inferior*...

A última pessoa que achei que me ajudaria era a menina do *Ele em Primeiro Lugar* — mas foi isso mesmo o que aconteceu.

— Tenha fé — disse Chloe, e tocou o braço de Alex com gentileza. — Se você mantiver Ele em primeiro lugar no coração, Ele vai fazer o mesmo por você.

O Short Tropical revirou os olhos.

— Lá vem ela de novo.

— É verdade — repetiu a menina. Virou-se para Alex e falou com mais carinho. — Eu sou a Chloe. Ouvi ela chamando você de Alex. É um nome muito bonito. Sabia que *Alexander* significa protetor dos homens?

— Eu não sabia. — Uma vermelhidão havia começado a aparecer sobre a gola da camiseta de Alex, indo até a marca escura dos seus cabelos; acho que porque Chloe estava tocando nele. Apesar da ferida horrorosa na sua testa e do sangue nos seus cabelos, ela era mesmo uma graça, especialmente quando sorria, o que fazia naquele momento. — Hum... Chloe é um nome bonito também.

— Obrigada — disse Chloe. — É um nome bíblico. Significa jovem e desabrochando.

— Hum — disse Alex, olhando para a mão de Chloe. — Que legal.

Maravilha, pensei enquanto prendia o chicote no cinto do meu vestido. Alex estava no Mundo Inferior havia menos de 24 horas e já estava se envolvendo com uma menina com quem não tinha nem o mínimo de chance de ter um relacionamento, visto que ela iria para o seu destino final dentro de alguns minutos.

Apesar de que eu não devia ter me surpreendido. As pessoas da minha família pareciam ter um talento sobrenatural para escolher exatamente as piores pessoas por quem se apaixonar, inclusive eu.

— Eu sou Nilo — disse Short Tropical, inclinando-se na direção deles. Obviamente, não gostava de ser excluído. — Também é um nome bíblico.

Chloe ficou perplexa.

— Eu não me lembro de ninguém na Bíblia chamado Nilo.

— Não? — Nilo cruzou seus braços musculosos. — Quando a filha do faraó foi se banhar e encontrou um cesto com o pequeno Moisés, qual era o nome do rio?

Chloe respondeu automaticamente:

— Nilo.

Nilo sorriu.

— Então.

Alex também sorriu.

— Maneiro — disse ele. Bateu as costas dos dedos na mão de Nilo, o que fez com que a mão de Chloe deslizasse de seu braço. Alex não pareceu notar, mas Chloe notou. E ficou perplexa.

Eu entendi. Sentir-se confusa diante do comportamento de Alex não era novidade. Além disso, frequentei uma escola só para meninas, então os meninos em geral eram um mistério, com exceção do meu namorado, que era um mistério embrulhado em um enigma.

Eu estava começando a achar que isso era uma das coisas que me atraíam em John. Ele pode ter me deixado frustrada em alguns momentos, mas pelo menos nunca foi entediante. Ou, como disse certa vez o Sr. Smith, o sacristão do cemitério da Isla Huesos (e especialista no Mundo Inferior), *a eternidade é um longo tempo. Então, se eu fosse passar esse tempo com alguém, eu escolheria uma pessoa impossível... mas interessante.*

Uma buzina soou, tão alta que pareceu sacudir a doca. Todo mundo deu um pulo, inclusive eu. Esperança soltou um grito assustado e saiu voando. Suas asas brancas eram facilmente distinguíveis em contraste com as negras acima de nós.

Infelizmente, eu sabia muito bem o que era aquela buzina — só nunca a havia escutado tão perto antes. Reconheci também o estrondo que seguiu o som ensurdecedor. Não era trovão, nem meu celular vibrando com notícias sobre o tempo na Isla Huesos. Era o motor do barco.

— Está tudo bem — falei. Ainda não dava para ver a proa em meio à parede grossa de neblina, mas o que mais poderia ser? — É só o barco.

— Está chegando? — A menina do *Ele em Primeiro Lugar* se engasgou de tanta emoção, e olhou para os outros passageiros com olhos arregalados. Nenhum deles compartilhou do seu entusiasmo, talvez por estarem, em sua maioria, na casa dos 80 e 90 anos, e também por ainda estarem irritados com a umidade e com o comentário do outro senhor sobre corvos comendo pessoas. — Oba! Eu esperei por isso praticamente a minha vida toda. Finalmente estou indo pra casa.

Alex estava mais animado. Parecia tão entusiasmado quanto Chloe.

— Que bom — disse ele. — Nossa oportunidade de sair daqui.

— Hum, Alex. — Ele olhou em torno de si freneticamente, procurando por um lugar para deixar a bandeja de água que eu havia dado para ele. — Você não vai sair daqui. Só eles vão.

— Como assim? — perguntou ele, ainda sem jeito com a bandeja. — O barco está chegando. Você acabou de falar.

— Sim — respondi, ciente de que os olhos amáveis e azuis de Chloe estavam arregalados diante da nossa conversa. — Mas nós não podemos entrar no barco. Só eles podem.

Alex largou a bandeja com tanta força que alguns copos caíram e rolaram até o lago.

— Você disse que a gente ia pra casa.

— Não, a Chloe falou isso — expliquei. — E ela não quis dizer ir pra casa, *casa*. Quis dizer...

— Eu quis dizer que finalmente estava indo pra casa, pra *Ele* — disse Chloe ainda de olhos bem abertos. Ela olhou para mim com expressão de dúvida. — É pra lá que o barco está levando a gente, *né*?

— Certamente — respondi.

Se eles perguntarem, disse John para mim mais cedo, *diz que o barco está levando pra onde eles quiserem. Pro paraíso, pra próxima vida... qualquer coisa que você tenha que dizer pra fazer com que eles andem, pra que a gente possa receber o próximo grupo de passageiros.*

Pra onde o barco leva eles?, perguntei.

Ele deu os ombros. *Como é que eu vou saber? Os únicos que voltam pra contar são os que não gostam do lugar pra onde foram.*

Também conhecidos como Fúrias, pensei e tremi. Tive mais experiências com elas do que gostaria.

Mas elas só retornam pro mundo dos mortos, falei, para garantir que eu havia entendido. *Pra possuir os corpos das pessoas burras. Certo?*

Pessoas fracas, disse ele com um sorriso. *E sim... geralmente.*

Geralmente? Não gostei desse comentário, mas não tive tempo de perguntar mais.

— E *eles*? — Alex apontou para a multidão no outro lado da doca onde estávamos. Não vi John, mas Frank e o Sr. Liu ainda estavam trabalhando arduamente para controlar os passageiros mais agressivos que estavam esperando.

— Eles também estão indo embora — falei. — Mas também não estão voltando pra Isla Huesos. E tenho certeza absoluta de que você não quer ir pra onde eles estão indo.

Ai, meu Deus, será que tinha como ser mais clara? Será que eu precisava dizer as palavras? Seria grosseria dizer na frente daquelas pessoas — *Eles estão mortos, Alex*. Mas pelo visto eu teria de fazer isso, visto que o meu primo estava sendo extremamente obtuso.

— Bem, eu não vou ficar aqui de jeito nenhum. — Alex estava tão perto de mim que nossos narizes quase se tocavam. — Como é que vou provar que o meu pai não matou ninguém se estou preso no Mundo Inferior?

— Assim que a gente acabar de ajudar essas pessoas, podemos voltar pro castelo e decidir como ajudar o seu pai.

— Voltar pro castelo e decidir? Quem é você agora? O diretor Alvarez?

O que aconteceu com o velho Alex, eu me perguntei, aquele tão mal-humorado e na dele que mal dizia uma frase inteira em um mesmo dia? Acho que ressuscitar afetava cada um de maneira diferente. Fez com que Alex virasse um verdadeiro pentelho.

— Ei — disse Nilo para Alex. — Não desconta nela. Ela está apenas fazendo o trabalho que tem que fazer.

Talvez o Short Tropical não fosse tão ruim assim.

— Isso, e é uma pena você não vir com a gente — disse Chloe para Alex —, mas não se preocupe. Tenho certeza de que o Senhor tem outro plano pra você. — Ela olhou para mim. — Pra vocês dois.

— Ah, isso eu garanto — disse uma nova voz, profundamente masculina, atrás de mim. Eu me virei e vi John, alto e escuro e não muito satisfeito, sentado no seu cavalo, Alastor.

— Ele tem, sim.

Quando percebi a montanha tremer,
Como algo que despenca, um frio me tomou,
Como toma aquele que à sua morte se encaminha.

DANTE ALIGHIERI, *Purgatório*, Canto XX.

— Chloe não estava falando de você — disse eu para John, apoiando os cotovelos no corrimão de madeira da doca. — Ela estava se referindo ao outro Senhor.

John ergueu uma das sobrancelhas escuras.

— Ah, aquele Senhor — disse ele. — Erro meu.

A ideia era que ele parecesse intimidador — a divindade da morte montada no seu cavalo de ébano, patas dianteiras no ar —, e acredito que ele fosse intimidador para as outras pessoas, a julgar pelas reações causadas pela sua chegada. Atrás de mim, ouvi a surpresa de Nilo e Chloe.

No entanto, ele era o cara mais lindo que *eu* já havia visto, mesmo com a boca torta em um sorriso cínico diante da ideia de alguém se referir a ele como *o* Senhor. John estava bem longe de ser puro — como eu sabia muito bem.

Eu já havia desistido de controlar o meu pulso, que saltava sempre que eu o via. Eu não tinha controle sobre o meu coração quando John estava por perto, da mesma forma que John não tinha controle sobre o seu cavalo detestável, Alastor, que estava saltitando nas ondas espumantes como se tivesse pisado em um dos copos de vidro que Alex havia derrubado... não que isso fizesse diferença, visto que os copos virariam pó sob as patas massivas do cavalo.

Dá para fazer uma entrada bem teatral no lombo de um cavalo negro quando você é o senhor do Mundo Inferior, principalmente se está de jeans preto, braceletes com pinos de metal e coturnos. John havia abandonado o longo casaco preto de couro que geralmente usava, mas o vento forte e quente do lago fazia com que as ondas arrebentassem em torno de Alastor, e com que os longos cabelos negros de John — no estilo *"death metal* gótico"*, conforme ouvi mamãe explicar erroneamente para o meu pai certa vez — se esvoaçassem ao redor do seu rosto e pescoço. Isso fez com que a entrada tivesse um efeito extremamente dramático.

Contudo, a aparição de John não teve o mesmo efeito hipnotizante sobre Alex; não como teve em mim e em todas as outras pessoas na doca.

— Esse cara, *não.* — Alex veio para o meu lado com uma expressão de nojo. — Eu não suporto esse cara. É tudo culpa dele.

Ai, não. Que momento mais oportuno para Alex estar recuperando a memória... e que tom menos apropriado para falar de John.

— Alex — disse John com calma, olhos focados no meu primo. — Deu pra ver que era você lá do outro lado da praia. A Pierce só fala com esse tom específico quando você está por perto. O que está fazendo aqui?

Ele teve de segurar o cabresto com força, de modo que os bíceps saltaram e as mangas da camiseta ficaram apertadas.

Isso distraía muito — pelo menos a mim —, mas eu tinha outras coisas com as quais me preocupar. Tinha quase certeza absoluta de que meu primo e meu namorado iam começar a brigar, o que seria péssimo porque John e eu ainda estávamos buscando estabilidade entre nós, mais ou menos da mesma forma que Alastor buscava um local sólido na areia embaixo das suas patas.

— Alex achou que eu precisava de ajuda — expliquei —, mas conversamos e expliquei as coisas, e agora está tudo bem.

Infelizmente, John não acreditou nessa mentira descarada.

— Como ele saiu do castelo? O Tifão jamais teria deixado ele passar... — John parou de falar e olhou para o meu chicote. — De onde saiu *isso*?

Olhei para baixo.

— Ah — falei quando percebi o chicote. — O Alex achou este chicote, mas eu...

— Você é o cara da Noite do Caixão — interrompeu Alex, apontando para John de novo. — Eu me lembro. E você estava lá quando eu acordei no cemitério. Você me trouxe pra cá. — Disse a palavra *cá* como se fosse o pior lugar do universo, o que não é verdade; é óbvio que é o Ensino Médio é pior. — Bem, eu quero voltar. *Agora*.

John ergueu uma das sobrancelhas... o que nunca era bom sinal.

— Você não acha que cada pessoa que está aqui quer exatamente o mesmo? — perguntou ele, e um trovão rugiu novamente, mais alto do que antes. Quando John estava emocionalmente perturbado, podia piorar a situação do tempo com a mente, mas eu tinha certeza de que os trovões que ouvimos o dia todo eram naturais, e não paranormais. — Por que você acha que é mais importante do que eles?

— Tenho negócios inacabados na Isla Huesos — disse Alex. — Assuntos *importantes* que são questão de vida ou morte. Você sabe do que eu to falando.

— Sei — disse John e pegou um dos tablets pequenos com os quais ele e a equipe se comunicavam enquanto trabalhavam. — Volta pro castelo, Alex. Quando a gente colocar esse pessoal no barco, eu e você podemos conversar sobre os seus assuntos inacabados. Mas agora não é um bom momento.

Se eu fosse o Alex, teria feito o que John falou. A sua voz havia passado do carinho ameno, quando falou comigo, para uma textura de areia, como a que era jogada pelo vento em nós.

Alex, no entanto, nunca foi muito bom em entender dicas, muito menos em acatar ordens, e certamente não ia fazer isso naquele momento.

— Ah, me desculpa — disse Alex em um tom sarcástico. — Estou interferindo em suas atividades de ocupadíssimo diretor de cruzeiro? Longe de mim impedir que os passageiros curtam o seu lazer. Estou apenas preocupado com o meu pai na prisão.

Felizmente, a buzina da marina soou novamente, longa e solitária, chamando a atenção para o fato de que a proa de uma barca gigantesca estava aparecendo no meio da neblina densa.

— Está chegando! — exclamou Chloe, animada e apontando. — O barco! Estou vendo!

Eu também o vi. E John também, apesar de ter levantado a cabeça apenas por um momento. Era no tablet que ele recebia a informação de qual morto devia ir para qual doca. Viveu uma vida de prazeres egoístas e pecado? Vai para a direita. Viveu uma vida de decência moral? Vai para a esquerda.

Ou talvez fosse o contrário. Difícil lembrar quando as pessoas ao seu lado estavam brigando.

Quem mandava essa informação? As Moiras? O Senhor da camiseta de Chloe? Alienígenas? Isso era um grande mistério, assim como de onde vinham os tablets.

— Cara — berrou Alex para John —, você me escutou?

Dessa vez, John nem se deu ao trabalho de levantar a cabeça.

— Eu acho que já falei pra você, Alex, que meu nome é John, e não Cara. Pierce, o que você sabe sobre cabos de atracação?

— Tudo — respondi. Eu não fazia ideia do que estava falando. — Fiz isso ontem durante o almoço.

Vi a pele em torno dos olhos de John se enrugando enquanto ele olhava para o tablet, quase como se estivesse tentando suprimir um sorriso, apesar da seriedade da situação. John e eu não estávamos no melhor momento do relacionamento, mas pelo menos ele estava aprendendo a se soltar um pouco... um sinal promissor, considerando sua profissão — sem falar de seu passado.

E de fato, ele estava sorrindo quando levantou a cabeça. Guardou o tablet.

— O Frank e o Sr. Liu estão ocupados na outra doca. Vou precisar da sua ajuda quando o barco atracar.

Fiquei surpresa. John nunca havia me pedido ajuda, embora o Sr. Smith tivesse me dito que tudo indicava que eu seria a "consorte" escolhida por John, o que significava esposa ou amante ou alguém que comandava alguma coisa.

John, tendo nascido no século XIX, preferiria que eu fosse a sua esposa, embora eu tenha explicado que hoje em dia as pessoas que se casavam na nossa idade acabavam em reality shows na MTV.

John perguntou o que era MTV.

— Onde ela teria aprendido a atracar usando espias? — perguntou Alex antes que eu pudesse dizer qualquer coisa. — Ela fez a escola mais cara pra meninas em Connecticut. Eles só ensinavam a fazer toalhinhas decorativas.

Ignorando Alex completamente, falei para John:

— Eu tenho certeza de que, se você me mostrar, eu aprendo.

— Excelente. — O olhar de John sobre mim era quente. — Então mais tarde talvez você me mostre como fazer toalhinhas decorativas.

John fez uma piadinha!

Isso não era tão incrível para um cara normal, mas em um passado bem recente, a única maneira que John conseguia usar para se expressar era batendo os punhos. Era incrível ver que meus esforços para civilizá-lo estavam dando certo.

Alex, no entanto, parecia não gostar.

— Tá de sacanagem comigo? — indagou ele, dando um soco no corrimão e olhando para John com raiva. — Ela não é forte o suficiente pra amarrar um barco daquele tamanho. E para de me ignorar. Você vai me deixar entrar nesse barco pra ir pra casa e ajudar o meu pai.

— Alex — falei, me virando para o meu primo. — Eu quero ajudar o seu pai também. Mas já falei, esse barco não vai levar ninguém pra Isla Huesos, e mesmo que fosse, você não pode...

— Eu falei com você, Pierce? — retrucou Alex. — Acho que não. Fica quieta.

Atrás de mim, Chloe deu um berro de susto, depois segurou os meus dois braços e ficou atrás de mim, usando meu corpo como escudo. Eu não entendi contra o quê, até levantar a cabeça.

John tinha virado o cavalo, e o estava controlando sobre as ondas até chegar na beira do píer de madeira. No meio do nada, Alastor começou a subir os degraus do píer. Todas as almas recém-falecidas estavam grudadas no corrimão de madeira nos dois lados da doca, abrindo caminho para o animal espumante e seu cavalheiro, cujos olhos cinza brilhavam como raios.

— Ai, não — disse Chloe com um gemido perto dos meus cabelos.

— Tudo bem — falei para acalmá-la. — Ele prometeu que nunca ia machucar ninguém. — Se bem que, a julgar pela expressão lívida no rosto de John, ele parecia ter se esquecido daquela promessa que fez havia tanto tempo na beira da piscina da minha mãe. Talvez os meus esforços para torná-lo mais civilizado não estivessem indo tão bem quanto eu pensava.

John parou bem na frente de Alex e desceu do cavalo, que deu uma baforada quente no rosto do meu primo.

— Isso foi pra me impressionar? — perguntou Alex para John com a voz um pouco trêmula.

— Não — disse John. A voz dele estava surpreendentemente calma, considerando o brilho intenso e cinza em seus olhos. — O meu cavalo não gosta de você. Às vezes, eu tenho dificuldade em controlar ele perto de pessoas das quais ele não gosta.

Alastor mostrou os dentes, cada um do tamanho de um dedão do pé. Alex engoliu a saliva, fazendo um barulho bem audível.

— John — falei, tirando os dedos de Chloe do meu vestido e me posicionando no meio dos dois meninos. — O Alex acabou de acordar. Ele não teve tempo de conversar com o Sr. Graves. Ele não sabe onde está ou o que aconteceu exatamente...

— Mas ele conhece você, não conhece, Pierce? — John colocou as mãos nos meus ombros para me mover, com carinho, mas com firmeza, para o lado. Embora eu tenha fincado os meus calcanhares na madeira da doca, foi como tentar resistir às ondas abaixo de nós. Eu me vi encolhida ao lado de Alastor; uma posição que nem eu, nem ele aprovamos.

— Ele sabe que você sempre foi boa com ele. E, no entanto, depois de tudo que a sua prima fez por você — continuou John, falando com Alex com o mesmo desdém que Alastor mostrava por mim —, você mostra a sua gratidão falando com ela com grosseria e roubando uma *arma* da minha casa? — Ele apontou para o chicote preso na minha cintura. — E *essa* arma, ainda por cima?

Olhei para o chicote na minha cintura e fiquei sem saber do que John estava falando. De fato, não foi muito legal de Alex pegar o chicote — ou qualquer outra arma — para usá-la contra John ou qualquer outro residente do Mundo Inferior, em especial porque o meu primo era um convidado ali, mesmo que não soubesse disso a princípio.

Mas chicotes não são conhecidos por serem armas letais. Alex não roubou uma faca da cozinha, que, aí sim, realmente poderia machucar ou até matar alguém. Para ferir uma pessoa fatalmente com um chicote, ele teria de amarrar a vítima e chicoteá-la múltiplas vezes, mas antes de fazer isso, seria interceptado por um de nós. Era uma escolha estranha por parte das Moiras, e ainda mais estranha por ter causado tanta raiva em John.

— O que você ia fazer com ele? — perguntou John, ainda apontando para o objeto.

— Eu... — Alex abaixou a cabeça e olhou para o tênis, como se percebesse que havia feito algo não apenas idiota, mas também constrangedor. — Eu... eu não sei. Só queria me proteger e proteger a Pierce também, depois que encontrasse ela.

A julgar pela maneira como a expressão de John se amenizou, vi que Alex deu a resposta certa — embora ele mesmo não tivesse percebido isso, pois ainda estava de cabeça baixa.

Coitado do Alex. Ele não tinha culpa por agir daquela maneira de vez em quando. Foi criado pela nossa avó porque seu pai, meu tio Chris, passou a maior parte da vida de Alex na prisão por tráfico de drogas, e ele mal conhecia a própria mãe. Ela trabalhava no "ramo do entretenimento", do tipo que apenas maiores de idade podiam acessar na internet.

— Peça desculpas pela forma como falou com ela — disse John para Alex —, e talvez eu possa perdoar você por ter roubado a arma.

Revirei os olhos diante desse discurso senhoril. Vi que John percebeu a minha reação porque os cantos da boca dele se tencionaram — mas mesmo assim ele não tirou os olhos de Alex, que ainda olhava para o sapato.

Para a minha surpresa, Alex levantou a cabeça e olhou bem dentro dos meus olhos.

— Desculpa, Pierce — disse, como se estivesse sendo sincero. — Nada disso é culpa sua, eu não devia ter culpado você. Não sei o que tem de errado comigo. Desde que acordei, me sinto meio... estranho.

Na verdade, não sei se de fato eu não tinha culpa de nada. Talvez aquilo com Seth Rector não fosse culpa minha, mas certamente algumas das coisas horríveis que começaram a acontecer desde que cheguei na Isla Huesos eram culpa minha, como o assassinato da nossa conselheira, Jade. Aquilo aconteceu porque me confundiram com ela.

Mas não achei que mencionar isso ajudaria naquele momento.

— Tudo bem — falei com calma. — Você vai se sentir meio estranho no começo mesmo. É normal pra EQM.

Quando percebi a sua expressão de dúvida, me lembrei de que nunca expliquei para ele sobre o clube exclusivo do qual nós dois participávamos.

— EQM — repeti. — Experiência de quase-morte.

— Ah. — Alex pareceu um pouco menos confuso. Ele sabia tudo sobre o "acidente" onde perdi a vida e virei uma EQM, embora, ao contrário dele, eu tivesse voltado a viver por meios naturais, e não sobrenaturais. — E a Kayla? Você falou que ela está aqui. É EQM também?

— Não, Alex. Ela estava lá quando a polícia nos pegou no mausoléu dos Rector salvando você. A gente trouxe ela pra cá pra que eles não prendessem ela.

— Ah — repetiu Alex com uma expressão sombria.

Achei que seria apropriado dar um abraço em Alex, mas da última vez em que tentei ele endureceu o corpo e ficou que nem o cadáver que acabou virando algumas horas depois. A família Cabrero não era exatamente afetuosa — a não ser que assassinatos contassem.

— Eu... me desculpa pelo chicote — disse Alex mais para John do que para mim. — Mas... eu ainda vou tentar fugir daqui assim que tiver uma oportunidade. — Ele adicionou essa última parte com pressa e de maneira defensiva.

— Eu não esperaria menos de um membro da família da Pierce — disse John, em um tom ameno de novo. — Mas até encontrar uma forma de fugir, pode muito bem ser útil. *Você* já atracou algum barco?

Alex fez uma expressão desdenhosa.

— Eu moro numa ilha de três por seis quilômetros. É claro que eu já atraquei...

Eles foram interrompidos por outro longo soar da buzina. Mas dessa vez, ele não foi emitido pelo barco que vinha em direção ao píer onde estávamos. Veio do outro lado do lago, de algum lugar lá no meio da neblina obscura e cinza que se impunha sobre nós com a mesma rapidez do barco.

— Algum problema? — perguntou Chloe ansiosamente. Ela notou a mesma coisa que eu... uma expressão de ansiedade que apareceu no rosto de John de repente. Definitivamente, havia alguma coisa errada, a julgar pela maneira como ele franziu os olhos e tensionou a mandíbula quando olhou para o outro lado do lago. O que foi que ele viu que o resto de nós não conseguia ver?

— Capitão Hayden!

Novos passos foram ouvidos, vindos da doca de madeira, muito mais leves do que os de Alex, porém, mais altos, porque o dono usava sapatos de salto com fivelas grossas.

Virei o rosto e vi Henry Day correndo até nós com um objeto de metal nas mãos. Não muito atrás dele — mas não tão rápido — vinha a minha amiga Kayla com um vestido de seda lavanda esvoaçante e cabelos compridos e negros que caíam em cachos selvagens em torno do rosto e sobre os ombros nus. O rosto de Henry mostrava preocupação, ao passo que a expressão de Kayla era de irritação, principalmente quando viu Alex.

— Muito obrigada por me abandonar, Cabrero — rosnou ela.

— Eu não abandonei você — protestou Alex. — Eu nem sabia que você estava aqui.

Kayla respondeu com uma fungada metida, depois falou com Henry.

— Achei que eu tinha falado pra você parar de correr. Algum dia vai cair por causa desse sapato idiota e vai se machucar. — Olhou para mim e balançou a cabeça. — Sério, garotinha. — (Garotinha era o apelido dela para mim.) — Como você atura essa gente?

Eu sorri, feliz — mas não surpresa — em vê-la de volta ao seu normal tão rápido, mesmo depois de tudo por que passou. Se eu tivesse de escolher uma palavra para descrever Kayla seria *adaptável* — que, conforme ela me contou, foi o que viu escrito no topo do seu registro disciplinar. *Antagoniza figuras de autoridade, porém se mostra adaptável.*

— Obrigada, pratiquei bastante — respondi.

— Capitão — disse Henry. Ele lançou um olhar de reprovação para mim e Kayla. Tinha apenas 10 anos de idade fisicamente, mas havia vivido mais de 150 anos sem nenhum tipo de influência feminina, portanto não tinha muita paciência com meninas. — *Olha.*

Henry esticou o objeto que estava segurando na direção de John.

Era uma luneta portátil de bronze que ficava no quarto de John, onde ele mantinha várias ferramentas náuticas que foram extraídas do *Liberty* depois de naufragado. Esse foi o navio que ele, Henry, o Sr. Graves, o Sr. Liu e Frank navegaram quando vieram da Inglaterra. Uma tempestade o fez afundar no porto da Isla Huesos.

John colocou a luneta na frente de um dos olhos e ficou olhando para o barco que se aproximava. Eu me virei para oferecer um dos copos d'água que não caíram no chão.

— Está com sede?

— Meu Deus, sim — disse ela, e pegou o copo com gratidão. — Você sabe o que é aquela coisa fedorenta que o velhinho está fervendo lá no castelo?

Fiz que sim com a cabeça.

— Cerveja. Sim, eu sei, o Sr. Graves vem tentando acertar a receita faz tempo.

— Ele me fez provar — disse Kayla em meio aos goles d'água. — Eu odeio cerveja. Mas, na verdade, já bebi piores. — Ela olhou para além de mim, para a praia, a doca, e finalmente para o cavalo gigantesco que estava ao meu lado. Devagar, ela abaixou o copo, que já estava vazio. — Mas que *diabos* é isso?

— Não, não é diabo, não estamos no inferno — informou Chloe com alegria. — Estamos aqui esperando pelo barco que vai levar a gente pro nosso destino final.

Kayla olhou para ela.

— Jura? — disse ela, erguendo a sobrancelha com piercing. — Que legal pra você. — Kayla notou a presença de Nilo. — Opa — disse ela com outra expressão. — Oi.

Ele sorriu.

— Oi. Como você está?

O sorriso de Kayla foi grande o suficiente para abrilhantar o Mundo Inferior inteiro.

— Muito melhor agora que conheci você. Eu sou Kayla Rivera, e quem...

— Desculpa, ela tem que ir agora — falei para Nilo. Peguei Kayla pelo braço e a afastei dele. — Será que você pode não flertar com os mortos? — sussurrei.

Ela olhou para Nilo por cima dos ombros nus, surpresa.

— Mentira. Ele está morto? Aquele cara *não* parece morto. Como ele morreu?

— Que diferença faz? — perguntei. — Achei que você gostasse do Frank.

— Eu gosto do Frank, mas *eu* não estou morta. Foi isso que aconteceu com o cabelo da Cindy Lou Quem ali? — Kayla apontou para Chloe com a cabeça. — Aquilo é sangue? Ela está morta? Achei que tivesse apenas tido uma experiência ruim com um secador de cabelo.

— Estão todos mortos — respondi. — Achei que o Sr. Graves tinha explicado isso pra você.

— Ele explicou, durante a degustação de cervejas. Mas como é que eu vou saber quem está morto ou não se não tiver sangue aparente? Sabe, é boa ideia mesmo dar presentes de graça neste lugar, porque se não dessem, quem ia querer ficar? — Ela tocou as presilhas com ametista que estavam nos seus cabelos volumosos. As presilhas combinavam com as mechas roxas que ela havia pintado. — Eu já teria ido embora há muito tempo. Gente morta, cavalos e cachorros gigantes e cerveja caseira? Eca. Falando nisso, se minha mãe não tiver notícias de mim quando acabar o plantão dela no hospital, ela provavelmente vai ligar pra Guarda Nacional.

— Boa sorte pra você — falei. — Lembra da recompensa que meu pai ofereceu pros sequestradores me devolverem?

— Ah, era aqui que você estava? — Kayla ficou surpresa. — Agora entendi por que você não se apressou em voltar. Eu também não me apressaria, se tivesse sido sequestrada por uma pessoa com essa aparência. — Ela deu uma risadinha safada para John, que ainda estava de pé e de costas para nós, observando o horizonte através da luneta que Henry havia trazido do castelo. — Que é exatamente a aparência de Frank, é claro. *Cadê* ele, falando nisso?

Apontei para a doca do outro lado da praia.

— Lá.

Quando me dei conta, ela havia subido no corrimão para acenar e mandar beijos para Frank. Isso não deu muito certo, pois quando Frank levantou a cabeça e sorriu — quase como se tivesse sentido o beijo de Kayla sendo levado pelo vento quente até parar na cicatriz que corria na lateral do seu rosto —, um dos homens na fila atrás dele usou o momento de distração para agarrar sua garganta com o braço.

Felizmente, Frank reagiu rápida e decididamente, batendo com a base da mão no nariz do homem. Kayla pareceu preocupada com os acontecimentos e cobriu o rosto com as mãos — mas seu espanto não foi de preocupação.

— Chave de braço — berrou ela para o outro lado da praia.

— Dá uma chave de braço nele, Frank, seu idiota!

Balancei minha cabeça. Não que eu estivesse surpresa com o que Kayla estava berrando, ou que me importasse por ela ter dado uma olhada na retaguarda do meu namorado — que, devo confessar, tinha uma proporção avantajada naquele jeans apertado.

É que o jeito dela me fez lembrar de uma coisa que meu pai me disse certa vez. O exército havia desenvolvido um estudo para descobrir que tipo de equipamento a empresa do meu pai podia fornecer para ajudar a manter pilotos militares calmos e equilibrados quando estavam pilotando F18s e levando tiros do inimigo, quilômetros acima da terra, mais rápido do que mil milhas por hora.

Colocaram monitores para medirem os batimentos dos pilotos, e as leituras foram feitas sem interrupções por cientistas no solo.

O problema, disse meu pai, foi que os batimentos cardíacos deles permaneceram perfeitamente estáveis quando estavam no ar, mesmo sob ataques simulados.

Era só quando os mesmos pilotos voltavam para casa, quando, por exemplo, estavam manobrando um carrinho de compras na fila de um supermercado lotado, que os cientistas viam uma ascensão estratosférica nos monitores.

Isso serve pra mostrar que não dá pra saber como uma pessoa vai reagir em uma dada situação, disse meu pai.

Não me surpreendia que Kayla estivesse lidando tão bem com a descoberta de que havia um mundo subterrâneo embaixo da ilha onde vivíamos. A única coisa que realmente a chocou foi quando ela testemunhou John e eu ressuscitando Alex. Ela teve certeza de que éramos vampiros... Ah, isso e quando a chamei para comer sorvete depois da escola com a namorada do Seth Rector, Farah Endicott. Tenho certeza de que ela acha que a Farah é uma vampira também.

— Oh-oh — disse Kayla, me cutucando com o cotovelo. Apontou para John, que estava abaixando a luneta devagar com uma expressão confusa. — Parece que o namorado não está feliz.

Mas quando olhei para o mesmo lugar que John observava com a luneta, vi uma coisa que só podia ser boa: a proa de um segundo barco cortando a parede grossa de neblina.

Os passageiros que estavam sendo liderados por Frank e pelo Sr. Liu no píer ao lado também viram. Começaram a comemorar. Acharam que estavam sendo resgatados daquela infelicidade.

Não sabiam que estavam prestes a entrar em um barco que os levaria para um lugar muito, muito pior.

— Que houve? — Fui até John para perguntar. — Vocês nunca receberam dois barcos ao mesmo tempo? Não precisa se preocupar, tá? Todos nós vamos ajudar.

John entregou a luneta para Henry. Eu não soube dizer se ele me viu, muito menos se viu Kayla; estava transfigurado pelo que avistou por meio das lentes.

— Avisa pro Frank e pro Sr. Liu, caso eles ainda não tenham percebido. — John falou com uma voz tão branda e baixa que certamente só Henry e eu ouvimos. — Diz que vou dar um jeito, mas que eles precisam estar prontos, só por garantia.

Henry fez que sim com a cabeça.

— Agora mesmo, capitão — disse ele.

John pegou o tablet no bolso — ou espelho mágico, como Henry, de maneira muito fofa, o chamava — e começou a digitar.

— Por garantia? — Eu me afastei de Kayla e abaixei o tom de voz para que ela e os outros não ouvissem. — Por garantia contra o quê, John? O que está acontecendo? Eu falei que o Alex, a Kayla e eu...

— O problema não é que os barcos estão vindo ao mesmo tempo. — O tom de John era quase inaudível. Não queria anunciar a sua preocupação para o público, mas a sua expressão era a mais grave que eu já havia visto. — O problema é que estão vindo rápido demais.

Quando ele olhou para mim, notei uma coisa nos seus olhos cinza claros que não vi muitas vezes antes: medo.

— Pierce, aqueles barcos só vão parar se baterem em alguma coisa. E a única coisa no caminho deles somos nós.

Quando ao precipício chegam,
Ouve-se gritos, lamúrias e lamentos,
Ali blasfemam a proeza divina.

DANTE ALIGHIERI, *Inferno*, Canto V.

— Quê?

Eu me virei para ver com os próprios olhos.

O primeiro barco — tão grande quanto a barca na qual eu e meu pai costumávamos passar férias em Martha's Vineyard, com espaço para centenas de pessoas e seus carros — vinha na nossa direção através da neblina, parecendo um tubarão branco perseguindo sua presa.

O segundo barco estava voando pela água na direção da doca onde Frank e o Sr. Liu ainda estavam trabalhando.

John tinha razão. Os dois barcos estavam em uma reta que dava direto nas docas.

Olhei para John rapidamente.

— Você não tem como entrar em contato com o capitão e mandar ele virar ou... ou baixar a âncora, ou sei lá o que barcos fazem?

Meu conhecimento de termos náuticos era limitado às camisetas com piadas obscenas relacionadas a piratas que os turistas usavam na Isla Huesos, como *Vem tapar meu olho* ou *Vou me atracar em você*.

— Não tem capitão pra contatar. — A boca de John formava uma linha obscura e reta.

— Então quem tá pilotando?

— Normalmente? As mesmas forças que decidiram me colocar neste cargo — disse ele com os lábios agora curvados em um sorriso amargo.

— As *Moiras*? — exclamei, desesperada.

É claro. Quem mais transportaria as almas dos mortos ao seu destino final?

John levou o indicador à frente dos lábios em sinal de aviso. Apontou para Kayla e os outros, que assistiam aos barcos sem noção nenhuma do perigo iminente. Era evidente que John queria manter a situação dessa forma, visto que me puxou pelo braço e me aproximou de Alastor, de quem todo mundo sempre se afastava bastante. Queria que ninguém nos escutasse.

— Não quero causar pânico — disse John baixinho.

Eu duvidava muito que Kayla ou Alex soubessem o que era uma Moira — muito menos naquele contexto —, mas concordei mesmo assim.

— Claro — falei. — Mas não estou entendendo. Depois de tudo que você fez pelas Moiras, trabalhando que nem um escravo aqui por quase duzentos anos, é *assim* que elas pagam? Por que fariam isso? É tão injusto...

O meu discurso indignado em defesa dele lhe arrancou um sorriso... um que reconheci muito bem: era o mesmo que ele mostrou em alguns momentos especiais no quarto dele na noite anterior.

— Então você ainda se importa comigo — disse ele. Passou um dos braços em torno da minha cintura. — Estava na dúvida. Você não respondeu à pergunta.

— Que pergunta? — perguntei. Qual é a doença que os meninos têm? Eles ficam românticos nos momentos mais bizarros. — Do que você está falando?

— Você sabe do que eu estou.... que *isso*? — Ele se afastou de mim tão depressa quanto me abraçou. Senti um tremor na minha cintura.

— Ah — respondi e peguei o celular no bolso do meu vestido. — Não é nada. Botei o celular para vibrar. Fico recebendo mensagens sobre a tempestade na Isla Huesos.

Desliguei o celular e o guardei novamente.

— E isso? — Ele apontou para o chicote na minha cintura. — Por que ainda está com *isso*?

Olhei para baixo.

— Ah. Sei lá. Pra mantê-lo longe das crianças, eu acho.

Ri para mostrar que estava brincando, embora não estivesse. O comportamento do meu primo Alex ainda beirava o infantil em alguns momentos.

Mesmo assim, John riu.

— Esse chicote era do meu pai — disse ele com o rosto cuidadosamente sem emoção. — Ele o usava no navio quando... — John parecia querer falar, mas achou melhor não. — Bem, ele o usava bastante. Não faço ideia de como o seu primo encontrou isso. Achei que tivesse sumido com o *Liberty* no meio de tudo mais que era do meu pai.

— Poxa, John — falei com carinho e toquei o seu rosto. Só então entendi porque ver o chicote o aborreceu tanto. O relacionamento de John com o pai foi o que a minha analista chamaria de desafiador. — Desculpa. Eu me livro dele.

— Não — falou, e conseguiu dar um sorriso, embora parecesse naufragado na dor de memórias que eram melhores quando esquecidas. — Tudo que veio do navio sempre apareceu por um bom motivo, como o seu colar.

Enquanto falava, ele pegou o diamante de dentro do corpete do meu vestido, com a propriedade confiante de um amante. Mas quando a pedra do tamanho de uma uva parou na sua mão, o sorriso sumiu.

O diamante estava da cor de uma ônix.

Meu coração deu uma balançada nauseante, o mesmo tipo de reação de quando você escuta a sirene de uma ambulância e percebe que está tão alta porque parou na frente da *sua* casa. É a *sua* casa que está pegando fogo, é alguém que *você* ama que está doente, ou com problemas, ou ferido.

Normalmente? As mesmas forças que decidiram me colocar neste cargo, respondeu John quando perguntei quem estava no comando dos barcos.

E quem os comandava agora?

As Fúrias.

Não era de se espantar que o diamante tivesse ficado negro. Não tinha nada a ver com o tempo.

— John, o que está acontecendo? — perguntei, sentindo-me enjoada, como se alguém tivesse me dado um soco na barriga. — Achei que as Fúrias só pudessem se apoderar de humanos na terra. Como podem ter vindo pra cá, pro Mundo Inferior? A gente falou pro Alex e pra Kayla que ficariam a salvo aqui, mas era melhor ter deixado os dois na Isla Huesos se as Fúrias...

— Não se preocupa — interrompeu John, largando o diamante e me segurando pelos ombros. Ele me deu uma pequena sacudida. — Eles *estão* a salvo aqui. Ou vão ficar. Eu vou dar um jeito.

— Como? — Tentei não deixar que a minha dúvida transparecesse, mas só conseguia pensar no aviso do Sr. Graves: pestilência. Se isso não era pestilência, então não sei o que era. — Se as docas forem destruídas, todas essas pessoas, Chloe, Nilo, todo mundo... As almas delas nunca vão chegar aonde têm que ir.

— Vão, sim — disse ele firmemente. — Porque as docas não vão ser destruídas.

— Mas se as Fúrias têm o controle dos barcos...

— Você tem que confiar em mim. Eu sei que já decepcionei você antes...

— O quê? — Balancei a cabeça. — Não decepcionou, não.

— Decepcionei, sim. Mas dessa vez, não vou fazer isso, eu juro.

— John. — Isso era bem a cara dele. Sempre levava tudo nas costas, certo de que tinha de salvar o mundo, e sozinho.

— Não. Deixe eu ajudar desta vez. É pra isso que estou aqui, se tudo o que o Sr. Smith disse for verdade...

— Você pode me ajudar. Aqui.

Surpresa, estiquei uma das mãos para segurar a que ele havia me oferecido. Exceto pela atracação, isso foi o mais perto que John já chegou de me pedir ajuda. Não era sua culpa o fato de estar tão teimosamente concentrado em me proteger. Na época em que ele nasceu, as mulheres eram colocadas em pedestais e só recebiam ordens de passar o dia se embelezando, nada mais (fora todas as mulheres que se matavam de trabalhar nas fazendas e nos moinhos de algodão ou parindo todo ano porque não havia controle de natalidade). Embora John soubesse que as coisas estavam diferentes agora, ele ainda tendia a me ver como uma daquelas mulheres em um pedestal.

Sendo assim, foi um choque quando ele me deu as rédeas do seu cavalo comedor de gente.

— Toma o Alastor — disse com voz baixa e urgente — e volta pro castelo. Aconteça o que acontecer, você vai estar segura lá, atrás das paredes.

— Hum... quê? — respondi, mais de surpresa do que por precisar de mais informações.

Entendi o que ele falou, mas não tinha absolutamente nenhuma intenção de seguir essas instruções.

— O Alastor sabe o caminho — continuou ele. — Se você estiver montada nele, ninguém vai ousar interferir. As pessoas tendem a se sentir intimidadas por ele.

— Não consigo entender por quê — falei, seca.

Olhei para os olhos negros do cavalo, que naquele momento estavam voltados para John, como se ecoando as minhas próprias impressões céticas em relação ao plano. O cavalo havia abaixado as orelhas, uma indicação certa de que estava insatisfeito... tanto que Esperança, a minha pomba de estimação e protetora em tempo integral, sentiu isso e voou do teto da caverna até o cavalo para brigar com ele, batendo as asas em torno da cabeça de Alastor e garganteando sua reprovação.

As orelhas de Alastor apontaram para a frente quando viu o pássaro, como se tudo o que quisesse fosse transformá-lo em um lanchinho.

— Alastor — disse John em tom de aviso. O cavalo se encolheu inocentemente.

Balancei a cabeça.

— John. É um plano muito legal, mas acho que posso fazer mais do que fugir e me esconder no castelo. E o Alex e a Kayla?

— Leve-os com você. Não estou pedindo pra você fugir. Estou pedindo...

— E essas pessoas todas? — Interrompi e olhei para a praia. Foi difícil manter a calma, mas eu me lembrei do meu papel de consorte e me esforcei. — Devem ter mil pessoas aqui, e mais almas chegam a cada minuto. A gente não pode simplesmente abandoná-las.

— Eu não tenho a mínima intenção de abandoná-las. — Ele havia começado a tirar a camiseta preta, uma imagem que me confundia e emocionava simultaneamente. E também me deixava com mais raiva dele por estar usando armas injustas contra mim. — Vai ficar num lugar seguro. Deixa o resto comigo.

— Você acha que simplesmente vou... desculpa, mas está tão quente assim pra você?

Ele olhou para mim sem entender, os cabelos lindamente desarrumados pela gola da camiseta ao passar pela cabeça.

— O quê?

Eu não sabia se queria agarrá-lo, segurar aqueles ombros largos e musculosos e beijá-lo, ou sacudi-lo para que ele acordasse.

— *Por que você está tirando a roupa?* — perguntei.

— Pierce, não temos muito tempo — disse ele sentando-se na beira da doca. — Você é uma amazona hábil. Vai conseguir lidar com o Alastor sem problemas. Ele não é tão selvagem quanto demonstra. Simplesmente não está acostumado à sociedade educada. Só precisa de um pouco de adestramento. — Ele se curvou para desfazer os cadarços das botas estilo militar. Deu uma olhada para mim por debaixo dos longos cabelos negros, que caíram sobre os olhos. — Um pouco como o dono dele, conforme você mesma diz o tempo todo.

Balancei a cabeça.

— Como é que você sabe alguma coisa sobre as minhas habilidades como amazona? Você nunca me viu cavalgando. Eu costumava cavalgar em Connecticut, mas você não pode ter visto porque eu e você não estávamos...

Parei de falar. *Juntos*, era o que ia dizer, então me lembrei de que o fato de não estarmos juntos naquela época não queria dizer que ele não estava me observando... ou *cuidando de mim* — ele certamente preferiria que eu visse dessa forma. Não dava para querer que as divindades da morte seguissem os refinamentos da sociedade moderna, como "não ficar espionando as pessoas".

Eu me lembrei de todas as vezes que bisbilhotei os meus pais e percebi que os humanos também não seguiam essa regra à risca, então não havia como brigar com ele.

— John — falei. — Por que você está tirando os sapatos?

Ele havia dobrado a camiseta com cuidado e a colocado sobre as botas, que estavam alinhadas ao lado da estaca mais próxima.

— Não quero que elas fiquem molhadas — explicou John com simplicidade, e se levantou. — Aqui, toma conta disso até eu voltar, tudo bem? — Ele me deu o tablet. — Sei que você não precisa dele; já tem o seu. Mas talvez o seu primo possa usar isso... ou a sua amiga Kayla. Desse jeito ela não precisa ficar berrando pro Frank do outro lado da praia...

Presumi que ele estava brincando. Lembrei-me da época em que ele não fazia piadas, apenas refletia, e só conseguia atribuir as mudanças no Mundo Inferior — como o fato de bebidas e lençóis serem distribuídos nas docas — à minha influência.

Mas eu teria de ensinar para ele que havia momentos para brincar e momentos para ser sério, e aquele era um momento para a segunda opção. Ver as roupas dele empilhadas tão organizadamente fez com que meu pulso se acelerasse. Depois que minha amiga Hannah morreu, passei bastante tempo on--line pesquisando sobre suicídios. Queria entender como ela pôde fazer o que fez — e só depois percebi que não ia encontrar a resposta em uma página da Internet.

No entanto, uma coisa que aprendi foi que, quando as pessoas tiram as suas próprias vidas pulando de pontes e penhascos, elas geralmente deixam pilhas com os seus pertences ao lado do lugar de onde pularam, coisas que acham que não serão úteis no além, como sapatos, óculos escuros e carteiras. A polícia chamava esses objetos de pilhas suicidas.

Ver a camiseta e os sapatos de John empilhados daquele jeito — sem mencionar o fato de ter me dado o seu precioso tablet — me fez lembrar instantaneamente daquelas pilhas.

— *Aonde* você vai para não precisar disto? — perguntei a John, devolvendo o tablet com vigor. — E por que você acha que não vai voltar?

— É claro que eu vou voltar. — John colocou o tablet no bolso pequeno do meu vestido, ao lado do meu celular. Seu sorriso me deixou mais confiante. — Já falei pra você. Eu vou consertar essa situação.

— Como? — demandei com um tom de voz mais alto. — Se sacrificando por todo mundo, exatamente como no meu sonho?

Ele olhou para mim, confuso, e o sorriso sumiu levemente.

— Que sonho?

— Lembra daquela manhã em que acordei chorando nos seus braços? Foi porque sonhei que você morria — contei. — Eu estava no *Liberty*. Não tinha nada que eu pudesse fazer pra salvar você. Fiquei assistindo você se afogar.

Foi a primeira vez que admiti saber todos os detalhes da noite tempestuosa em que ele foi jogado para fora do deque do *Liberty*: de como ele foi deixado à sorte das ondas como punição por crimes que ele havia cometido no mar: motim... e assassinato. Embora tivesse cometido tais crimes por uma excelente causa — salvar a vida dos seus tripulantes e amigos, Henry, Frank, Sr. Graves e Sr. Liu —, ele foi considerado culpado perante a lei... e, ao que tudo indica, perante as Moiras também.

Mas saber que elas não o julgaram culpado o suficiente para deixá-lo morrer — afinal de contas, deram-lhe o dom da vida eterna — não fez com que o meu sonho fosse menos horrível... e também não amenizou o fato de eu ter sentido que alguém havia arrancado o meu coração do peito e o jogado, ainda batendo, nas ondas, logo após John.

Agora, parecia que o sonho seria encenado novamente enquanto eu estava acordada.

— Pierce — disse ele.

Tentou levantar as mãos — acho que para tocar o meu rosto —, mas não deixei. Se ele me tocasse, eu me quebraria inteira, feito vidro.

— Admite — falei com a voz abafada. — Eu vou assistir a você se afogando de novo. Você vai entrar no mar pra tentar fazer com que os barcos não batam nas docas. Não foi assim que morreu da última vez? É isso que você faz.

— Não — disse ele. Parecia estar se esforçando muito para conter um sorriso. — Porque eu não posso morrer. Eu já morri e voltei, lembra?

— Ainda assim, você pode se machucar — lembrei. Dessa vez, eu o toquei, mas para levantar as suas mãos e mostrar as suas articulações, que eram cheias de cicatrizes.

— Verdade — disse ele. Seus olhos estavam reluzentes demais. — Mas eu me curo bem rápido, lembra? E alguém tem que tentar parar os barcos.

— Você disse que não tem como reduzir a velocidade deles. — Cordas geladas de medo começaram a comprimir meu coração. — Então pra que você vai tentar?

— Eu não falei que vou tentar diminuir a velocidade. — Reconheci o brilho nos seus olhos. Era o mesmo brilho perigoso de quando John ia fazer alguma coisa descuidada. — Eu disse que ia tentar parar os barcos.

Afundei as unhas nas mãos dele.

— John. *Não.*

— Pierce, é o único jeito — falou ele. O brilho perigoso virou outra coisa que também reconheci: teimosia. Ele ia, mesmo que eu não gostasse da ideia. — Eu posso pelo menos proteger as docas.

— Mas e você? — Raios gelados de medo saíram do meu coração e foram descendo a minha coluna. — Quem vai proteger *você*? — Apontei o queixo para o meu diamante. Não tive coragem de soltar a mão de John para apontar para o colar, de tanto medo que ele desaparecesse. — O meu colar... Você viu o que ele faz com as Fúrias. Me leva com você. Eu posso matar as Fúrias.

Os dedos dele já estavam deslizando da minha mão, embora eu estivesse segurando com força.

— Eu sei que você pode, meu amorzinho com sede de sangue — disse ele com o maior sorriso do mundo. — O problema é que agora as Fúrias também sabem disso. — Em vez de se afastar de mim, ele abraçou a minha cintura de novo e me aproximou do seu peito nu. — O último lugar onde você deve estar é aqui, onde elas podem encontrar você. É a nossa última arma. Não podemos perder você.

Olhei para os seus lábios, que estavam bem perto dos meus. Só me dei conta do quanto senti falta daqueles lábios naquele momento, quando estavam tão próximos. Senti o calor das coxas dele pelo pano fino do meu vestido, os contornos fortes dos seus braços sob minhas mãos.

— Eu é que não posso perder *você* — falei.

— Mas eu não posso morrer — lembrou ele. — Só conheço a sensação de estar morto por dentro. Era como eu me sentia, até o dia em que você apareceu nesta praia... lembra? Você veio cheia de atitude me dizer que achava que eu estava tratando as pessoas de uma forma muito injusta. Foi quando voltei a me sentir vivo de novo pela primeira vez em... bem, em muitos anos. Foi por isso que doeu tanto quando você foi embora...

— Por que você fica voltando a esse assunto? — perguntei. A proximidade dele estava me deixando sem ar. — Eu já me desculpei um milhão de vezes por ter jogado o chá no seu rosto...

— Porque foi culpa minha. Eu não lidei com aquela situação, e outras situações que envolviam você, da maneira... — ele procurou a palavra certa para usar — gentil que devia. Mas jurei que, se tivesse outra chance, eu compensaria esse erro. Não tem sido fácil. Em alguns momentos, tive a impressão de que perdi você, e isso me fez sentir morto por dentro de novo.

Eu não conseguia parar de olhar para os lábios dele.

— Então por que está tão sorridente?

— Porque acho que tenho a resposta para a minha pergunta — disse ele. Estava me abraçando com tanta força que dava para sentir o coração dele batendo junto ao meu, forte e contínuo.

— Que pergunta?

— Se você me perdoou. Deve ter perdoado, senão não estaria tão preocupada com a minha saúde. — O sorriso era bem claro agora, dentes de um branco forte em contraste com a pele que era quase tão escura quanto a minha por causa do tempo que ele passou andando no cemitério da Isla Huesos. — Diz que você me ama.

— Não — respondi. Era difícil manter a voz firme, mas eu estava determinada a não me desmantelar na frente dele. Achei que era isso que uma consorte devia fazer: permanecer forte.

O sorriso morreu, e o seu rosto foi tomado por dúvida.

— Não? Não, você não me ama, ou não, não vai dizer que me ama?

— Não, não vou dizer que amo você. Porque assim você não vai fazer nada idiota, tipo se matar por nós. Você vai ter que voltar e descobrir o que eu realmente sinto...

Ele não me deixou terminar. Tocou meus lábios com os seus e me deu um beijo tão intenso que os estilhaços gelados na minha coluna viraram comichões quentes, subindo das solas dos pés até a nuca. Até o meu coração congelado começou a se derreter. Cada centímetro de mim se derreteu com o seu toque, se suavizou em resposta à rigidez dele, tudo vivo de um modo que não estava no segundo antes do beijo.

Não era só porque ele tinha a habilidade de reanimar os mortos e curar feridas (e eu tinha várias feridas para serem curadas — as minhas cicatrizes não eram evidentes do lado de fora, então as pessoas não as viam), ou porque ele era tão incrivelmente atraente.

Era por causa daquilo que não falei: eu o amava. Eu não sei como ele não percebeu desde o nosso primeiro beijo. Cada batimento do meu coração parecia gritar: *Amo você. Amo você. Amo você.*

Mas eu sabia que estava certa. Não ousava dizer isso em voz alta.

Então, da mesma forma abrupta que começou a me beijar, ele me afastou, como tivesse se lembrado de repente que devia resistir a mim. O que era verdade, pelo menos naquele momento. E eu devia resistir a ele também porque, como ele mesmo disse, as Fúrias não estavam apenas naqueles barcos. Estavam em todos os lugares.

Amo você. Amo você. Amo você.

— Não se preocupa — disse ele. O sorriso voltou, mas não tão confiante quanto antes. — Eu vou voltar.

Então ele pulou das docas e mergulhou em direção às ondas escuras e revoltas, desaparecendo da minha vista logo antes de tocar a água.

Se ao menos eu soubesse naquele instante que *Eu vou voltar* seriam as últimas palavras que eu o ouviria dizer.

Em Marte algo evapora, do Vale di Magra,
Tomado por nuvens raivosas de todos os lados,
E de tempestade impetuosa e amarga...
DANTE ALIGHIERI, *Inferno*, Canto XXIV.

Kayla chegou um segundo depois de John desaparecer, mantendo uma distância cautelosa da mandíbula enorme de Alastor.

— Eu vi o que eu acho que acabei de ver? — perguntou ela.

— Não sei — respondi. Eu abaixei a cabeça e torci para que ela não tivesse visto os meus olhos cheios de lágrimas. — O que você acha que acabou de ver?

— O seu namorado mergulhando em, tipo, um metro de água. E ele também não reapareceu na superfície. Deve ter se afogado ou virado sereio. Eu honestamente não sei qual seria pior...

— Você viu um jorro de água com o mergulho? — interrompi.

Kayla ficou surpresa.

— Agora que você está perguntando... não, não vi jorro.

— Nem eu. Ele não está na água. — Todo o calor que John havia injetado no meu corpo com o beijo desapareceu. Eu me senti gelada de novo, e não apenas porque a neblina começou a atingir a praia e estava fazendo com que o vento quente ficasse frio.

— Então cadê ele? — perguntou Kayla.

Respirei fundo.

— Eu só posso achar que ele está lutado contra forças invisíveis do mal. Essas forças se chamam Fúrias. Frank mencionou as Fúrias pra você? O trabalho do John é destruir as Fúrias e garantir que este lugar funcione direito, e que as almas dos mortos sejam encaminhadas pra vida após a morte. E o trabalho do Frank é ajudar ele.

Kayla balançou a cabeça com tanta energia que seus cachos negros quicaram sobre os ombros nus.

— Pelo que o Frank contou, o trabalho *dele* é gerenciar este lugar. O seu rapaz, John, é mais um ajudante. Frank disse que eles são pagos em ouro puro. Disse que vai me dar um pouco.

— Tá bom — respondi. Fui pegar a rédea do Alastor, mas rangi os dentes de irritação quando ele moveu a cabeça para longe. — Você deve mesmo acreditar em tudo que os meninos contam pra você, principalmente o Frank. Me ajuda a pegar esse cavalo, por favor?

— Hum, não, obrigada — disse Kayla. — É bom que o Frank não tenha mentido quanto ao ouro. Eu estava planejando usar o dinheiro pra pagar a minha cirurgia. — Apontou para o peito. Uma das primeiras coisas que ela me disse no dia em que nos conhecemos foi que ia fazer cirurgia para reduzir os seios assim que fizesse 18 anos.

— Entendi — falei. — Bem, se a gente não sair daqui, você vai ter que usar os peitos como boias.

Kayla gargalhou.

— Você é realmente louca, garotinha — disse ela. — Sabe de uma coisa? No começo eu não conseguia entender o que você estava fazendo nas minhas aulas. Pensava, "tadinha da branquela". Mas agora eu entendo. Não me surpreende que tenham colocado você na Ala D.

— Eles também colocaram você na Ala D — falei em tom de defesa. — Então o que isso diz sobre você?

— Todo mundo sabe que eu *sou* louca — disse ela —, mas você fica de um lado pro outro parecendo uma menininha riquinha, sem preocupação nenhuma.

As palavras dela me deram um calafrio até os ossos, mais do que o vento seria capaz de dar. *As pessoas realmente achavam isso de mim?*, pensei. *Menininha riquinha?* Era isso que eu recebia por manter as minhas cicatrizes tão escondidas, enterradas lá no fundo?

— Bem, estão todos errados — respondi. — Não sou apenas uma menininha riquinha sem preocupação no mundo. Sou a rainha do Mundo Inferior. Então é melhor que as pessoas saiam da minha frente.

Kayla gargalhou.

— Melhor você tirar a mão do chicote enquanto fala isso. Fica mais parecendo a rainha de outra coisa.

— Foi mal — respondi e larguei o chicote. — Preciso me livrar dessa coisa.

Atrás de Kayla, as pessoas haviam começado a se reunir na área onde John desapareceu.

— Estou falando, ele entrou — dizia Nilo olhando para a água escura e agitada.

— Eu não vi o esguicho de água — disse Chloe. — Ele desapareceu logo *antes* de cair no mar.

— Tá bom — disse Nilo com uma risadinha. — Um cara desapareceu no meio do nada. Isso é impossível.

— O impossível é ter bandos de *Corvus corax* dentro de uma caverna — disse o senhor que vestia camisola de hospital —, mas você não tem como negar que eles estão sobrevoando a gente, não é?

Nilo deu uma olhada nele.

— Não mesmo.

— Lá está ele! — disse Henry com a luneta na frente de um dos olhos. — Estou vendo!

Todo mundo olhou na direção que Henry apontava, incluindo eu. Lá longe, na casa de leme do barco que ia na direção da doca onde Frank e o Sr. Liu estavam trabalhando, havia uma figura solitária, que mal podia ser discernida por estar tão distante e em meio à neblina cada vez mais grossa.

— Não pode ser ele — disse Alex. — Ninguém consegue nadar rápido assim.

— *É ele* — disse Henry. — Olha. — Passou a luneta para o meu primo. — E ele não nadou. Ele pode ir aonde quiser com um piscar dos olhos; em um segundo, está lá.

Alex deu uma risada e olhou pelo telescópio.

— Tá bom, Baixinho.

— Como você acha que você veio parar aqui? — perguntou Henry com tom ofendido. — Ele trouxe você com um piscar dos olhos, foi assim. E meu nome não é Baixinho. É Henry.

— Não sei do que você está falando, Baixinho — disse Alex. — Ninguém pode piscar os olhos e levar pessoas pra outros lugares. — Mas a sua voz mudou quando viu algo pelo telescópio. — *É ele mesmo.*

Embora fosse impossível discernir o rosto de John àquela distância sem a ajuda de lentes, não foi difícil ver que o barco onde ele se encontrava estava mudando de curso. Havia começado a virar, lenta porém inexoravelmente, na direção do barco que vinha na nossa direção.

— O que ele... Isso é muito estranho — disse Alex. — Não tem mais ninguém na casa de leme. Não tem ninguém comandando esses barcos. Ninguém, fora...

Alex abaixou a luneta abruptamente e ficou olhando para os dois barcos como se tivesse acabado de perceber alguma coisa. Ficou evidente que não foi bom, visto que a palavra que ele soltou começava com C e A.

— Alexander! — exclamou Chloe, chocada. Olhou para Henry. — Tem criança aqui.

Henry foi logo acalmá-la.

— Ah, estou acostumado, senhorita.

— Isso não faz com que seja correto — disse Chloe com uma careta bonitinha.

Alex estava ignorando os dois.

— Foi por isso que ele foi lá. Não tem ninguém comandando os barcos, e eles estão rápidos demais — disse ele. Deu uma olhada acusativa em mim. — Era sobre isso que vocês dois estavam cochichando?

— Sim — falei. — Ele vai tentar parar os barcos.

Todo mundo estava olhando para mim, acho que porque eu estava montada no Alastor. Subi nele antes que eles tivessem percebido — incluindo Kayla. Senti o cavalo ficando tenso de indignação sob minhas pernas quando montei, mas já estava segurando as rédeas com firmeza, assim como o chicote do pai de John, caso o cavalo tentasse fazer alguma besteira. É claro que eu nunca daria uma chicotada nele (aquele chicote era longo demais par ser usado como equipamento de montaria), mas eu poderia cutucar ele com o chicote enrolado mesmo, se tentasse me derrubar.

No entanto, ele deve ter percebido o chicote, porque, apesar de ter jogado a cabeça para trás algumas vezes, não se ergueu, nem deu coice. Apenas deu uma fungada, como se quisesse expressar seu extremo descontentamento com a situação.

Uma coisa que aprendi no trabalho voluntário que fiz em abrigos para animais na minha vida passada — antes de morrer pela primeira vez — foi que metade da luta com animais não domados, como Alastor (e o seu mestre), era psicológica. Você tinha de fazer com que eles achassem que você não está com medo deles, e que está no comando. Que não vai aturar os chiliques deles.

É claro que havia uma diferença entre lidar com um gato selvagem de quatro quilos e com o garanhão de uma tonelada do senhor da morte.

Alex balançou a cabeça devagar, de um lado para o outro.

— Eu não sei qual de vocês é mais louco — disse ele, olhando na direção para onde John foi. — Você ou ele.

— É. — Chloe falou com um tom educado e tímido. — Você não devia estar usando um capacete, não, Pierce? Esse cavalo é bem grande. E se você cair?

— Em condições normais — falei —, sim, eu devia estar usando capacete. Mas as condições não são normais agora, né? Olha, preciso que todos vocês me escutem...

Parei de falar quando percebi que ninguém estava prestando a atenção em mim. Estavam todos olhando para a água, e para o espetáculo do barco gigante que John estava levando... diretamente para o outro.

Alex tinha razão. Mesmo com a neblina que circundava os barcos tão densamente, deu para ver o que John estava fazendo. O vazio no meu peito, bem onde o coração estava antes de John arrancá-lo e levá-lo consigo, cresceu mais um centímetro, permitindo que um pouco mais do ar, que ficou gelado de repente, entrasse.

— Eu não entendo — disse Chloe. Ela também estava assistindo ao drama no outro lado do lago. — Por que ele está levando aquele barco pra *longe* da outra doca?

Alex abaixou a luneta.

— Porque ele vai tentar batê-lo no outro que vinha pegar vocês. — Havia um tom de admiração contrariada na sua voz.

— *Por quê?* — Chloe se virou de frente para Alex.

Era como se eu estivesse assistindo a uma corrida profissional em que os pilotos ficaram completamente loucos e decidiram bater um no outro. Você não quer ver, mas não consegue parar de olhar.

O problema era que eu estava apaixonada pelo piloto maluco, e assistir àquela missão suicida insana estava me destruindo.

— Mas se ele bater um barco no outro — protestou Chloe —, vai acabar morrendo!

— Talvez não — disse Nilo com esperança. — Ele pode colocar o leme na direção que quer e pular enquanto ainda dá tempo. Eu vi isso num filme uma vez.

— Ele vai ser sugado pelas hélices do dois barcos quando eles afundarem — discordou o homem de camisola de hospital com tristeza.

— Não vai, não — retrucou Kayla, e deu uma olhada em mim. — Ele vai ficar bem. Ele vai ficar muito bem.

— Claro. Você não conhece o capitão — disse Henry para Alex, se sentindo ofendido. Puxou a luneta da sua mão. — Os Hayden gostam de destruir as coisas.

Henry não estava exagerando. John havia destruído quase todos os obstáculos colocados no seu caminho até mim, incluindo, mas não apenas, vendedores, professoras, e até portões de cemitério feitos de aço. Um barco de madeira não era nada.

— Acho um desperdício — disse o Camisola, que agora parecia não aprovar a ideia. — Dois barcos em perfeito estado...

— Ele não tem escolha — falei, irritada. — Está fazendo isso pra salvar as docas.

Fiz com que Alastor movesse seu corpo pesado até o meio do píer, e fiquei surpresa por ele ter obedecido aos meus comandos de bom grado, ainda mais porque eu estava calçando sapatilhas de menininha. Quando bati os calcanhares nele, Alastor não deve ter sentido quase nada. Cavalgar de vestido e sem calça não era exatamente confortável, mas, assim como Kayla, eu também era capaz de me adaptar em casos de emergência.

— Então talvez — continuei, quando o Camisola e todos os outros olharam para mim com surpresa — vocês pudessem fazer o favor de não desperdiçar o esforço dele. Precisamos começar a desocupar esta doca, portanto, se todos vocês puderem por favor vir comigo até o castelo, onde estaremos todos a salvo...

Kayla não foi a única a repetir "evacuar?", mas como era a pessoa que estava mais perto de mim, eu me virei para ela e respondi baixo, para que os outros não ouvissem.

— Precisamos voltar pro castelo — falei. — John disse que é o único lugar onde estaremos a salvo.

Kayla piscou os olhos, maquiados de forma exótica.

— A salvo de quê?

— Daquelas forças invisíveis do mal que mencionei antes...

Não mencionei que eu era a preocupação principal de John, nem que ele não havia dito nada sobre Chloe, Nilo e os outros. Mas como eu podia levar Alex e Kayla e deixar o resto deles ali? Quem poderia afirmar que as Fúrias não iriam atrás deles?

Antes que Kayla pudesse dizer qualquer coisa, o Camisola gritou:

— Evacuar? Nós estamos esperando aqui há horas; estamos no começo da fila, e agora você está falando que temos que ir pra outro lugar?

Perto dele, as pessoas idosas começaram a falar mais alto, unindo-se ao Camisola em um coro de protestos. "Ele tem razão!" e "Não vamos pra lugar nenhum!" e "Queremos falar com o responsável!"

Você tenta fazer uma coisa boa para as pessoas, e veja no que dá.

— *Eu* sou a responsável — berrei em resposta.

Seria melhor se eu tivesse simplesmente esmagado eles com o meu olhar e silêncio gelado, mas para fazer isso eu teria de ter mais certeza do que estava fazendo. E eu não fazia ideia.

Mesmo assim, continuei, como uma professora substituta no primeiro dia de aula, com a esperança de que o volume da minha voz escondesse a minha ansiedade e compensasse a minha falta de experiência.

— Tudo o que quero fazer é garantir que ninguém se machuque — gritei. — Então façam uma fila atrás de mim e vamos todos...

Tarde demais. As orelhas de Alastor apontaram para a frente, e ele deu uma fungada. Esperança deu um berro alarmado e de repente saiu de onde estava, no meio das orelhas de Alastor, como se estivesse com medo de alguma coisa. *Mas do quê?*, eu me perguntei. Eu não gritei *tão* alto assim. Será que ela detectou o meu próprio medo?

Quando me virei para ver o que a havia assustado, um relâmpago partiu o ar, jogando uma luz branca diurna na caverna inteira, em vez do crepúsculo rosado que parecia sempre presente.

Chloe não foi a única que berrou. Tenho certeza de que Kayla e Alex — assim como o Camisola e todos os seus amigos — também berraram. Eu sei que os meus ouvidos ficaram com um zumbido depois... provavelmente, fruto de um berro que eu mesma dei.

Quando abaixei o braço que eu havia levantado para proteger o rosto, vi que os dois barcos estavam tão próximos das docas que dava para ter olhado John dentro dos olhos — se os seus cabelos compridos não tivessem obscurecendo o seu rosto. Ele estava lutando para girar o leme, que alguma força invisível estava tentando puxar na direção oposta.

Fúrias. Sem nenhum corpo fraco para possuírem, como faziam na terra, elas não podiam ser vistas a olho nu. Mas eu devia ter percebido que elas estavam ao nosso redor, não apenas por causa da cor do meu pingente, mas também pelo ar gelado, pelo relâmpago, e agora pelo chacoalhar quase indetectável, porém crescente, das ripas de madeira sob os nossos pés. Os copos d'água que Alex havia deixado na badeja sobre o corrimão estavam caindo na água um por um, até que a bandeja vazia também caiu, fazendo um *ploft* no lago.

Agora, todo mundo parecia querer seguir o meu conselho e evacuar. O problema é que não podiam.

— O que está ac-contecendo? — exclamou Chloe, seguran-do-se no objeto sólido mais próximo, que por acaso era Alex.

Fazendo jus ao seu nome, que significava protetor de ho-mens — e agora de uma menina —, Alex colocou um dos bra-ços em volta dela, ao mesmo tempo em que as ondas começa-ram a bater na lateral do píer, fazendo com que todo mundo ficasse com as pernas molhadas até os joelhos.

— Eu não sei — disse ele —, mas acho que a Pierce está certa. É melhor a gente...

A sua voz foi abafada pelo maior estrondo de trovão que já ouvi na vida.

Só que não era um trovão. Eu me virei na sela para ver se John estava bem, sabendo que não havia maneira de ele con-seguir fazer aquele truque que Nilo sugeriu — usar alguma coisa para prender o leme e se jogar do barco para se salvar.

E eu estava certa. O som que ouvimos foi o da proa do barco que John estava comandando dilacerando a lateral do barco contra o qual bateu — com John ainda lá dentro.

Não escutas a dor e sua súplica?
Não vês a morte que o combate
Junto àquela enchente, onde o oceano é como um rio?
DANTE ALIGHIERI, *Inferno*, Canto II.

O som da madeira rasgada e do metal retorcido quando os dois barcos colidiram ecoou tão alto na caverna que pareceu quase uma pancada física. Para alguns de nós na praia — os que não tinham a sorte de ter mãos para proteger as orelhas — foi *de fato* um pancada física.

— Os corvos — berrou o senhor de camisola hospitalar.

Havia começado a chover. Mas não era uma chuva normal, a não ser que gotas tivessem se transformado repentinamente em pássaros pretos gigantes.

Os corvos que antes voavam em círculos predatórios acima de nós, ao se espantarem com o som dos barcos batendo, começaram a cair do ar, um por um, aterrissando como granadas de sangue e penas negras ao nosso redor.

— Cuidado — disse Nilo, puxando Alex e Chloe quando um dos pássaros caiu ao lado deles, quase acertando os dois. Em vez disso, ele bateu no corrimão da doca e ricocheteou na água, onde flutuou por um momento, até se recuperar incrivelmente. Depois de sacudir as asas, ele saiu voando, mas foi apenas até a rocha mais próxima, onde caiu novamente, confuso.

Foi um dos sortudos, porque a maioria dos outros pássaros despencou na areia ou nas rochas, enquanto almas recém-penadas berravam de horror diante dos ossinhos e das penas.

Com o coração na garganta por causa do John, olhei em volta freneticamente procurando por Esperança. Embora ela estivesse no ar, certamente não estava voando tão alto quanto os corvos quando veio o eco, e não podia ter sido tão afetada quanto eles. E com aquelas penas que cegavam de tão brancas, seria fácil encontrá-la — mais fácil do que encontrar John, que podia estar no fundo do lago naquele momento...

Eu não falei que o amava. *Por que não falei que o amava?*

Melhor não pensar nisso. Encontrar Esperança na praia não estava sendo fácil, tanto quanto encontrar John na água, visto que Alastor, como os corvos, levou um susto com o som dos barcos em colisão e entrou em pânico, em resposta ao estrondo em suas orelhas sensíveis. Ele foi para trás, desesperado para voltar ao castelo e ao seu estábulo confortável, onde pássaros não caíam do céu e não havia pessoas berrando diante dos corpos mutilados de corvos. Tentei acalmá-lo, mas foi como tentar acalmar um tubarão atacado.

— Cuidado! — Kayla abaixou a cabeça quando as patas gigantes e forradas de prata passaram perigosamente perto de seu rosto.

Eu estava dando tudo o que podia para me manter viva, e só consegui falar duas palavras: "Estou tentando."

Não havia nada que eu pudesse fazer a não ser deixar que Alastor fosse aonde queria. Era forte demais para que eu o controlasse naquele estado agitado, e quanto mais ele tentava resistir a mim, mais provável de machucar alguém... provavelmente eu.

E Alastor não era o único em pânico. As pessoas paradas na frente do píer, as que seriam as primeiras a entrar no barco, caso ele tivesse chegado, acabaram sendo as primeiras a sofrer as consequências da colisão dos barcos.

Assim que o impacto inicial aconteceu, os barcos se afastaram e a água do lago preencheu o lugar onde os passageiros deviam estar. Outra coisa que consegui ver, na minha posição vantajosa em cima de Alastor — quando ele se virava naquela direção —, era que uma onda de um metro e meio cheia de destroços estava indo do local da colisão direto para o píer.

— Tira todo mundo da doca. — Foi o que consegui falar antes de Alastor se virar, quase arrancando a minha cabeça

Felizmente, Henry pareceu ter me escutado, pois, atrás de mim, ouvi sua voz dizendo:

— Atenção todo mundo, ficar aqui é perigoso demais. Temos que seguir a Srta. Oliviera. É a senhorita no cavalo grande. Sem correr...

Foi tudo o que ouvi antes de Alastor sair disparado pelo píer com as patas tão ligeiras que me perguntei se estariam fazendo faíscas. Naquela velocidade, o vento batia no meu rosto com tanta força que meus olhos começaram a ficar cheios de lágrimas. Tudo o que vi na nossa frente foram formatos embaçados. Torci para que o cavalo não estivesse derrubando gente na sua escapada frenética.

Apesar de não conseguir ver, eu conseguia ouvir. Quando parei de escutar as patas do Alastor batendo nas ripas da doca, e sim na areia seca, comecei a puxar o cabresto com o máximo de força para a esquerda. Eu sabia que, quando os olhos do cavalo são forçados a olhar em uma direção para a qual não quer ir, ele não tem outra escolha a não ser diminuir a velocidade, até enfim parar e se virar para tal direção. Eu sabia, e claro, que devia cavalgar na direção do castelo, mas não tinha como deixar a praia sem me virar uma última vez para procurar meu pássaro e o cara que não me ouviu dizendo que eu o amava.

Alastor não estava desistindo da luta. Achei que fosse arrancar meus braços do lugar, mas finalmente começou a ir mais devagar — com muita reclamação — e finalmente parou, batendo as patas na areia com mau humor.

— Desculpa — falei para ele —, mas você não é o único que está sofrendo aqui.

Eu me virei e vi que poucos dos mortos ouviram o *sem correr* de Henry. As pessoas na ponta da doca já haviam começado a empurrar as que estavam no fundo, desesperadas para chegar no que achavam ser uma praia segura antes que a onda cheia de escombros os atingisse.

Eu entendi por que estavam fazendo aquilo, mas sabia que não ia demorar muito até que alguém fosse esmagado ou empurrado para fora do píer. As pessoas cairiam na água, onde as ondas as levariam para debaixo da doca, e nunca mais seriam vistas.

O que acontece com a alma de uma pessoa quando desaparece no Mundo Inferior?, eu me perguntei.

Uma pergunta ainda melhor: o que aconteceria com aquelas pessoas, agora que os barcos que as levariam ao seu destino final foram destruídos?

Foi algo que não considerei quando convidei-as para o castelo. Será que as Moiras providenciariam barcos novos? Como fariam isso, se as Fúrias acabaram desviando-os?

Mas havia coisas mais importantes com as quais me preocupar naquele momento. Passei os olhos pela superfície da água para tentar achar John. Ele certamente teve tempo de "piscar" — como Henry gostava de dizer — da casa de leme antes da colisão. Mas onde teria ido parar? Por que passamos tanto tempo nos beijando, e tempo nenhum combinando um local para nos encontrarmos depois? Na próxima vez, eu saberia o que fazer. Se houvesse uma próxima vez...

Tinha de haver. Pensar em outra possibilidade era um convite à loucura.

Mas em vez de John, tudo o que vi — além de almas perdidas e espantadas que tremiam com os ventos que estavam rapidamente ficando congelantes — foi Frank. Estava de pé na base da sua doca mostrando dois socos-ingleses.

— Vocês acham que morrer foi doloroso? — perguntava aos homens e mulheres que passavam por ele. Evidentemente, a notícia de que todos deviam deixar a praia já havia se espalhado. — Experimentem sair desta fila. Eu mostro o que é dor de verdade. — Ele notou a minha presença e deu um sorriso, e também uma piscada de olho e um "sim" com a cabeça. — Olá, Srta. Pierce.

— Oi — respondi. — Cadê o Sr. Liu? — Tive de erguer o tom de voz para ser escutada naquele vento, que ficava mais forte.

— Está ali — disse ele, acenando para uma figura grande no final do píer —, fazendo com que os nossos "convidados" se afastem da água ao invés de entrarem nela. Alguns parecem achar que esta é a oportunidade de ouro pra fugir do que as Moiras guardaram pra eles.

Eles não estão errados, pensei com um pouco de mau humor. *As Fúrias fizeram com que fosse assim.*

— Você viu o John? — perguntei para ele.

— Ainda não, mas não se preocupa — respondeu Frank. — Ele sempre aparece.

Esse comentário não me inspirou confiança nenhuma, visto que eu sabia que um dos lugares onde John gostava de "aparecer" era o cemitério.

— OK — respondi. — Bem, se você encontrá-lo antes de mim, fala pra ele...

Um dos homens na fila de Frank saiu correndo pela praia e se ajoelhou na frente do Alastor, fazendo com que o cavalo desse alguns passos para trás de susto. O homem não se parecia com o resto das pessoas da fila. Devia ter a idade do meu pai e estava usando uma roupa bem conservadora — calça cáqui e camiseta de gola muito bem passada.

O efeito, no entanto, era arruinado pelo buraco de bala cheio de sangue no meio do peito.

— Querida — disse ele com as mãos em súplica, olhando para mim. — Você precisa me ajudar. Houve um erro. Eu não devia estar aqui. Eu já falei pra esses homens que eu devia estar no outro lado — ele apontou para a minha doca —, mas eles não escutam...

— Desculpa. — Eu odiava quando gente que eu não conhecia me chamava de querida. Como sabiam se alguém me queria ou não? — Mas tenho que ir embora.

— Você não está entendendo — disse Calça Cáqui, implorando. As lágrimas rolavam pelo seu rosto. — Eu tenho uma filha da sua idade, mais ou menos. Ela precisa de mim. Tudo bem, eu posso não ter sido o pai mais perfeito, mas quem é? Isso não significa que eu mereço ficar com aquelas pessoas.

Eu olhei para ele e pensei no meu próprio pai. Em qual fila ele ficaria quando morresse: esta ou a fila do Camisola, de Chloe e de Nilo? Várias pessoas odiavam o meu pai, o infame milionário Zack Oliviera, porque a empresa dele era parcialmente responsável por um dos maiores vazamentos de óleo da história, que ainda afetava a vida animal e a economia não apenas da Isla Huesos, mas de toda a orla do Golfo.

No entanto, isso não significava que meu pai era uma pessoa ruim. Sempre esteve presente quando precisei dele (bem, com exceção das vezes em que a sogra dele tentou me matar). Mas ele odiava a vovó e fez tudo o que podia para me manter longe dela. Pensando bem, o papai era quase um detector ambulante de Fúrias.

Talvez as Fúrias cometessem erros, como as pessoas. É óbvio que sim, considerando que achavam justo punir uma pessoa como John por um crime que ele teve total justificativa para cometer.

Eu estava abrindo a boca para dizer ao pobre homem de calça cáqui que, apesar de eu simpatizar com o pedido dele, não havia muito que eu pudesse fazer para ajudá-lo naquele momento — eu tinha meus próprios problemas —, quando Frank chegou rapidamente e fez com que o homem se ajoelhasse.

— A senhorita disse que tem que ir embora — rosnou Frank, e arrastou Calça Cáqui de volta para a fila. — Você pode contar a sua história triste pra ela depois — e tenho certeza que é uma história verdadeira.

— *É* verdadeira — insistiu Calça Cáqui. — Eu sofri abuso quando criança, sabe? Ninguém vai levar isso em consideração? Não é minha culpa...

— Se eu ganhasse uma doleta por todo mundo que conheço aqui que tentou usar o fato de ter sofrido abuso quando criança como desculpa pro seu comportamento, seria o homem mais rico do mundo — disse Frank. — O meu pai abusou de *mim* quando eu era pequeno, mas nunca machuquei ninguém. Quer dizer — adicionou, pensativo —, ninguém que não merecesse.

Parei de olhar para Frank e seu novo amigo, distraída pela multidão de almas penadas que se reuniram em volta de Alastor. Mantinham uma distância cuidadosa do seu olhar irado, mas olhavam para mim com expectativa, como se eu tivesse uma coisa que eles queriam.

Levei um ou dois segundos para perceber que eu realmente tinha.

— Com licença, querida — disse uma senhora com voz trêmula. Com camiseta de seda, cordão de pérolas na garganta e bengala em mãos, ela poderia ter sido professora em uma velha escola em Connecticut. Talvez por isso eu não tenha me importado tanto quando ela me chamou de querida. — Está ficando um tanto frio. Nós vimos o acidente, então eu sei que vai levar certo tempo até o próximo barco chegar. Tem algum lugar onde podemos ficar até lá, longe desse vento?

Olhei de um lado para o outro da praia, embora soubesse muito bem que não havia abrigo nenhum para eles — não era como um terminal normal. Os passageiros nunca tiveram de esperar tanto tempo pelo barco. Até onde eu sabia, nunca tiveram de lidar com pássaros mortos caindo do céu, entre outras coisas piores.

Só havia uma coisa que eu podia dizer — apesar de saber que John não ia gostar muito quando descobrisse.

— Tem — respondi à senhora, apontando para o castelo. — A senhora pode ir pra lá.

— Ah — disse ela seguindo a direção do meu dedo. — Entendi.

Não parecia muito animada. Levei alguns segundos para entender por quê. Cada vez que dava um passo, a bengala afundava na areia molhada sob o peso dela. Seriam muitos, muitos metros até o castelo.

O pior foi ver que várias pessoas da fila do Frank — incluindo o Calça Cáqui — estavam olhando para o cordão de pérolas dela com bastante interesse, embora eu não fizesse ideia do que achavam que iam fazer com ele depois de roubá-lo. Não havia lojas de penhora no Mundo Inferior onde pudessem fazer um dinheirinho rápido.

— Espera só um minuto — falei para a senhora de pérolas. — Vou buscar ajuda.

Tentei achar o Sr. Liu. Era tão grande que poderia carregar aquela senhora.

O problema era que o Sr. Liu parecia bem ocupado. Um dos sujeitos dele pulou no lago, como temiam que fosse acontecer, e o Sr. Liu pulou atrás. Agora, estava carregando-o até a beira.

Pelo visto eu teria de começar a oferecer carona ao castelo em cima do Alastor, como se fosse um pônei em uma festa infantil. Ele ia amar.

Foi então que ouvi o Sr. Liu me chamando... pelo primeiro nome. O Sr. Liu nunca me chamou daquele jeito, só usava Srta. Oliviera. Eu sabia que alguma coisa realmente horrível devia ter acontecido para que ele esquecesse aquele mundo antigo de polidez.

Alastor deve ter escutado o tom de urgência na voz do Sr. Liu também, a julgar pelas suas orelhas, que viraram para a frente. Antes que eu pudesse pressionar os tornozelos nas laterais dele, o cavalo se jogou na água, lançando jorros sobre o homem asiático e o corpo que ele carregava...

...um corpo que, conforme me aproximei, foi ficando cada vez mais familiar. Era um homem, sem camiseta, de jeans escuro.

Era John. E parecia — não havia outra maneira de dizer — morto.

Após enfim falar comigo,
Chorando, afastou seus olhos brilhantes...
DANTE ALIGHIERI, *Inferno*, Canto II.

— Ele disse que não podia morrer.

Olhei com raiva para o Sr. Graves, sentada na cama ao lado do corpo falecido de John.

— Ele não pode. — O médico do navio estava colocando um instrumento estranho na orelha. Parecia um trompete ao contrário, mas feito de madeira. Ele colocou o instrumento no peito de John, tentando auscultar o mesmo batimento cardíaco que eu não consegui escutar na praia. — Ou pelo menos achávamos que não.

— Então eu não estou entendendo o que está acontecendo — falei, esforçando-me para manter a voz controlada. — Porque pra mim ele parece super morto.

— Pra mim também. — O Sr. Graves moveu o instrumento em formato de trompete por partes diferentes do peito de John e continuou auscultando. — Isso é muito preocupante.

— *Preocupante?* — repeti. — Eu acho que consigo achar uma palavra melhor do que *preocupante* pra descrever o fato de que o meu namorado, que deveria ser imortal, está morto.

Minha voz tremeu um pouco na palavra *morto*. Eu não conseguia parar de repetir várias e várias vezes na minha cabeça o último momento que passei com John na doca.

Diz que você me ama, disse ele.

Por que eu não disse que sim quando pude?

Como é que aquilo podia estar acontecendo?

Quando saltei de Alastor e me joguei nas ondas para pegar o corpo sem vida de John dos braços do Sr. Liu, ele garantiu para mim, com uma voz tão incerta quanto a minha, que se nós o levássemos para o Sr. Graves no castelo, o médico saberia o que fazer. Não sei se o Sr. Liu acreditava que o médico do navio tinha algum tipo de cura mágica para a morte, algo que o resto de nós não conhecia, ou se falou aquilo para me controlar, vendo que eu estava prestes a ter um ataque histérico. Espero que não tenha achado que conseguiria evitar o que eu fiz em seguida: arrastar John até a praia — com a ajuda dele, e depois de Frank, quando percebeu o que estava acontecendo — e tentar reavivá-lo.

Por que eu não acharia que conseguiria reanimar John sozinha? Fiz isso com Alex. Sabia algumas coisas sobre primeiros socorros — foi o que me salvou na primeira vez em que a minha avó tentou me matar. Eu tinha certeza que isso — ou o pingente de diamante, ou os dois juntos — funcionaria com John.

Mas não funcionou. É claro que não. Estávamos no Mundo Inferior. Era o lugar onde as coisas morriam.

Foi apenas quando alguém me pegou pelos ombros e me puxou de verdade que percebi que os meus próprios lábios estavam frios e congelados, como os de John, por eu estar pressionando a boca — e o meu coração — no corpo dele por tanto tempo.

— Pierce. — Foi a voz de Alex que ouvi ao meu lado. — A gente tem que ir. Temos que sair daqui. Olha. A tempestade. Tá piorando.

E estava mesmo. Os trovões estavam ficando mais altos, e, não sei como, havia começado a chover — se bem que no começo achei que era só a névoa que finalmente havia chegado na praia.

No entanto, a neblina havia mudado de branca para vermelha. Da cor de papoulas. A neblina era tão persistentemente grossa que parecia uma chuva rala...

— Ai, meu Deus — murmurei olhando para os meus braços, e depois para o peito de John. Estávamos cobertos por uma camada fina e rosada.

Céu vermelho ao deitar, marinheiro fica animado. Céu vermelho ao acordar, marinheiro toma cuidado.

Alex apontou para cima. Vi que os corvos que haviam sobrevivido ao impacto do som dos barcos haviam se reagrupado e estavam girando em um círculo pequeno, esperando por uma oportunidade para fazer o que o velho de camisola de hospital havia garantido que fariam... comer os mortos. Só que daquela vez, percebi com horror, não era a carne dos mortos que eles queriam.

Era o corpo do meu namorado falecido.

— O castelo — falei, e me levantei cambaleando. — Temos que levar ele... levar *todo mundo*... pro castelo *agora*.

O Sr. Liu quis carregar o John, mas Alastor deu tanto chilique, trotando, relinchando e batendo o nariz no corpo de John — como se quisesse trazê-lo de volta, ou tirá-lo de cima do ombro daquele homem enorme —, que desistimos e o colocamos sobre a cela do cavalo. Ele pareceu aliviado com a sensação do peso do seu mestre nas costas. Permitiu que eu segurasse o cabresto, e foi para o castelo sem parar, nem relinchar.

Mais de uma vez, durante aquela caminhada longa e assustadora pela neblina vermelha, com as almas penadas lutando e reclamando atrás de nós porque não entendiam o que estava acontecendo — exceto, felizmente, por Nilo e Chloe, que foram ajudando a Sra. Engle, a senhora gentil de pérolas

—, mais de uma vez tive vontade de ser um animal e não entender completamente o que estava acontecendo. Poderia, então, me fazer achar que John estava apenas dormindo, ou inconsciente, e que eu poderia acordá-lo com cutucadas, da mesma forma que Alastor tentou fazer.

Era uma vontade tão forte quanto a de ver Esperança batendo suas asas de um branco puro e dando os seus ataques, mostrando para mim que nem tudo estava perdido.

Mas Esperança não apareceu, nem mesmo quando finalmente chegamos no quarto que John e eu compartilhávamos. Tive a certeza de que a encontraria pousada nas costas da minha cadeira de jantar, aprumando-se meticulosamente. Para a minha grande decepção, o seu posto estava vazio. Ela não estava lá — nem ela, nem ninguém que eu pudesse ver.

E não foi apenas isso: nenhuma chama apareceu na enorme lareira para nos receber, como havia acontecido todas as outras vezes em que entrei ali. E nenhuma das luminárias se acendeu também. A tigela reluzente de prata que ficava no centro da mesa, normalmente transbordando de uvas e pêssegos e maçãs e peras, estava vazia. Até o chafariz que sempre borbulhava animadamente no pátio estava em silêncio.

Isso tudo, pensei com pesar, só podia significar uma coisa: as Moiras nos abandonaram.

Meus olhos se encheram de lágrimas, mas dessa vez eu não me importei com elas, porque serviram para embaçar a imagem do corpo de John ao meu lado, completamente parado e literalmente da mesma cor dos lençóis brancos embaixo de nós.

Felizmente, as lágrimas também embaçaram os rostos das pessoas que estavam em torno do corpo de John e da sua cama, e isso era um pequeno ato de misericórdia. Para que olhar para Alex, jogado no sofá e virando as páginas de um livro que pegou na cabeceira, sem cuidado, irritantemente? *Shhh*, virava a página. *Shhh*.

Ou para Chloe, ajoelhada na beira da cama de John, murmurando rezas que aprendeu a dizer em leitos de morte (e que não estavam ajudando, até onde eu estava vendo. Os olhos de John nem se moveram).

Eu definitivamente não queria ver o Nilo, ainda sem camisa, olhando ao redor com cara de *Que lugar estranho é esse?*

Não queria nem olhar para Kayla, que estava sentada ao meu lado fazendo carinho no meu ombro e murmurando várias e várias vezes:

— Vai dar tudo certo, garotinha. Vai dar tudo certo.

Que sentido aquilo fazia? Era *claro* que as coisas não iam dar certo. Nada ficaria bem, nunca mais.

— Aqui, querida — disse a Sra. Engle, levantando e abaixando uma xícara de chá que Henry havia colocado nas minhas mãos; a xícara não chegou nem a tocar os meus lábios. Ela ficava enchendo a xícara com o conteúdo da chaleira que Henry havia trazido da cozinha. Toda vez que a chaleira esvaziava, eu ouvia os sapatos barulhentos e enormes de Henry no chão conforme ele saía para encher a chaleira de novo.

— Tenta beber, por favor? Vai ajudar.

Do que ele estava falando? Chá não ia me ajudar em nada.

Chorar ajudou um pouco. As lágrimas me ajudaram a não ver a expressão de Frank enquanto ele murmurava de vez em quando:

— Acho que vou dar uma olhada naquele pessoal no pátio. — Sua voz estava tão embargada que eu sabia que na verdade ele estava saindo do quarto para que ninguém visse as lágrimas *dele*.

Enquanto isso, o Sr. Liu ficou sentado em silêncio, como uma rocha, aos pés da escadaria dupla e curvada que levava aos portões (trancados) de saída para a terra. Os braços musculosos estavam dobrados na frente do peito, e a cabeça estava tão baixa que sua trança longa estava caída sobre um dos ombros; seu rosto estava coberto por sombra.

Saber que ele também estava chorando — e que Henry ficava saindo do quarto não para pegar mais chá, mas para que ninguém visse as *suas* lágrimas — não ajudava.

Talvez porque o Sr. Graves fosse um homem da ciência e seu papel fosse dar notícias ruins, ele era o único residente permanente do Mundo Inferior que não estava chorando. Mas as suas palavras levaram todos às lágrimas.

— Quando falei preocupante — disse o médico, colocando o estetoscópio antigo no bolso fundo do seu casaco preto — é claro que quis dizer que era preocupante de uma forma intelectualmente curiosa. Porque todos nós recebemos a vida eterna, contanto que não fôssemos para muito longe do Mundo Inferior. Tecnicamente, o capitão não fez isso.

— Mas *tecnicamente* — disse Kayla — ele ainda está morto.

— Bem, sim — admitiu o Sr. Graves. — Acredito que sim.

No breve silêncio logo após isso, o meu celular tremeu — certamente, outra mensagem com a previsão do tempo na Isla Huesos —, e, ao mesmo tempo, o tablet de John, que estava guardado no meu vestido ao lado do celular, apitou.

Ninguém percebeu isso, muito menos eu. O tablet de John fazia isso em intervalos regulares, notificando-me quando uma alma nova chegava e precisava ser direcionada.

Não sei como John não enlouquecia com aqueles alertas constantes. Eu estava pronta para jogar aquele negócio longe. Infelizmente, isso não faria com que John voltasse.

— Mas e aí, doutor? — perguntou Nilo.

— Perdão, não entendi. — O Sr. Graves parecia confuso.

— Como é que o cara morreu?

— Ah. Lamento, mas não sei. — O Sr. Graves deu um suspiro. — Não consigo encontrar nenhuma ferida. Nenhum sinal de trauma ou machucado interno. Não me parece que ele se afogou...

— Por que ele morreu agora, e nunca antes? — perguntei com a voz rouca. Não falava havia certo tempo. — As Fúrias

80

já machucaram ele várias vezes, e muito — tentei não olhar para as cicatrizes no peito de John, as cicatrizes que anos antes (pelo menos pareciam anos) eu toquei, fazendo-o suspirar —, e ele não morreu. Por que desta vez?

— Eu honestamente não sei. Se fizesse uma autópsia, então é claro que...

Deixei a xícara cair. Ela bateu no chão de pedras, e o líquido morno se espalhou — mas a xícara não quebrou.

Mas antes que alguém pudesse limpar a poça, ela foi rapidamente tomada pelo cachorro gigantesco, Tifão, que havia se posicionado aos pés da cama desde que colocaram John ali e se recusado a se mover.

No fundo, eu me perguntei se o hálito quente do cachorro poderia restaurar a vida do seu mestre. Até então, infelizmente, não estava funcionando.

— Talvez — disse a Sra. Engle, abaixando-se para pegar a xícara — fosse melhor deixar esse papo de autópsia e afins pra depois que todos nós tenhamos passado pelo luto...

Eu estava chorando, mas ainda assim percebi a olhada que ela deu em mim. Quando disse *nós*, estava se referindo a *mim*.

— É, doutor — disse Alex. *Shhh*, chiou a página sob seus dedos. — Sem querer ofender, mas o seu comportamento com relação a defuntos tem que melhorar.

— Cabrero — disse Kayla, franzindo os olhos —, se você fizer isso mais uma vez, eu vou pegar esse livro e dar com ele na sua cabeça até *você* morrer. De novo.

Nilo deu uma risada. Estava encostado em uma parede.

— Por favor — disse Chloe com tristeza, levantando a cabeça atrás dos dedos apontados para cima. — Será que vocês podem não brigar?

— Não tem ninguém brigando — disse o Sr. Liu na escada sem levantar a cabeça. — Não mais.

Os dedos de Alex congelaram sobre o livro, e ele deu uma olhada ameaçadora em Kayla e Nilo.

— Não. Desculpa. Não estamos brigando.

— Peço desculpas, Srta. Oliviera — disse o Sr. Graves para mim com um sorriso sem graça. — Simplesmente quis dizer que a autópsia é a única forma de determinar a causa da morte em casos como esse. Eu certamente não faria isso no capitão, e também não recomendo fazermos uma cova pra ele... pelo menos, não agora.

Ergui a cabeça e senti um pulso — bem pequeno — de esperança.

— Por quê? — perguntei.

— Porque há motivos pra acharmos que o capitão ainda pode acordar — disse o Sr. Graves.

Por conseguinte, aqui onde vês, estou perdido...
DANTE ALIGHIERI, *Inferno*, Canto XXVII.

A pontada de esperança que eu tinha sentido virou uma fagulha.

Eu sabia que isso era ridículo. Estar morto era estar morto. Se tinha alguém que sabia disso, era eu.

Mesmo assim, notei a cabeça do Sr. Liu se levantando, como se ele também tivesse sentido uma pontada de esperança.

E tive de repetir:

— Acordar? Como é que o John pode acordar depois de morto?

— Tipo que nem eu? — perguntou Alex. Agora que minhas lágrimas haviam secado, vi que o livro que ele estava segurando era *A história da Ilha dos Ossos*, que o Sr. Smith havia me emprestado e que fez com que John e eu tivéssemos uma das nossas maiores brigas.

Não consegui me lembrar quem saiu com a razão daquela discussão. Não consegui me lembrar por que brigamos — por que desperdiçamos o pouco tempo precioso que tivemos brigando por qualquer coisa.

— Não exatamente que nem você — grunhiu o Sr. Liu no escuro com um tom de discordância.

— O Sr. Liu tem razão — disse o Sr. Graves. — Você recebeu uma chance de viver de novo, que foi concedida pela sua prima e pelo Capitão Hayden. O capitão, por outro lado, recebeu das Moiras a sua segunda chance, e mais um conjunto de dons extraordinários, dentro dos quais veio a habilidade de conceder a vida aos outros. Com isso, ele devolveu a vida a todos nós. Todos nós já fomos atacados pelas Fúrias antes, mas ninguém foi assassinado. — Ele voltou a olhar para mim. — Perdi a visão por causa de um ataque das Fúrias, sabe? Apesar de nos curarmos muito mais rapidamente aqui, não somos imunes a machucados ou dores. Mas esta foi a primeira vez que um ataque das Fúrias resultou em morte.

Olhei involuntariamente para o corpo passivo de John, observando as cicatrizes longas e brancas que danificavam a sua pele que, tirando isso, era perfeita. O fato de os residentes permanentes do Mundo Inferior não serem imunes a machucados já era bem óbvio para mim havia tempos.

O fato de serem imunes ao envelhecimento, mas pelo visto não à morte, era algo novo.

— E? — perguntou Alex grosseiramente. A indireta de que ele não merecia uma segunda chance claramente o ofendeu.

— E ao mesmo tempo que é *improvável* — disse o Sr. Graves —, eu diria que temos todos os motivos para ter a esperança de que o capitão vai voltar a viver, assim como tenho a esperança de recuperar a minha visão com o passar do tempo. — Ele esticou a mão e tocou o meu joelho, que era a parte do meu corpo mais próxima dele. Não sei como sabia que estava tão perto. Talvez sentisse o calor do meu corpo, da mesma forma que eu podia sentir o hálito de Tifão. — O tempo cura todas as feridas, sabe, Srta. Oliveira. Até mesmo neste lugar.

Acho que ele fez isso para me confortar, do mesmo jeito que Kayla fez carinho no meu ombro. Mas não me senti reconfortada, nem pelo gesto, nem pelas palavras. A fagulha de esperança morreu, como se alguém a tivesse apagado com uma xícara de chá.

Não era assim que devia ser. O Sr. Graves devia dar jeito em tudo, e não ficar me falando as mesmas ladainhas que os meus próprios médicos falaram para os meus pais quando se convenceram de que eu estava louca porque falei que via um cara misterioso de jaqueta de couro sempre que a minha vida estava em perigo.

Todos os motivos para ter esperança? O tempo cura todas as feridas?

Quando alguém da área médica ficava lançando essas velhas frases, era hora de desistir de vez.

Tive vontade de saltar da cama e estrangular o Sr. Graves, mas tinha certeza de que pessoas que estrangulavam médicos cegos não iam para o barco bom depois de mortas.

— Então é pra gente ficar aqui esperando enquanto as Fúrias estão lá fora, provavelmente esperando pra atacar de novo? É pra termos *esperança* de que John vai voltar do... — Balancei a cabeça, tomada por confusão e, de repente, frustração... embora não soubesse em relação ao que ou a quem. — *Cadê* ele, afinal de contas? A alma dele, quero dizer? Pra onde iria a alma do senhor do Mundo Inferior se ele morresse enquanto está *no* Mundo Inferior? — Na minha imaginação, John e Esperança estavam juntos em algum lugar, curtindo um prato de waffles. Mas era muito difícil que esse fosse o caso.

— Bem, *essa* pergunta... — disse o Sr. Graves franzindo as sobrancelhas grossas — é interessante, e eu e o capitão tivemos várias discussões sobre isso. De acordo com os mitos — nos quais eu obviamente não acredito, sendo um homem de ciências —, havia um deus grego da morte, Tânato, e ele...

Balancei a cabeça. A imagem de John e Esperança comendo waffles sumiu rapidamente.

— Tânato? Quem é Tânato? Achei que Hades fosse o deus grego dos mortos.

— Apenas do Mundo Inferior — disse o Sr. Graves. — Tânato era um deus menor, mas era o responsável por levar a morte em si para os mortais e depois por direcioná-los a Hades.

— Como o anjo da morte? — perguntou Chloe inocentemente, no mesmo momento em que senti o chão tremer.

— Ah, não, ele não era um anjo — disse o Sr. Graves. — Até os próprios deuses, incluindo Hades, odiavam Tânato porque ele tomava vidas indiscriminadamente. E uma vez que tomasse uma vida, ele não a deixava ir. Sem sentido, é claro, mas os gregos não eram famosos por ter perícia científica... se bem que, e isso é interessante, é do nome Tânato que vem certos termos médicos, como a eu*tanásia*, que significa literalmente *boa morte*...

— *Você sabia desse tal de Tânato o tempo todo e nunca pensou em mencionar ele pra mim?* — perguntei com cuidado depois de me recuperar do choque dessa revelação.

O Sr. Graves pareceu um tanto surpreso.

— É claro que eu sabia da existência dele. Mas você não deve achar que isso quer dizer que considero ele real. Só mencionei porque você perguntou...

— *E se ele for real?* — exclamei, e me levantei. — E se for real e estiver com John?

— Mas isso é ridículo — disse o Sr. Graves com uma risada seca. — Ele não existe.

— A gente também nunca viu as Moiras, mas sabemos que elas realmente existem, não sabemos?

O Sr. Graves piscou.

— Sim, mas vimos evidências empíricas da existência delas.

— Talvez a gente esteja olhando pra evidência empírica da existência de Tânato neste instante!

— Minha querida Srta. Oliviera — disse o Sr. Graves. — Perder a esperança não é bom. Mas tenha em mente que Tânato é um personagem fictício criado por uma civilização antiga pra explicar a morte, um fenômeno natural, pra uma população assustada, na falta da ciência.

— Como Hades e Perséfone? — retruquei. — E o Mundo Inferior? *Esse* tipo de ficção?

O Sr. Graves abriu a boca, mas pareceu não ter o que dizer. Eu o deixei sem palavras.

— E se Tânato for o único fator por trás do ataque das Fúrias, e estiver com John? — perguntei. — Se ele existe, quero encontrá-lo pra poder fazer alguma coisa pra ajudar John — abri os braços para indicar o cômodo ao lado e o pátio — e talvez também até essas pessoas todas que estão aí fora, em vez de ficar sentada contando com a *esperança*.

Uma parte de mim achou que, ao mencionar o nome, eu viria asas brancas flutuando, e Esperança apareceria. Mas não foi o caso. Ou ela estava morta na praia com todos os outros pássaros, ou havia fugido — com as Moiras — para algum lugar onde a esperança realmente existia.

O Sr. Graves pigarreou, mas foi a Sra. Engle quem falou.

— Você já nos ajudou bastante, querida — disse ela com carinho.

— Ajudou mesmo — concordou Chloe, sentada no chão e fazendo carinho na cabeça de Tifão. Os dois formavam um par estranho, como uma ilustração de *A bela e a fera*... caso Bela tivesse sangue nos cabelos.

— Bem, eu não tenho tanta certeza — reclamou Henry conforme batia os sapatos de volta ao quarto. Trazia uma chaleira nova, e o avental na cintura era tão grande no corpo de menino que a aba quase batia no chão. — Todas as pessoas que você ajudou mal cabem no castelo. Estão entupindo os jardins dos fundos e o pátio do estábulo, os corredores, sem falar na *minha* cozinha...

Por um segundo, sala inteira pareceu ficar tão vermelha quanto as árvores na cripta de John, no cemitério da Isla Huesos.

Eu não entrei em pânico. Isso me pareceu um bom sinal, a primeira indicação de que o sangue estava voltando a pulsar nas minhas veias. Eu tinha quase certeza de que ele tinha congelado quando vi o corpo de John boiando na água.

— O que eu podia fazer? — indaguei. — As Fúrias estão soltas, pássaros de caça estavam caindo do céu que nem bombas de penas, não tem barco vindo, e está chovendo sangue. Você acha que eu devia ter deixado todo mundo lá?

— Srta. Oliviera. — Era a voz do Sr. Graves. Não dava para ver nada direito por causa do vermelho que manchava tudo. Mas eu ouvia perfeitamente. — Preciso lembrar que estão todos mortos?

— São *almas* dos mortos. — Apontei para John, embora, é claro, o Sr. Graves não pudesse ver o meu dedo. Na verdade, eu mesma só via o contorno dele. — *Ele* pode ser um deles. Eu já *fui* uma deles. *Ela* é uma deles. — Apontei na direção geral da Sra. Engle. — E eles também. — Chloe e Nilo. — Ninguém fica pra trás. *Ninguém.*

— Eu entendo isso — respondeu o Sr. Graves com calma. Ele certamente não tinha como ver o que estava acontecendo com a minha visão; ninguém via, a não ser eu. Mas deve ter reconhecido o tremor na minha voz, indicando o quanto eu estava chateada. — Isso tudo, tudo o que a senhorita fez, é um serviço pros mortos, um bom serviço. Mas a responsabilidade de um médico deve sempre fazer o que é melhor pros que estão *vivos*. Independentemente da força dos nossos sentimentos pelos mortos, sempre pensamos, *Como podemos servir os vivos?* Pois são aos vivos que servimos e quem nos importa mais.

O vermelho começou a desaparecer lentamente.

— Eu sei disso — falei, com um pouco de vergonha pelo meu ataque. — Eu fui no Festival do Caixão. — Com a pessoa que deu o nome a ele, mesmo que os organizadores não soubessem. — Eu entendo como é importante se livrar apropriadamente dos mortos — olhei para o corpo de John — quando chega a hora.

— Então você sabe — disse o Sr. Graves — que não é apenas por causa da ameaça de doenças. É por causa da possibilidade bem real de regressores.

— Dá pra vocês falarem de um jeito que eu entenda? — perguntou Nilo. — O que são regressores?

— Um regressor é uma pessoa que volta dos mortos — disse o Sr. Graves. — Muitas pessoas na Isla Huesos acham que o capitão é um desses porque já o viram vagando pelo cemitério. Foi assim que a Noite do Caixão virou uma tradição... as pessoas da Isla Huesos começaram a acreditar que se encenassem a cremação funeral todos os anos, o capitão, cujo espírito não teve paz por causa de um enterro impróprio, descansaria. Mas um regressor está morto, e não vivo, como você e o capitão.

— Peraí. Um zumbi, então? — A voz de Nilo ficou mais animada. — É isso que são essas Fúrias que todo mundo fica falando o tempo todo? *Zumbis?*

— Ou fantasmas? — perguntou Alex. — Se vocês falarem que a gente estava fugindo de *fantasmas* na praia, juro por Deus que vou...

Henry bateu a chaleira na mesa de cabeceira com força suficiente para fazer com que Alex e Nilo calassem a boca. Quando se virou de frente para nós, seu rosto rosado mostrou mais raiva do que eu já havia visto.

— Fantasmas? Você acha que fantasmas fizeram *isso*? — Apontou para John.

— Ué, não é isso que essas Fúrias são? — perguntou Alex. — Uns fantasmas sinistros?

O Sr. Graves revirou olhos cegos.

— Os fantasmas querem machucar as pessoas que lhes fizeram mal enquanto estavam vivos — disse a voz profunda do Sr. Liu na escada. — As Fúrias querem machucar apenas o capitão... e nós, que somos próximos dele... por ter feito mal a elas depois que morreram. O mais próximo de um zumbi seria vocês, se deixassem este mundo e retomassem seus corpos depois que já começaram a apodrecer.

Um tanto sem graça, Nilo e Alex abaixaram a cabeça. No silêncio que se seguiu, o som de uma briga no pátio começou. Depois a voz de Frank, gritando um aviso breve:

— Todo mundo abaixa as mãos, ou garanto que vão perdê-las.

O aviso veio seguido de um palavrão ou dois, pesados o suficiente para fazer com que Chloe ficasse corada. A Sra. Engle pareceu ofendida também, visto que falou, escandalizada:

— Juro, já aguentei o máximo que posso. Fantasmas e Fúrias e zumbis? Será que podemos nos lembrar de que há um jovem morto?

Ela parecia ter esquecido que também estava morta.

— Perdão, senhora. — Frank apareceu em um dos arcos. Afastou a cortina fina e veio andando até o quarto a passos largos, ofegante e com sangue no rosto por causa de um corte na cabeça. — Mas a coisa está ficando meio difícil lá fora. — Olhou para mim. — Vai ficar escuro em breve. O que vamos fazer com aquele grupo de pessoas? — Quando disse *aquele grupo*, virou a cabeça na direção do pátio.

— Eles estão com fome, mas não tem nada pra dar de comer ou beber, fora cerveja — adicionou Henry. — Já estamos quase sem chá.

Percebi com preocupação que todos estavam olhando para mim, como se eu tivesse que fazer alguma coisa sobre o fato de estarmos ficando sem chá.

— Por que vocês estão olhando pra *mim*? — perguntei. Eu certamente preferia a raiva que passou pelas minhas veias ao desespero que senti antes, mas agora que ela havia diminuído, assim como a claridade lá fora, eu me senti cansada e confusa. — Não sou *eu* que estou no comando.

Como se fosse uma negação direta a isso, o tablet de John começou a apitar na minha cintura, indicando mais uma alma que havia entrado no mundo dos mortos.

— Na verdade — disse o Sr. Liu se levantando —, eu acho que você está, *sim*, no comando. O capitão deu o tablet pra você.

— Isso. Ele escolheu você. Você é a *escolhida*. — Henry falou exatamente como na primeira vez em que o conheci, quando ele garantiu com a mesma rapidez que eu na verdade não era *a escolhida*. — Não lembra?

Olhei para o tablet e depois para os rostos inquisidores deles.

— Bem, *eu* não sei o que fazer — respondi, embora soubesse que não era uma frase boa para uma pessoa em posição de comando. — O que vocês fizeram da última vez que isso aconteceu?

As sobrancelhas cinzas e despenteadas do Sr. Graves se ergueram o máximo que dava, e ele olhava vidrado para um ponto muito acima da minha cabeça

— Srta. Oliviera, as Fúrias nunca destruíram dois dos nossos barcos e mataram o capitão. E certamente ninguém nunca convidou as almas dos mortos pra virem da praia pro castelo.

Captei a crítica silenciosa na sua voz. *Ninguém antes de você, sua garota estranha que vê tudo vermelho — literalmente — sempre que fica com raiva.*

— Verdade — disse Frank. — Mas as Moiras também nunca nos abandonaram.

As Moiras também nunca nos abandonaram. Essas palavras fizeram com que um frio descesse pela minha coluna e os pelos dos meus braços se eriçassem. Virei o rosto e olhei para o corpo imóvel e pálido de John estirado sobre a cama. *Acorda,* tentei comandar com a mente. *Não me deixa sozinha nessa bagunça. Não me deixa sozinha nunca.*

Seu peito largo não se moveu. Suas pálpebras permaneceram fechadas.

— O que são Moiras? — perguntou Chloe com uma voz baixinha. Ainda estava ajoelhada ao lado de Tifão, à cama de John.

— O oposto das Fúrias — explicou o Sr. Graves para ela. — Espíritos benignos, em vez de malignos.

— Bem — disse Nilo, seco —, definitivamente, não tem nenhum espírito desses por aqui.

Vi Chloe cutucar o pé de Nilo com o próprio.

— Como é que você pode falar isso? — sussurrou ela.

— Não foi pra você. — Nilo sorriu para ela. — Acho que o seu espírito está muito bem.

Alex, ao ouvir isso, torceu a boca com nojo.

— Não é por *mim* — sussurrou Chloe, e fez sinal com a cabeça na minha direção. — Por causa *dela*. Como é que você pode falar isso depois de tudo que ela fez pela gente?

Nilo olhou rapidamente para mim.

— Ah, claro. Acho o espírito dela muito bom também.

Alex revirou os olhos e disse:

— As Moiras não são daquele tipo de espírito que você vê, seu idiota. São que nem as Fúrias. Você só pode...

— Sempre achei que as Moiras eram as deusas gregas que comandavam o destino da humanidade — interrompeu a Sra. Engle, que pareceu ansiosa por interromper a tensão entre os dois garotos, que estavam claramente a fim de Chloe. Quando a Sra. Engle viu que tinha a atenção dos dois, continuou falando. — Fui enfermeira em uma escola durante trinta anos. É claro que agora estou aposentada, mas esse tipo de coisa tende a ficar na cabeça...

— Que diferença faz quem são as Moiras? — exclamou Alex. O plano da Sra. Engle não estava funcionando. — O negócio é: pra onde elas foram? E como a gente pega elas de volta?

— Eu não acho que vá ser fácil — disse o Sr. Graves. Parecia incomodado com Alex. Bem-vindo ao clube. — Acredito que elas tenham partido porque há um desequilíbrio aqui. Um desequilíbrio é praticamente sempre causado pela pestilência. — Um tom de obscuridade apareceu na voz do médico, como sempre acontecia quando ele falava sobre a pestilência, seu tópico favorito (além de cerveja). — Sempre que um desequilíbrio acontece e a pestilência consegue entrar no sistema, ela causa infecção.

— Que nem quando eu coloquei piercing na sobrancelha e não limpei direito, e aí infeccionou? — perguntou Kayla.

— Você furou a *sobrancelha*? — O Sr. Graves olhou para ela, horrorizado. — Meu Deus, jovem, *por quê*?

— Não vamos pensar nisso agora — falei impacientemente. — O que podemos fazer pra consertar o desequilíbrio... afastar as Fúrias e trazer as Moiras de volta?

— Bem — disse o Sr. Graves, voltando a prestar atenção em mim. — Se pudéssemos determinar o que causou o desequilíbrio, tenho quase certeza de que poderíamos corrigi-lo. Mas até lá, acho que nós, assim como o capitão, temos apenas uma coisa na qual nos segurarmos, que é..

Levantei uma das mãos.

— Não fala.

O Sr. Graves ficou surpreso.

— Como sabe o que eu ia dizer?

Abaixei a mão.

— Você ia dizer "esperança". E eu não quero ouvir a palavra *esperança* de novo. Não acredito mais nela.

Pelo visto, ouvir isso foi demais para Chloe. Ela se levantou — deixando Tifão com cara de tristeza por ter perdido o carinho na orelha — e veio até mim rapidamente.

— Pierce, você não deve dizer isso — falou ela. — Essas pequenas aflições momentâneas estão preparando a gente pra uma enorme e eterna glória, incomparável...

Eu a interrompi com um olhar obscuro.

— Tenho más notícias pra você, Chloe. Não vai existir uma enorme e eterna glória a não ser que eu leve você e o resto dessas pessoas pro barco. Sr. Graves, também tenho uma notícia pro senhor. — Eu me virei para ele. — Na América do século XXI, de onde eu venho, temos armas mais eficazes contra infecções do que a esperança.

A Sra. Engle tossiu educadamente.

— Querida, se você está se referindo a antibióticos, acredito que o doutor esteja usando o termo *infecção* como uma metáfora...

— Bem, claro — disse o Sr. Graves para a Sra. Engle com satisfação. — Eu estava.

— Bem, eu não estou — falei. Levantei o diamante pendurado no meu colar. — Estou falando sobre isto.

— Eu não sei o que é antibiótico — disse Henry com os braços para trás, desfazendo o nó do avental, que depois jogou no chão —, mas se você estiver se referindo a matar Fúrias, estou pronto.

— Eu também — disse Frank, tirando uma faca do cinto. — Mas onde vamos encontrá-las?

— No mesmo lugar onde podemos encontrar comida pros nossos convidados — falei. — E mais dois barcos novos pra levá-los aonde precisam ir.

O Sr. Graves ficou abismado.

— E onde é esse lugar?

— Isla Huesos — respondi.

Sr. Graves desfez sua expressão de perplexidade e franziu a testa.

— Isla Huesos? Aquele porto de degradação e pecado? — Eu havia me esquecido de que ele não era muito fã do lugar.

— E como você acha que vai chegar lá? Só o capitão tinha a habilidade de viajar entre este mundo e o outro, e ele está, no mínimo, indisposto.

— Isso não é exatamente verdade — falei. — Quer dizer, é verdade que o John não está disposto, mas não é verdade que ele era o único que possuía a habilidade de transitar entre os mundos. — Olhei para o corredor das escadas curvadas que eu conhecia muito bem. — Alguém sabe onde o John guarda as chaves das portas que ficam no topo daquelas escadas?

Pela primeira vez em muito tempo, vi o Sr. Liu sorrir.

— Não — respondeu ele. — Mas sei onde tem um machado.

O furacão infernal que jamais cessa
Impulsiona os espíritos adiante violentamente;
Gira-os no ar e, ao atingi-los, molesta-os.

DANTE ALIGHIERI, *Inferno*, Canto V.

— Nunca vai dar certo.
Eu estava na sala de jantar enchendo a minha mochila com coisas que achei que precisaria na viagem, tentando ignorar o Sr. Graves.

— Isso não vai trazê-lo de volta — continuou o Sr. Graves com uma voz baixa para que os outros não ouvissem. — E mesmo que desse certo, o capitão jamais gostaria que você arriscasse a própria vida pra salvar a dele.

— Então que bom que ele não está aqui pra ver — sussurrei. — Me dá o livro — falei mais alto para Alex.

— Você acha que *A história da Ilha dos Ossos* foi o que causou o desequilíbrio que está implodindo este lugar? — Alex leu o título com uma voz sarcástica e me deu o livro. — Claro, Pierce, tenho certeza de que foi isso.

— As coisas estavam indo bem por aqui antes dele aparecer — falei com seriedade e coloquei o livro na bolsa.

— Nesse caso — disse Alex —, melhor você me levar também.

— Eles trouxeram você pra cá porque estavam tentando matar você na Isla Huesos — apontou Kayla. — Lembra?

— Na verdade — disse o Sr. Graves —, eles conseguiram matá-lo. — Com a voz baixa de novo, falou comigo: — Assim como as Fúrias conseguiram matar o capitão. O que sempre foi o objetivo final delas. Agora que conseguiram, não acredito que vão continuar a nos atacar. Então está vendo, Srta. Oliviera? Não tem por que a senhorita persistir nesse plano...

— É mesmo? E o que vamos dar pra essas pessoas? — perguntei. — Como vamos levar todo mundo pros seus destinos finais? Vamos simplesmente esperar que as Fúrias voltem? Ou vamos fazer a nossa própria sorte, como o meu pai sempre disse que as pessoas verdadeiramente bem-sucedidas fazem?

O Sr. Graves balançou a cabeça.

— Duvido muito que o seu pai continuaria dizendo isso se soubesse o que você está tramando.

— Então que bom que ele não sabe.

— Nem *todo mundo* estava tentando me matar na Isla Huesos — declarou Alex. — Só o Seth Rector e a gangue dele. O que mostra que eu estava prestes a descobrir alguma coisa. Se eu não estivesse perto de encontrar provas que incriminariam eles em vez do meu pai no assassinato da Jade, por que eles teriam me matado?

— Porque você encontrou o esconderijo deles — lembrou Kayla. — Traficantes de drogas geralmente não gostam disso.

— É por isso que a Pierce tem que me levar com ela — disse Alex. — Eu posso explicar isso pra polícia.

— Você não disse que a polícia está toda na mão do pai do Seth Rector? — Kayla estava sentada sobre a mesa de jantar, balançando as pernas sob o longo vestido lilás.

— Talvez nem todos. — Coloquei o celular na bolsa e fiz uma pausa, me lembrando do meu primeiro dia na escola. — O comandante Santos parecia bem determinado a impedir que a Noite do Caixão acontecesse.

— Talvez porque queira manter as pessoas fora do cemitério, que é o centro do império do Seth Rector — disse Alex. — Esse comandante deve estar levando uma grana.

— Ou talvez — disse Kayla — você assista a televisão demais.

— Ah, desculpa, Kayla — disse Alex com a voz cheia de sarcasmo. — O *seu* papai passou a maior parte da vida na cadeia por um crime não violento que provavelmente foi levado a fazer pelo pai do Seth Rector? Ou será que esse foi o *meu* pai?

— Jesus — disse Nilo. Estava sentado à mesa de jantar sem falar nada. — Que tipo de cidade é essa em que vocês vivem, gente? Noite do Caixão? Drogas? — Ele olhou para Chloe, que estava encolhida na cadeira oposta a dele. — Você sabia sobre essas coisas?

Ela balançou a cabeça, olhos arregalados.

— Eu sempre estudei em casa.

— Concordo com esse jovem — disse o Sr. Graves, olhando na direção de onde Nilo falou. — Isso já passou dos limites. Entendo que a Srta. Oliviera queira se vingar pela morte do capitão...

Ou encontrar Tânato, pensei, mas não falei. *Se ele existir.*

— ...mas o bem-estar dessas pessoas tem que ser a nossa prioridade neste momento. E a triste verdade é que, agora que eles mataram o capitão, as Fúrias certamente se foram pra sempre...

Um trovão soou. Mas era só por causa da tempestade, e não por vontade de John, pois quando olhei para a cama, John ainda estava falecido. Visto que estava mais escuro lá fora — sem falar mais frio e úmido —, trovoava com mais frequência.

Nós também permitimos que mais espíritos entrassem Percebi algumas pessoas se assustarem com o som ameaçador.

Com o ânimo mais baixo do que nunca, decidi que não queria mais discutir com o Sr. Graves. Não queria mais *falar*. Meus olhos estavam quentes e cansados de tanto choro, e minha garganta doía, apesar de todo o chá que a Sra. Engle me fez tomar para abrandar a dor.

Mas eu temia que nada abrandaria a dor, nunca. Principalmente porque eu estava lentamente me dando conta de que, com a morte de John, o nosso laço também morreu. Por que eu estava fazendo aquilo tudo? Eu estava livre para voltar à minha vida de antes, quando eu não sabia nada sobre pingentes de diamante, divindades da morte e o reino dos mortos.

Não havia nada me impedindo de pegar a minha bolsa, voltar para o meu mundo e deixar aquelas pessoas e os seus problemas e reclamações para trás.

No entanto, por algum motivo, ali estava eu no Mundo Inferior, discutindo com o velho Sr. Graves como alguém que ainda tinha alguma coisa a ver com aquilo tudo.

— Olha — falei para o médico do navio. — Lembra do que o senhor falou? A nossa responsabilidade sempre é fazer o que for melhor pros vivos. Não é isso? O que significa que precisamos levar os mortos pro seu destino final antes que comecem a se acumular aqui embaixo. Senão, quando a gente menos esperar, eles vão estar transbordando nas ruas da Isla Huesos, e vamos ter...

O Sr. Graves fez uma expressão preocupada.

— *Pestilência*. — Ele quase cuspiu a palavra.

— Exatamente. Mas se eu conseguir encontrar barcos e achar um jeito de trazer eles pra cá, e talvez se eu encontrar esse tal de Tânato também, se é que ele existe, e fazer com que ele largue o John... e enquanto fizer isso tudo, se eu conseguir provar que quem matou o Alex e a minha conselheira, Jade... bem, você mesmo disse: tenho que tentar. É a minha responsabilidade.

— E como — perguntou o Sr. Graves com os olhos cegos arregalados — você pretende fazer ao menos *uma* dessas coisas?

— Não faço a menor ideia — respondi diretamente. — Vou ter que dar um jeito conforme for acontecendo.

— Isso — disse o Sr. Graves — não parece muito reconfortante.

Mesmo que eu fugisse para a casa da minha mãe, eu me lembraria do que a minha avó fez. Ela jamais seria punida por aquilo.

Eu não podia aceitar isso. Não que fosse fazer diferença. Sem John, a minha vida seria tão triste e sem sentido quanto um daqueles filmes chatos em preto e branco que estão sempre passando no cinema cult de Connecticut.

Mas pessoas inocentes, como a minha conselheira, Jade, ainda assim tinham sido assassinadas, e alguém tinha de pagar por isso. E as pessoas ali no Mundo Inferior ainda precisavam de ajuda. Eu não tinha como abandoná-las, independentemente do quanto eu me sentisse sem esperanças. Elas eram minha responsabilidade agora, como um dia foram de John. Elas eram a escolha que fiz naquela noite na cama de John, quando ele perguntou se eu entendia as consequências do que estávamos fazendo. Achei que ele tivesse se referindo à probabilidade de fazermos um bebê demônio.

Ele estava se referindo a *isso*.

Não tinha como você voltar para a casa da mamãe e se esconder embaixo das cobertas depois de ter um filho, fingindo não ouvir o seu choro. Aquele bebê grande, gordo e exigente era responsabilidade sua agora. Você tinha de cuidar dele enquanto ele precisasse de você, mesmo quando não era fofo e risonho, quando estava chorando e sentindo fome.

Eu não precisava ter ficado preocupada com a possiblidade de ter um bebê demônio depois de fazer amor com John no Mundo Inferior. O próprio Mundo Inferior já era o bebê demônio.

Eu devia ter adivinhado que ia ter alguma pegadinha. Nos mitos gregos, *sempre* tinha.

— Está pronta, Pierce? — Frank havia se aproximado e segurava uma bolsa que parecia pesada por cima de um dos ombros. E o que estava lá dentro, fosse o que fosse, tilintava de leve quando ele se mexia.

— Por que *ele* vai com você, e eu não? — perguntou Kayla com raiva.

— Porque eu sou o... como é que dizem? Ah, sim. O músculo. — Frank havia limpado o corte na testa, mas com a cicatriz longa no rosto, a calça preta de couro e as várias tatuagens ainda lembrava uma mistura de pirata com motoqueiro de gangue. Na minha opinião, Frank nasceu no século errado.

Kayla virou a cabeça rapidamente e olhou para mim.

— Se vocês vão matar Farah Endicott, eu quero estar lá.

— Por que alguém mataria Farah Endicott? — perguntou Alex. — O que ela fez contra você? Foi Seth Rector quem me assassinou. Se tem alguém que merece ser apagado, é ele. E quem deveria fazer isso sou eu.

— Gente — falei, colocando o tablet de John na minha bolsa. Não tinha como continuar levando tudo no bolso do vestido. Além de ficar feio, era desconfortável.

E agora que as Moiras tinham ido embora, eu não tinha como pedir um vestido novo com bolsos maiores. Não conseguia nem trocar de roupa e colocar o único vestido moderno do armário. Porque o vestido em questão era o que John me pediu para usar no nosso primeiro encontro... o que eu estava usando na noite em que nós... bem, deixa para lá. Eu nunca mais conseguiria usar aquele vestido.

— Ninguém vai ser apagado — falei com firmeza.

O Sr. Graves concordou.

— Isso — disse ele. — Por favor, parem com essa conversa de, hum, apagar as pessoas imediatamente. É exatamente por isso que falei desde o começo que o capitão não concordaria com nada...

— Sr. Graves — falei para ele. — Deixa comigo. — Tirei o diamante do corpete do vestido e o mostrei para Kayla. — Olha. Isto aqui mata Fúrias quando é encostado em uma pessoa possuída por elas. Ele não mata pessoas. Até onde eu sei, Farah Endicott não está possuída por uma Fúria. — Eu não

101

tinha tanta certeza quanto ao namorado dela, Seth, mas não falei sobre ele porque não queria deixar o Alex mais agitado do que já estava.

Kayla olhou para a pedra entre os meus dedos.

— Está exatamente da mesma cor das minhas mechas — disse ela, e puxou uma mecha roxa do meio dos seus cabelos volumosos. — E do meu vestido.

— Agora está — respondi e coloquei o pingente para dentro de novo. — Só fica dessa cor quando você está perto. Não sei o que isso quer dizer, mas é o que acontece.

Kayla ficou satisfeita.

— Quer dizer que você tem que me levar. A ametista é a pedra do meu dia de nascimento. Nasci em fevereiro. Sou aquariana. As pessoas de aquário são altamente adaptáveis. Elas se dão bem com todo mundo.

Alex fez um som com a garganta, dando a entender que não concordava com essa frase.

— Todo mundo — corrigiu-se Kayla — menos vacas falsas que nem a Farah Endicott. E meu irmão, é claro.

Frank jogou a bolsa que estava carregando no chão. O som foi alto o suficiente para chamar a atenção de várias pessoas.

— Não. Ela não vai. Eles *viram* ela. Ou já vão ter visto nas filmagens das câmeras daquela droga de tumba. É perigoso demais.

— Eles viram todos nós — lembrei.

— Oh, querido — ronronou ela, e segurou um dos bíceps intensamente tatuados de Frank. — É tão sexy quando você fica todo abrutalhado e protetor. Mesmo que não faça diferença, porque eu vou com ela. Podemos até estar no Mundo Inferior, mas tenho certeza de que ainda estamos num país livre. Ou embaixo de um, pelo menos. Você não pode me dizer o que fazer.

O rosto do Sr. Graves ficou tão roxo quanto o meu pingente.

— Frank. O que tem dentro da bolsa?

Frank afastou o braço de Kayla para defender a bolsa.

— Só algumas armas que vamos precisar caso dê algum problema, e umas moedas de ouro pra dar de propina, é claro...

O médico deu uma olhada sofrida para mim, como se quisesse dizer: *É esse o grupo que você escolheu pra nos salvar?*

Eu não concordei totalmente com a opinião dele. Levar o Frank, em vez do Sr. Liu — que estava colocando madeira na lareira na esperança de aquecer os mortos com frio —, foi uma decisão difícil.

Mas que outra opção? A tempestade lá fora, cada vez pior, nos forçou a dar abrigo a centenas de pessoas descontentes e famintas, o que resultou em uma tempestade *ali dentro*. Eu tinha de deixar alguém forte no castelo com aquela zona, alguém que pudesse lidar com as pessoas, mas que também não fosse cabeça quente. Alguém que os mantivesse a salvo, mas que mostrasse compaixão. Já tivemos de banir o homem de calça cáqui que ficou insistindo que estava na doca errada, pois ele parou do lado da Chloe e fez ou falou alguma coisa que a fez dar um grito, o que tanto assustou a Sra. Engle que ela derramou a bandeja de chá.

Ela é minha filha, insistiu Calça Cáqui. *Não acredito que está aqui. Eu só queria dizer oi.*

Chloe, com os olhos enormes e assustados, insistiu que nunca viu Calça Cáqui na vida.

Eu entendi mais do que nunca por que os dois grupos de passageiros tinham de ficar separados, e por que indivíduos fortes de certo temperamento eram necessários para garantir que assim ficassem.

E também, finalmente, consegui entender como depois de quase duzentos anos lidando com aquilo, John perdeu noção da sua humanidade, e por que quando o conheci ele se comportava como um brutamontes.

Achei mais sensato levar Frank e deixar o Sr. Liu. Kayla, no entanto, era outra história.

Pelo menos até ela dizer — assim que eu peguei a mochila e me virei para ir embora:

— Sabia que deixei o meu carro no cemitério depois de seguir vocês? Se a tempestade está tão ruim quanto todo mundo diz, vocês vão precisar de uma carona.

Eu não queria colocar a vida de ninguém em perigo, a não ser a minha. Mas considerando todas as mensagens que eu estava recebendo no celular — e o fato de John não estar ali para me teletransportar —, a oferta de um transporte gratuito que me manteria seca era boa demais para deixar passar.

— Tudo bem — falei para ela. — Mas você vai ficar no carro. Você é a motorista, e *acabou*.

Alex soltou um gemido de descontentamento, ao passo que Kayla deu um gritinho e começou a pular. O Sr. Graves balançou a cabeça, mostrando discordar. Nilo, ainda sem camisa à mesa de jantar, ergueu a mão.

— Dá licença — disse ele. — *Eu* sei dirigir. Por que ela vai ser o motorista e eu não?

— Porque a Srta. Rivera não está morta — retrucou o Sr. Graves. — E você está. Se você sair do Mundo Inferior agora por qualquer motivo que não seja retomar o seu cadáver, que certamente está em algum lugar do mortuário cheio de fluido de embalsamento, ou em cinzas, vai perder todas as chances de passar para o que o espera na outra vida. É claro que a escolha é sua, mas você perguntou mais cedo o que é um regressor. Um regressor é o que você vai ser se resolver sair por aquela porta... amaldiçoado a morar conosco para todo o sempre, aqui no Mundo Inferior. É o que você realmente quer, jovem rapaz?

Nilo abaixou o braço.

— Hum, não. Retiro a pergunta.

Eu estava fechando o zíper da bolsa, pronta para ir, quando Henry chegou perto de mim.

— Senhorita — disse ele, puxando minha camisola.

— Nem pensar, Henry — respondi. — Você não vem. Precisamos de você aqui, e não só pra trazer chá pras pessoas. Você é o único que sabe onde tudo fica, agora que o John está... longe.

— Não — disse ele. — Não é isso. Tenho uma coisa pra você.

Eu me virei e estiquei a mão, torcendo para que ele não me desse um beijo. Se fizesse isso, eu sabia que ia desmoronar. Eu não podia — não iria — decepcionar aquelas pessoas.

E, no entanto, não fazia ideia de como salvá-las.

Em vez de ficar nas pontas dos pés para beijar a minha bochecha, como eu temia, ele colocou um pedaço de madeira velha e macia na minha mão.

— Que isso? — perguntei, surpresa.

— É o meu estilingue — disse, sem rodeios. — Modifiquei ele pra você.

Vi que, de fato, ele havia amarrado um dos meus elásticos de cabelo nas duas hastes de madeira.

— Borracha vulcanizada é melhor — explicou ele, puxando o elástico. — Mas achei que, como você é uma menina e não tem os dedos tão fortes, ia precisar de uma coisa mais flexível do que a corda que uso geralmente. Esse negócio do seu cabelo funciona muito bem. O que você tem que fazer é colocar o seu diamante aqui nessa parte, está vendo — ele demonstrou usando uma pequena pedra —, então esticar pra trás e soltar. Se encontrar alguém possuído por uma Fúria, é só atirar a pedra na pessoa. Desse jeito você não precisa chegar perto delas, entendeu? E elas não podem machucar você.

Lágrimas brotaram nos meus olhos, mas pisquei rapidamente para afastá-las antes que ele percebesse.

— Henry — falei —, é a coisa mais engenhosa que já vi.

Não mencionei que, se ficasse atirando meu diamante nas Fúrias, teria também que ficar catando a pedra depois. Pelo visto, ele não pensou nisso. Embora vivesse no Mundo Inferior fazia mais de um século, ainda tinha a mentalidade de 10 ou 11 anos.

— Achei que você fosse gostar mesmo — disse ele, todo feliz.

Coloquei o estilingue na bolsa, bagunçei os cabelos dele e dei um beijo na sua testa.

— Obrigada — falei.

As bochechas redondas de Henry ficaram coradas.

— Não foi nada — disse ele.

Ia se virando para ir embora, mas parou, pensou, e me abraçou pela cintura, que era o mais alto que ele atingia.

— Não morre — disse, com o rosto na minha barriga.

— Não vou morrer — respondi e o abracei. Muito difícil não chorar. — Nem você.

— Eu não posso morrer — disse ele, e me soltou com a mesma rapidez com que me abraçou. Coçou os olhos com força e olhou com nervosismo na direção da cama onde estava o corpo de John. — Ou, pelo menos, é *improvável*.

Não olhei para a cama. Ainda não conseguia olhar sem me sentir do mesmo jeito que me senti quando caí na piscina no dia em que morri... como se uma água gelada estivesse enchendo meus pulmões.

— Continua assim — falei para Henry, e me virei na direção da escadaria, onde Frank e Kayla já estavam esperando.

— Pierce — disse Frank —, fala pra ela que ela não vai.

— Ela vai — respondi. — Precisamos do carro dela, e das suas habilidades no volante. Eu não tenho carteira. Não dirijo bem.

— *Eu* posso dirigir a droga do carro — disse Frank.

— Não pode, não — disse Kayla. — Você morreu antes de inventarem carros.

— Se eu consigo velejar um barco de duzentos pés nos Estreitos da Flórida durante um furacão, tenho quase certeza de que consigo dirigir um automóvel.

— Só eu dirijo o meu carro — disse Kayla.

O Sr. Liu estava sozinho na outra escada. Vi no seu rosto que queria falar comigo em particular. Fui andando pelo chão de pedras até onde estava. Ele abaixou a cabeça para me olhar, com uma expressão sombria.

— Quando você chegou aqui — disse baixinho —, era como uma pipa lá no alto, movida pelo vento sem ninguém segurando a linha. Só que o vento que impulsionava você era a sua raiva.

Balancei a cabeça.

— Eu não estava com raiva. Estava com medo.

— Um pouco, talvez — disse ele —, mas em geral, estava com raiva, como o capitão. Isso não é ruim. Foi por isso que ele escolheu você. Vocês são muito parecidos. Ambos sentem raiva; do que foi feito com vocês, do que veem sendo feito aos outros. Os dois precisam de alguém segurando a linha pra impedir que a raiva levem vocês tão alto, que vocês acabem se perdendo pra sempre.

Meus olhos se encheram de lágrimas. Dessa vez, não pude contê-las. Só pude torcer para que, caso eu não falasse, elas sumissem sozinhas.

— Agora que o capitão se foi — disse o Sr. Liu —, não tem ninguém pra segurar a sua linha. Você vai pra onde o vento, a sua raiva, lhe levar. Pode até vagar pra longe de todos nós. Você já pensou nisso.

— Não. — A palavra explodiu de dentro de mim acompanhada do choro. Engoli os dois. — Não — falei com mais calma. — Isso não é verdade.

Ele leu a minha mente? E que papo era esse de eu ser uma pipa?

— É verdade, sim — disse ele. — Enquanto você não controlar a sua própria linha, não vai conseguir ajudar ninguém. O capitão. Nós. Nem mesmo a si própria.

Sequei as lágrimas.

— Sr. Liu — falei —, obrigada por tudo. Eu realmente tenho que ir agora...

— Sei que você não acredita em mim, mas não sou o primeiro a dizer isso pra você. Outra pessoa já falou, eu acho, só que de outro jeito.

— Sr. Liu — respondi rindo, apesar das lágrimas, sem acreditar no que ouvia. — Posso garantir que ninguém nunca me acusou de ser uma pipa impulsionada por raiva sem alguém segurando a minha linha.

— Não. Mas uma pessoa que deve descobrir sobre si mesma?

Os alunos que não se saem bem na escola ainda podem se sair bem na vida — garantiu a minha conselheira escolar aos meus pais em Connecticut; sua voz veio de repente — *se descobrirem outra área de interesse.*

O Sr. Liu deve ter detectado a minha expressão de quem se lembrou de alguma coisa. Esticou a mão gigantesca e disse:

— Toma.

Olhei para baixo.

— Ah, não — respondi. Reconheci instantaneamente o que estava me dando. — Não posso aceitar. O John disse...

— Você tem que aceitar. — A voz do Sr. Liu era persistente. — É a linha na qual você vai se segurar.

Era o chicote, enrolado com cuidado e preso em um dos cintos largos de couro do Sr. Liu. Ele fez furos adicionais para caber na minha cintura fina.

Peguei o cinto, e balancei a cabeça enquanto o abraçava.

— Obrigada — sussurrei na sua orelha, que tinha inúmeras argolas de prata.

Meio sem jeito, ele deu um tapinha no meu ombro.

— Segure sua linha com força.

Com os olhos tão úmidos que eu mal conseguia ver, fiz que sim e passei o cinto pela cintura. O último furo mal cabia. A ponta batia quase nos meus joelhos, então eu a prendi no próprio cinto. Senti que o resultado final nunca me faria ganhar um prêmio de moda em uma revista adolescente.

Então o Sr. Graves voltou, dizendo que não havia absolutamente nenhum motivo para irmos para Isla Huesos, e que tinha certeza de que havia fermento suficiente, sobras das suas tentativas de fazer cerveja, para assar pão, e que devíamos *esperar*...

Outro trovão, alto o suficiente para fazer com que as paredes grossas do castelo tremessem.

— Chega de esperar. — O Sr. Liu me pegou pelo braço e começou a subir as escadas comigo. Com a voz baixa, disse:

— Vai agora. Nós vamos detê-las o máximo que pudermos...

— Deter *quem*? — perguntou Kayla alarmada, levantando a saia comprida para que pudesse subir as escadas depressa.
— As Fúrias? Achei que elas só quisessem matar o namorado da Pierce.

Um trovão soou tão forte que as lamparinas chacoalharam nas paredes.

— É óbvio que não é só isso que querem — disse o Sr. Liu. Do topo das escadas, deu uma olhada preocupada para Frank. — Não demorem pra voltar; pro seu bem e pro nosso.

Frank arrumou a bolsa, que tilintou de forma sugestiva.

— Eu sei o que estou fazendo.

— Duvido muito disso — disse o Sr. Liu.

Chegamos à porta, que estava aberta. Na frente dela, encontrava-se meu primo.

— E se *eu* estiver causando a pestilência? — perguntou Alex. — Não seria melhor se eu fosse com vocês? Talvez eu atraia as Fúrias pra longe daqui.

— Alex — falei com raiva —, como você mesmo me disse uma vez, o mundo não gira em torno de você. E tenho certeza de que o mesmo serve pro Mundo Inferior. Mas se é tão importante pra você vir com a gente, por favor, fique à vontade.

Talvez o Sr. Liu não estivesse tão errado quanto ao meu temperamento, afinal de contas, porque quando falei *fique à vontade*, empurrei Alex porta adentro. Fui atrás dele e pensei que, independentemente do que acontecesse com ele, era merecido.

Tu me conduzirias aonde disseste
Que a mim seria possível ver o portal de São Pedro,
E aqueles que tu fizeste tão infelizes.
DANTE ALIGHIERI, *Inferno*, Canto I.

— Mas que...
Ao passar pela porta, Alex berrou uma coisa tão indecente que agradeci por Chloe não estar ali para ouvir.

Frank pareceu concordar.

— É com essa boca que você fala com a sua mãe, amigão? — sussurrou, e colocou o dedo na frente da boca.

Mas estava tão escuro que mal dava para ver o gesto. Lá fora, ouvi o barulho constante da chuva. O cheiro de terra molhada pesava no ar.

— Eu não tenho mãe — disse Alex para Frank, irritado. — Que lugar é *esse*? Por que você está sussurrando? E o que é isso que estou pisando? — Levantava os pés com nojo cada vez que faziam um som de algo sendo triturado no chão de pedra. — Eca, tá no chão todo.

— Pétalas secas de flores vermelhas — murmurei. — Tem uma árvore gigante ali fora.

Percebi que talvez eu tenha sido impulsiva quando o empurrei porta adentro. Não preparei nem ele, nem Kayla para o que viria. Enquanto líder do grupo, eu era meio ruim.

Por outro lado, tinha experiência. Na primeira vez que passei por aquela porta, a viagem terminou com o meu próprio corpo em uma maca na sala de emergência.

Dessa vez, considerando que nenhum de nós estava morto, acabamos em um lugar completamente diferente... um lugar onde eu também já havia estado. Só que naquela ocasião, John foi meu guia.

Conforme meus olhos foram se ajustando à falta de luz — o Sr. Liu fechou a porta do outro lado, bloqueando a iluminação fraca do Mundo Inferior —, vi a silhueta de Frank, que foi até o portão de metal ornamentado na frente da tumba e checou se havia alguém que pudesse nos ver saindo.

Mas quem estaria dando uma volta no cemitério no meio de um furacão?

Por entre as frestas pequenas e em formatos de cruz que foram construídas na parede de tijolos, vi que o céu escuro estava manchado de rosa.

Céu vermelho ao deitar, marinheiro fica animado. Céu vermelho ao acordar, marinheiro toma cuidado.

Os números digitais no relógio de pulso de Alex marcavam 11 da noite. Não vi nenhum poste aceso nas ruas em volta do cemitério.

— O furacão deve ter causado uma queda de energia — murmurei.

Alex estava olhando para todos os lados, assim como Kayla, mas era ele quem verbalizava mais as reclamações.

— Que lugar é esse? — perguntou de novo. — Uma igreja? — Ele quase bateu a cabeça no teto baixo, e se encolheu. — Pra anões?

— Não é uma igreja — disse Frank antes que eu tivesse tempo para pensar em uma resposta diplomática —, mas mesmo assim é pra mostrar respeito.

— Por quê? — perguntou Alex. — Alguém morreu aqui? Com certeza, o cheiro é disso mesmo.

— Pode-se dizer isso — respondeu Frank. — É uma cripta.

— Mentira — disse Kayla.

A resposta de Alex foi menos educada.

— Sim, é uma cripta — falei logo. Não tinha por que enfeitar a verdade. — É um portal pelo qual a alma dos finados passa pra entrar no mundo dos mortos...

Ou pelo menos foi assim que John me explicou certa vez.

— A não ser que você não esteja morto, é claro — falei rapidamente —, e nós não estamos, então não se preocupa. O portal dá no cemitério da Isla Huesos.

A minha explicação não deve ter soado muito reconfortante, visto que Alex voltou a xingar.

— Merda — disse ele em pânico. — Você não disse que a gente vinha pra cá. Você não falou nada sobre cemitérios. — Ele correu e deu de cara com o portão de aço que bloqueava a passagem; as flores vermelhas eram amassadas sob os pés dele. — Me tira daqui. — Sacudiu as grades quando viu que o portão não abriu. — *Me tira daqui!*

— Alex — falei, tentando soar carinhosa. — Por favor. Não tem nada aqui que vá machucar você. Os espíritos realmente ruins estão em todos os lugares, *menos* nos cemitérios. — Uma conclusão que era fruto da minha experiência... a experiência de ter sido assassinada no meu próprio pátio.

Alex me deu uma olhada incrédula por cima do ombro.

— Tá brincando comigo? Eu fui assassinado num cemitério, lembra?

— Ah, sim — respondi. Havia me esquecido que a experiência do Alex era bem diferente da minha. — Deixa pra lá.

Frank colocou uma de suas pesadas mãos no ombro de Alex.

— Calma, filho — disse ele, embora fosse por volta de dois anos mais velho, apenas; ou era o que parecia. — Temos que ter certeza de que não tem ninguém lá fora.

— É claro que não tem ninguém lá fora — exclamou Alex. — Olha pra lá. É um furacão! Mas eu preferia estar lá fora na chuva do que num pedágio fantasma, esperando os mortos passarem por mim pra chegar no Mundo Inferior... ou alguém me matar *de novo*. Então me deixa *sair*...

Frank olhou para mim com as sobrancelhas erguidas.

— Alex — disse Kayla, surpresa. Apesar do que ela viu na última vez em que esteve no cemitério da Isla Huesos, parecia não estar incomodada em estar ali de novo. — Não é isso que o *Pedágio Fantasma* faz.

— Frank — falei, com pena do Alex. — Ajuda ele.

Frank se inclinou para a frente a fim de ajudar Alex a abrir o portão.

— Enfim — continuou Kayla. — Você acabou de sair do Mundo Inferior, onde estava cercado de almas. Qual é a diferença?

— A diferença — disse Alex com voz controlada — é que agora estou no cemitério onde eu morri, e gostaria de sair o quanto antes, obrigado.

Um segundo depois, a porta estava aberta e Alex saía da tumba de John. Ele parou embaixo da árvore das flores vermelhas, mas nem mesmo os galhos enormes ofereceram abrigo da tempestade.

— Se vocês pensarem direito — disse Kayla, a primeira a quebrar o silêncio —, é meio normal ele ter estresse pós-traumático, considerando o que aconteceu da última vez que ele esteve num lugar destes. — Levantou a mão para indicar a cripta. — Se bem que não tem caixão aqui. Por quê?

— Não tinha corpo pra colocar num caixão — falei para Kayla. — Pelo menos não até agora. Esta é a tumba do John.

Kayla arregalou os olhos e rapidamente desviou o olhar.

— Nossa — disse baixinho. — Desculpa.

— Tudo bem — falei. Minha voz também estava baixa.

Eu entendi a curiosidade dela. Esperava-se que a construção de uma cripta ajudasse o espírito de John a descansar. O Sr. Smith — o sacristão mais recente do cemitério — chegou até a pedir que gravassem um nome acima da porta da tumba: HAYDEN.

Essas coisas não conseguiram acalmar o espírito indomável do dono da cripta, no entanto, que permanecia sem descansar... até então.

— Você está bem? — perguntou Frank para mim. Mal ouvi sua voz por causa do assobio do vento. Ele falou com um tom suave, o mais suave que eu ouvira até então. Suave de preocupação. Preocupação comigo, uma menina que ele odiou quando conheceu.

— Estou bem — falei rapidamente e ajustei a bolsa sobre os ombros. — Temos que arrumar alguma coisa pra travar aquela porta e deixar ela aberta.

Ou a porta nunca esteve ali, ou não chamou a minha atenção nas outras vezes em que estive dentro da tumba... o que não me surpreende, porque ela era feita de madeira podre e ficava escondida na escuridão. Fiquei preocupada; se não a deixássemos aberta, seria impossível voltar ao Mundo Inferior (a não ser que eu *realmente* mandasse mal e acabasse morrendo de novo). Eu não tinha o dom de John de me teletransportar. Se eu de fato conseguisse ajuda para aquelas pessoas, teria de arrumar um modo de levá-la até elas (se bem que mais tarde eu teria lidar com a questão de como passar por aquela porta com um barco gigante).

— Um minuto — disse Frank —, eu tenho uma coisa que serve.

Frank se abaixou e pegou um objeto longo do meio das pétalas do chão. No escuro, não consegui ver o que era, até que ouvi o som de vidro se quebrando quando ele bateu com o objeto na parede.

— Rum Captain Rob — falei com um sorriso triste. O nome foi dado à bebida em homenagem ao pai abusivo de John. — Muito apropriado.

— Finalmente, uma serventia pra essa garrafa que não vai gerar uma ressaca do cão. — Frank ajeitou a garrafa quebrada na porta.

— Vocês vêm ou não? — berrou Alex, debaixo da árvore.

— Estamos indo — garanti, e saí na chuva.

Desmaiei como se estivesse morrendo,
E caí como cai um cadáver.

DANTE ALIGHIERI, *Inferno*, Canto V.

Kayla achou quatro multas encharcadas embaixo do para-brisa.

— Os policiais da Isla Huesos *realmente* são maus — declarou.

Havia destrancado a porta, e estávamos dentro do carro supercompacto e bagunçado.

— Era de esperar que eles suspendessem as multas pra quem estaciona no lado errado da rua durante um furacão — disse Alex. — Não acredito que eles não rebocaram o seu carro.

— Não acredito que não foi roubado — disse Frank. — É normal deixar as chaves em cima da roda?

— Pra mim é. Assim não perco. — Kayla enfiou as multas no porta-luvas, onde notei que havia mais meia dúzia de multas não pagas. — E, além disso, ninguém procura chaves ali.

— Estou chocado por você ter dificuldade pra achar as coisas — comentou Frank com sarcasmo, tirando um guardanapo do Island Queen que estava preso na sua bota. — Está tão arrumado aqui. Que isso?

Kayla pegou rapidamente o sutiã vermelho que ele tirou de onde estava sentado.

— Você deveria saber, foi você quem tirou ele de mim — disse ela.

Alex, sentado atrás deles, soltou um uivo. Agora que estava a salvo e fora do cemitério, parecia mais bem-humorado.

— Cala a boca, Cabrero — disse Kayla, jogando o sutiã nele. Gargalhando, Alex afastou o sutiã, e Kayla se olhou no espelho que tirou do painel da porta. — Ah, ótimo, meu lápis está todo borrado. Estou parecendo uma periguete afogada.

— Você está ótima — falei. — Podemos, por favor, ir logo antes que alguém veja a gente?

— Quem vai nos ver? — Kayla pegou um estojo de maquiagem extra que também mantinha no painel da porta. — Está um breu nesta rua.

Verdade. Em todas as ruas estreitas em torno do cemitério, as janelas de todas as casas de praia, com suas cores antigas, estavam apagadas, embora, de acordo com o relógio de Alex, fosse pouco mais do que 8 da noite.

— Até onde sabemos — disse Kayla enquanto retocava as linhas negras ao redor dos olhos com cuidado — não tem ninguém vivo nesta cidade além de nós. Bem, e os policiais que me multaram.

— Obrigada, Kayla. — Era a vez de Alex de ser sarcástico. — Que pensamento mais agradável. Alguns de nós estão preocupados com pessoas da família, sabia?

— Seu pai com certeza está bem, Alex — falei no tom mais reconfortante que podia. — Não tem eletricidade nesta parte da cidade, só isso.

— E você não é o único com família — lembrou Kayla enquanto se pintava. — Estou preocupada com a minha mãe. Quer dizer, não tanto, porque eles mandaram que ela trabalhasse no hospital enquanto o furacão durar, e o hospital foi construído pra aguentar ventos de categoria cinco. Mas ela deve estar desesperada por eu não ter ligado. Falando nisso, você acha que, se tem Fúrias aqui, elas vão encontrar a gente se eu ligar o ar condicionado e carregar o celular? Porque a minha bateria morreu e as janelas estão embaçadas demais pra eu enxergar. Dá pra vocês respirarem menos?

Ela girou a chave e, um segundo depois, um sopro forte de ar quente saiu do assento da frente até Alex e eu. Kayla imediatamente pegou o celular do corpete do vestido e conectou o carregador no painel.

— Então, Pierce — perguntou ela. — Pra onde vamos?

— Pra casa do Richard Smith — falei ao mesmo tempo em que Alex disse:

— Pra minha casa.

Ele me deu uma olhada com raiva.

— Quem é Richard Smith?

— Ele é o sacristão do cemitério. Lembra, você conheceu ele na escola no dia em que tivemos a assembleia sobre a Noite do Caixão. É um velho amigo do vovô. Acho que ele pode ajudar a gente a descobrir pra onde foram as Fúrias, e se realmente existe um Tânato...

Com a ajuda da luz fraca do painel de Kayla, vi que Alex estava com o rosto franzido de raiva.

— Pierce, o meu pai provavelmente acha que estou morto...

— Você *está* morto, amigão — disse Frank. — Pelo menos pra todo mundo que faz alguma diferença na sua vida. Vai se acostumando.

— Mas eu *não* estou morto — disse Alex. — Eu sou um EQM, como a Pierce. E a última coisa que quero fazer agora é visitar um velho amigo do vovô...

— Alex, o Sr. Smith é a única pessoa que me vem à mente que talvez saiba como ajudar o seu pai *e* todas aquelas pessoas que deixamos no Mundo Inferior...

— Quer dizer, o seu namorado — interrompeu Alex com uma careta.

Eu me senti irritada.

— Não falei isso.

— Mas é óbvio que *ele* é a sua prioridade — retrucou Alex.
— *Tânato?* Essa foi praticamente a primeira palavra que você
falou. E você nem mencionou ir ver a sua mãe. Desde que
você conheceu John, só pensa *nele*. Nós morremos de preocupação quando você sumiu, e você nem aí. E agora *ele* está
morto, mas ele e o mundo dele *ainda* são a sua prioridade.

— Ai, meu Deus, Alex — falei. — Isso não é verdade. Eu
me preocupei com você e o tio Chris e minha mãe e meu pai o
tempo todo quando sumi.

Frank mexeu no espelho retrovisor para que pudesse ver
Alex.

— É verdade, amigão — disse ele. — Quando conheci ela,
só falava em você, que precisava voltar e tirar você do caixão.
Quase enlouqueceu o capitão.

Dei uma olhada séria para Frank no espelho para mostrar
que não precisava da ajuda dele. Quando olhei para Alex de
novo, vi que sua expressão ainda era desafiadora, mas seus
olhos tinham um brilho de luz refletida... ou talvez de algumas lágrimas presas.

— Eu me preocupei muito com você, sim — falei para
Alex. — E com seu pai também. Mas se não consertamos o
que está acontecendo no Mundo Inferior, os problemas do seu
pai não vão fazer diferença, nem os problemas de ninguém
na Isla Huesos, porque a Isla Huesos em si não vai existir por
muito mais tempo.

E foi aí que me dei conta. *Os olhos do Alex estão refletindo luz.*

Que luz? Todos os postes estavam apagados, e a iluminação do painel era verde.

— Tem alguém vindo — falei. Olhei para o diamante no
meu pescoço. Como era de se esperar, não estava mais o lilás
prazeroso de quando Kayla estava por perto, mas, sim, preto.

— O que é aquilo? — perguntou Kayla, apontando.

Por entre as gotas de chuva que castigavam o para-brisa, vi um único arco de luz se balançando na calçada.

— Uma lâmpada elétrica? — disse Frank.

— Não — respondi, sentindo a pele cada vez mais fria, e não por causa das roupas úmidas ou do ar condicionado que Kayla colocou tão forte. — É uma lanterna.

— Uma lanterna? — repetiu Kayla sem acreditar. — Quem sairia num tempo desses?

— Ninguém que a gente quer encontrar — falei. — Dirige.

— Pra onde? — perguntou Kayla, e começou a dar ré.

— Pra qualquer lugar — falei, na mesma hora em que Alex soltou:

— Menos pra minha casa.

A pessoa que estava segurando a lanterna notou as luzes do carro de Kayla e começou a se aproximar a um passo mais rápido. Ouvi uma voz masculina berrando. Era impossível distinguir exatamente o que falou por causa do vento e da chuva. Mas pareceu estranhamente familiar.

— Mais rápido, Kayla — falei, nervosa.

— Estou tentando — disse Kayla —, mas nunca fui muito boa em estacionar.

— Pelo amor de Deus — disse Frank —, você devia ter me deixado dirigir...

— Você nem nasceu neste século — retrucou ela.

— Ele está chegando — disse Alex conforme a figura escura se aproximava.

De repente, o homem estava na frente do carro; pareceu ter chegado ali impulsionado pelo vento. Os faróis de Kayla deram definição forte ao seu rosto. Eu engasguei involuntariamente.

— Você conhece ele? — perguntou Frank, olhando para mim.

— De muito tempo atrás — falei. Mal ouvi a minha voz por causa do bater da chuva no teto do carro e do barulho rítmico dos limpadores do para-brisa. — Mas... não tem como ser ele. Não tem como ele estar aqui. Não tem como ele estar...

Embora fosse impossível que ele me visse — ainda mais porque eu estava no assento de trás e a luz estava no rosto dele —, tive a impressão de que os nossos olhares se cruzaram. Eu poderia jurar ter visto um sorriso de triunfo no rosto dele.

— Pierce. — Agora não tinha como não entender o que ele falou. Ele levantou a lanterna e a apontou diretamente para mim, do outro lado do para-brisa. — Sai do carro e eu não machuco os outros.

Não senti exatamente medo. Foi mais uma sensação de inevitabilidade, como se eu sempre soubesse que aquele momento fosse chegar aquilo. Não estava nem um pouco surpresa que acontecesse na frente do portão do cemitério, que John abriu com um chute de tanta frustração da última vez que discutimos sobre esse mesmo indivíduo.

— Merda — disse Kayla. — Ele está na nossa frente, e eu não tenho como ir mais pra trás. Estamos presos.

— Quem é ele? — exigiu Alex. — O que quer com você?

— É o Sr. Mueller, o professor da minha outra escola — falei com calma. — Tá vendo como ele fica com uma das mãos no bolso?

Todos olharam. O Sr. Mueller de fato mantinha uma das mãos segurando a lanterna pesada de metal, enquanto a outra ficava escondida no bolso da longa capa de chuva preta.

— O John destruiu aquela mão — expliquei — quando o Sr. Mueller me tocou de maneira imprópria com ela.

Achei que não precisava contar que, naquela ocasião, eu estava tentando pegar o Sr. Mueller no flagra para provar que havia causado o suicídio da minha melhor amiga, com quem ele vinha tendo um caso.

— Que legal — disse Alex. — Isso é muito legal, Pierce. Então o que ele quer agora, o resto da mão dele de volta?

— Não dá pra falar pra ele que não temos mãos? — perguntou Kayla cada vez mais histérica.

— Não se preocupem — disse Frank. — O capitão deu um jeito em uma das mãos. Eu cuido da outra. — Ele começou a sair do carro.

— Frank — berrei. Agora já não estava tão calma. — Não...

O Sr. Mueller não gostou do fato de Frank sair do carro em vez de mim. Ergueu a lanterna e bateu com ela tão forte no para-brisa que deixou uma marca perfeita. Linhas cristalinas nasceram do ponto de batida na direção de Kayla, que soltou um berro.

— Ninguém sai do carro a não ser a menina — ladrou o Sr. Mueller logo antes de sua boca se tornar um buraco de sangue e dentes afiadíssimos, centenas deles em fileiras múltiplas, como um tubarão. Kayla não foi a única a gritar de terror. Frank rapidamente fechou a porta e a trancou, enquanto a entidade na qual o Sr. Mueller se transformara tentou pegar a maçaneta.

— Dirige — falei com o coração batendo forte contra as minhas costelas.

— Não tem pra onde ir — disse Kayla.

— Vai em frente — falei enquanto o Sr. Mueller corria pela frente do carro, claramente querendo chegar na porta dela.

— Mas a gente vai bater nele — berrou ela.

— Exatamente — falei.

— Eu não posso matar uma pessoa!

— Você bateu na cabeça do seu irmão com um extintor de incêndio.

— Mas ele é família! E eu não matei ele.

Vendo que ela não se mexia, estatelada de terror na frente do volante, eu me joguei entre o assento dela e o de Frank e apertei o acelerador com as mãos.

Não consegui ver para qual direção o carro foi. Só olhei para o acelerador e para as sandálias roxas da Kayla. Mas senti o impulso quando o pequeno carro foi para frente. Minha cabeça bateu no painel de controle com o impacto do carro contra alguma coisa grande e pesada, alguma coisa que soltou um berro sobrenatural antes de bater no capô. Kayla virou o volante aos berros, acho que para tirar o agressor do capô, e acabou pisando nos meus dedos.

— Pierce — exclamou ela — Pierce, o que você está fazendo? A gente bateu nele, ai, meu Deus, Pierce, a gente bateu nele, acabou, tira a mão!

Finalmente, Frank pegou os meus braços com suas mãos fortes e me colocou de volta no meu lugar.

— Está tudo bem — disse. — Ele já foi.

Quando tirei os cabelos do rosto e olhei para trás, o coração ainda batendo forte, vi que Frank não estava inteiramente certo. Sob o brilho vermelho dos faróis traseiros de Kayla, a massa desengonçada de Mueller estava estirada no chão sob a chuva.

Perto do corpo, que estava no meio da rua, a lanterna pesada apontava fortuitamente para os pés dele. E foi assim que notei os sapatos.

— Mocassim — falei com nojo.

Alex também estava virado para trás.

— Gente — disse. — Ele ainda está se mexendo.

Decepcionada, falei:

— Kayla, dá ré e passa por cima dele.

— Não! — berrou ela. — Ainda podemos chamar uma ambulância.

— *Ele ia matar a gente.*

— Ele é uma Fúria — disse Frank. — Vamos embora. Ele vai ficar bem.

Assim que ele falou isso, um relâmpago atingiu uma árvore gigantesca que estava no jardim de uma casa ali perto. O círculo de fogo causado pelo relâmpago fez com que nos abaixássemos e tampássemos os olhos.

Quando olhamos de novo, a árvore havia desaparecido quase totalmente. O tronco que restou ficou retorcido e queimado, e desabou em cima do corpo do Sr. Mueller, que soltava um leve vapor sob a chuva.

— Bem — disse Frank depois de um instante de estupefação e silêncio. — Ele provavelmente não vai ficar bem depois disso.

— Ai, meu Deus, ai, meu Deus — exclamou Kayla, segurando o volante. — Eu acabei de assassinar alguém! Uma pessoa que nem conheço. Um professor!

— Você não matou um professor — falei com calma. — Eu matei. E devia ter feito isso há muito tempo. Era um pervertido que fez com que a minha amiga se suicidasse. Podia muito bem ser Tânato.

— Na verdade, o relâmpago matou ele — lembrou Frank. — Não fomos nós.

— Mesmo assim — disse Kayla, olhando para o para-brisa e chorando. — Olha o que ele fez com o meu carro. Meu seguro jamais vai cobrir isso.

— Você quer salvar o Mundo Inferior ou não? — perguntei para ela.

Kayla fez que não com a cabeça. Seus cachos já estavam restaurados, graças ao ar condicionado.

— Só quero ir pra casa — disse ela.

— Bem, você não vai mais ter casa se esses caras vencerem. Então que tal levar a gente pra casa do Sr. Smith pra descobrirmos o que está acontecendo? — Olhei para Alex. — Pode ser?

Ele estava olhando para o cadáver gigante do Sr. Mueller.

— O quê? — perguntou ele. — Ah, sim. Desculpa. Eu estava pensando... talvez você realmente tenha feito outras coisas na sua escola em Connecticut além de ficar de bobeira e fazer toalhinhas decorativas.

— Obrigada por finalmente entender isso.

Agora estavam acordados, e era chegada a hora
Em que a comida a nós era trazida...
DANTE ALIGHIERI, *Inferno*, Canto XXXIII.

— Pierce? — disse o Sr. Smith, olhando para mim, depois para Frank, Alex, Kayla e novamente para mim. Estávamos em frangalhos por causa da chuva que tomamos no caminho do carro até a varanda da frente de casa. — Mas como...?

Sua voz estava quase inaudível por conta do rock bombando ao fundo. Era uma música que meus pais gostavam muito de ouvir quando ainda eram casados e felizes.

O Sr. Smith não morava muito longe do cemitério, mas sua casa ficava num condomínio fechado novo (com casas feitas para parecerem construções antigas da época vitoriana) perto de uma rua popular da Isla Huesos, conhecida por seus bares e restaurantes. Enquanto todos os outros lugares por onde passamos estavam em escuridão total — alguns lugares estavam submersos pela metade e desertos, a não ser pelas vans de emissoras de televisão e pelos repórteres com galochas de perna inteira, falando ansiosamente sobre as "condições fatais" trazidas pelo Furacão Cassandra (que pelo visto foi o nome que deram para o furacão "monstruoso" que estava castigando o Sul da Flórida) —, a casa do Sr. Smith estava completamente iluminada. Ele havia fechado todas as proteções das janelas, mas ainda havia luz atrás delas, e na varanda.

— Como o senhor tem eletricidade? — perguntou Alex para o Sr. Smith. — E essa música é do *Queen*?

— Ah — disse o Sr. Smith um pouco envergonhado. — Eu e o Patrick temos um gerador. Geralmente chamamos os vizinhos para uma festinha quando tem tempestade na cidade. Assim eles podem saber das previsões, e nós comemos as lagostas que eles guardaram e que acabariam apodrecendo.

Kayla ficou olhando para ele.

— Nós acabamos de matar um homem com o meu carro — disse ela.

Frank a abraçou.

— Por favor, perdoa a minha namorada — disse ele para o Sr. Smith. — Ela passou por um choque. Podemos usar a sua casa de banho?

Os olhos do Sr. Smith se arregalaram até o aro dos seus óculos.

— O meu banheiro, você quer dizer? Sim, claro, podem entrar — falou. — Cadê a minha educação. Mil desculpas. Patrick?

Enquanto ele chamava o seu companheiro, nós, todos pingando, entramos no *foyer*, que era azul-claro com molduras brancas, de muito bom gosto. Havia uma escada de madeira, também com molduras brancas, que dava levava ao segundo andar, uma entrada aberta para um escritório bem masculino, com estantes do chão até o teto cheias de livros e, como era de se esperar, um cabide de chapéus antigo cheio dos chapéus de palha e Fedoras do Sr. Smith. Na parede, pôsteres antigos e emoldurados da dançarina burlesca da Era do Jazz, Josephine Baker.

Não era o tipo de arte que eu esperava ver na casa do Sr. Smith.

— Mais refugiados da tempestade? — Um homem segurando um copo com uma bebida vermelha e vestindo blusa branca e bermuda cáqui veio pelo corredor ao lado da escada. — Quanto mais, melhor...

O copo caiu da mão dele quando ele nos viu. O líquido vermelho espirrou no tapete persa caro que estava no corredor. Nenhum dos dois homens notou.

— Patrick — disse o Sr. Smith —, você deve se lembrar da Pierce, não lembra? Você a conheceu nesse último Festival do Caixão.

— Meu Deus, é claro! — exclamou Patrick, e veio me dar um abraço.

Patrick dizia ser meu fã desde que a mídia caiu em cima do meu suposto sequestro e publicou uma foto de John me levando embora — e o valor que meu pai ofereceu pelo meu retorno. Patrick era viciado em histórias de amor adolescente não concretizado. Achava que meus pais não aprovavam John porque ele era mais velho e vivia fora da cidade.

Patrick não sabia o *quão* mais velho John era, e que morava *bem* longe da cidade.

Correção: *costumava morar.*

— O que vocês estão fazendo aqui? — perguntou Patrick, todo sorridente. — Rich, por que você não me falou que eles vinham? Tudo bem. Tem bastante taco de lagosta.

Não consegui abraçá-lo. Estava chocada demais com tudo o que havia acontecido, além de ter de ouvir o Patrick chamando o Sr. Smith de *Rich*. Eu não conseguia pensar no Sr. Smith como nenhuma outra coisa, a não ser Sr. Smith.

— Eu não sabia que eles vinham, Patrick — disse o Sr. Smith com um tom de voz que indicava descontentamento com a expansividade de Patrick. — Você poderia pegar toalhas e bebidas quentes pra eles, por favor? Como você pode ver, eles tiveram alguns problemas pra chegar aqui.

— Problemas com o carro? — perguntou Patrick, demonstrando simpatia, e finalmente me soltou. — Foi difícil encontrar lugar pra estacionar? Eu sei que não tem muito mais vagas; todo mundo da parte baixa da ilha vem estacionar aqui em cima durante tempestades pra que não entre água no motor. Ainda tem vaga no estacionamento atrás do nosso prédio, se vocês quiserem. É onde colocamos o nosso...

— Patrick — disse o Sr. Smith, me segurando pelo braço. — As bebidas e as toalhas?

— Sim, claro — disse Patrick, rindo. — Desculpa. Eu fico tão animado quando tem tempestade! Adoro ver as pessoas unidas para se ajudar. Queria que esse sentimento de comunidade existisse todos os dias. Enfim, bebidas e toalhas, sem falar nos tacos, estão aqui na cozinha. Sigam-me, pessoal. — Ali, ele pareceu perceber o que estávamos vestindo pela primeira vez, e nos olhou de cima a baixo com satisfação. — Ai, meu Senhor, fantasias! Tem alguém dando uma festa à fantasia por causa do furacão? Por que não pensamos nisso, Rich? — E, para mim, perguntou com um sorriso: — Cadê aquele seu namorado gostoso? Nossa, meu Deus, amei o seu cinto.

Meus olhos se encheram de lágrimas, mas não porque a pergunta dele me fez lembrar que John havia morrido. Foi porque a música de fundo havia parado, e eu ouvi as gargalhadas dos vizinhos do Sr. Smith enquanto compartilhavam da comida e da casa deles. Percebi que havíamos entrado em um verdadeiro refúgio da tempestade, cheio de vida e amor. Não havia sinal da morte e da pestilência com as quais lidamos por tantas horas.

As lágrimas foram porque me senti péssima em destruir aquele pequeno oásis, em levar aquela morte e aquela pestilência conosco. Acho que era isso que eu representava: uma mensageira da tragédia, a rainha do Mundo Inferior.

Vi Frank fechando a porta da frente do Sr. Smith e depois trancando-a, após dar uma olhada lá fora e se certificar de que não estávamos sendo seguidos. Pela expressão de alívio dele, e pelo cinza pálido do meu diamante, eu sabia que não havíamos atraído as Fúrias. Estávamos a salvo... por enquanto.

Consegui conter as lágrimas e achei que ninguém as havia notado quando senti um braço em volta dos meus ombros. Surpresa, levantei o rosto e vi meu primo ao meu lado.

— O John vai encontrar com a gente mais tarde — disse Alex para Patrick. — Ele tem umas coisas pra fazer agora. E eu sou Alex, primo da Pierce.

— Ah — disse Patrick apertando a mão que Alex havia estendido. — Muito prazer. Tenho uma camiseta que deve caber em você, se você quiser tirar essa sua molhada. — Deu uma olhada em Frank, que era uma cabeça e meia mais alto do que todo mundo. — Você... acho que não temos roupas pra você. E você tá fantasiado do que, um dos Anjos do Inferno?

Frank levantou seus ombros enormes.

— Isso — disse simplesmente.

Enquanto Patrick foi levando os outros pelo corredor em meio às gargalhadas e à música, o Sr. Smith me levou pelo braço até o escritório cheio de livros, e fechou as portas francesas.

— Que diabos está acontecendo? — perguntou, e me jogou uma toalha felpuda azul e branca que ficava em um cesto ao lado das portas francesas. Acho que essas portas davam na piscina, o que explicava as toalhas estarem ali, mas visto que estavam cobertas com proteções contra a tempestade, era impossível ter certeza. — O que foi que aquela menina falou? Vocês mataram um homem mesmo? E cadê o John?

Eu me sentei na poltrona de couro marrom e pressionei a toalhas nos meus cabelos úmidos.

— Sim, nós matamos uma pessoa — falei. As palavras saíram roboticamente pelos meus lábios. Foi uma surpresa (e, ao mesmo tempo, não foi uma surpresa) ver como eu não ligava por ter matado o Sr. Mueller. Talvez a emoção viesse mais tarde. Ou talvez não. — Mas ele tentou matar a gente primeiro.

— Meu Deus — disse o Sr. Smith. Ele se sentou no sofá que combinava com a minha poltrona. Sua pele morena de repente ficou quase tão cinza quanto os seus cabelos curtos.

— Quem era?

— Um professor da minha antiga escola em Connecticut.

— E que diabos ele estava fazendo *aqui*? — perguntou, tirando os óculos para limpá-los, uma coisa que ele costumava fazer em momentos de muito estresse.

— Eu estava na esperança de o senhor me explicar. Nós despertamos os ancestrais, criamos um desequilíbrio, ou algum treco desses? É isso que o Sr. Graves acha.

O Sr. Smith balançou a cabeça antes de colocar os óculos de novo.

— Não sei quem é Sr. Graves, e também não entendi nada do que você falou. Volta pra quando o seu professor tentou matar vocês.

— Ele foi bem específico quando disse que, se eu não saísse do carro, mataria todo mundo que estava lá dentro pra chegar em mim — respondi. — Então nós atropelamos ele. E depois um relâmpago atingiu uma árvore, que caiu em cima dele.

O Sr. Smith ficou olhando para mim.

— Nossa — disse ele. — Pelo visto o John ainda não aprendeu a controlar o temperamento.

Olhei para ele, confusa.

— Por que o senhor está falando isso?

Ele piscou algumas vezes.

— Você não me falou que quando o John fica bravo ele causa trovões e relâmpagos?

— Falei — respondi. — Ele faz isso. Quer dizer, fazia. Mas o John não estava lá.

— Não estava? — O Sr. Smith franziu as sobrancelhas grisalhas, mostrando preocupação. — Cadê ele?

Meus olhos se encheram de lágrimas de novo, mas dessa vez não foi porque fiquei emocionada com o abrigo que o Sr. Smith ofereceu para nós — e outros — contra a tempestade.

— John está morto — falei com a voz falhando.

Dessa vez, não tentei conter as lágrimas, nem mesmo quando vi a expressão de choque — e pena — no rosto do Sr. Smith. Minhas lágrimas saíram com a mesma rapidez e paixão que minha história. Contei tudo o que havia acontecido, desde ressuscitar Alex naquela manhã terrível no cemitério até o momento horroroso em que vi o corpo inanimado de John nas ondas. Não deixei de contar nada...

...quer dizer, quase nada. Não vi motivos para contar para o Sr. Smith que o meu relacionamento com John havia chegado em um nível mais íntimo. Afinal de contas, algumas coisas são privadas. Achei que aquilo não tinha a ver com todos os eventos desafortunados que vinham acontecendo no Mundo Inferior.

Mas contei outras coisas, até mesmo as que pareciam não ter consequências — como o desaparecimento da Esperança. Não sei por quê falei tudo aquilo, só sei que as palavras do Sr. Liu logo antes de eu ir embora do Mundo Inferior ficaram na minha cabeça: eu *realmente* era uma pipa impulsionada pela raiva, e agora que John havia partido, não tinha ninguém segurando a linha. Eu matei um homem e não sentia nenhum remorso.

No entanto, o Sr. Smith era um dos homens mais centrados e compassivos que eu já havia conhecido... apesar do seu interesse um tanto mórbido por divindades da morte. Se havia alguém que podia arrumar um jeito de nos salvar — de salvar John e, talvez, desse modo, me salvar — era ele.

Ele escutou com atenção enquanto eu falava, ignorando o som abafado de gargalhadas e música vindo do corredor. Sua expressão era de preocupação, seus próprios olhos brilhavam com lágrimas, tão escuros quanto o couro onde nos sentávamos. Quando terminei, ele abaixou as mãos, que ficaram apoiando as suas bochechas desde o momento em que falei que John estava morto até quando terminei com:

— E... bem, então chegamos aqui. É isso, eu acho.

Para a minha surpresa, ele não falou as coisas que uma pessoa comum diria, como *Nossa, Pierce, lamento muito pela sua perda*, ou *Minhas condolências*.

Em vez disso, com os olhos escuros ainda brilhando de compaixão por trás das lentes do óculos, ele disse:

— Minha querida. Você está errada. Muito, muito errada.

Fiquei olhando para ele. Pela primeira vez na noite, eu realmente senti alguma coisa. Senti o que o Sr. Mueller deve ter sentido quando passei com o carro da Kayla por cima dele.

— Errada? — repeti. — Sobre o quê? O Tânato não existe?

— Não, não — falou ele —, não é isso. Sobre a esperança. Ela não está perdida.

Dei um suspiro profundo e decepcionado.

— Eu falei pro senhor — comecei a dizer. Por que achei que ir até ele seria uma boa ideia? Alex tinha razão. Era melhor ter ido direto pro tio Chris; embora ele morasse com a minha avó, o que tornava perigoso visitá-lo, considerando que ela estava possuída por uma Fúria. Mas o Sr. Smith geralmente estava tão à frente das coisas. Acho que não mais. — A Esperança foi embora. Não vejo ela desde que os corvos começaram a cair do céu depois que os barcos bateram um no outro...

O Sr. Smith estava usando um dos seus lenços antigos para secar os óculos.

— Desculpa, mas não me referi ao seu pássaro — disse ele. — Se bem que não acredito que ela esteja perdido também, não pra sempre. Ela vai voltar, como os animais voltam depois de uma tempestade, quando o pior já passou e o sol sai de novo. Ela sabe como voltar pra casa.

Fiquei sentada olhando para ele. Do que estava falando?

— Estou me referindo — continuou depois de guardar o lenço — à *esperança*. Você disse que sente que não há mais esperança, e que as Moiras nos deixaram. Mas não acho que isso seja verdade, nem por um segundo. Assim como não acho que John está morto.

De repente, as paredes brancas e aprazíveis da biblioteca do Sr. Smith tomaram um tom rosado. Ai, não.

— Sr. Smith, eu lamento, e sei que isso é difícil pro senhor — falei com a voz controlada. Havia vários objetos nas prateleiras, como ornamentos de vidro no formato de barcos e conchas. Eu não queria pegar um daqueles objetos e tacá-lo longe. Mas a parte de mim que era impulsionada pela raiva quis fazer isso. — Acredita em mim, eu também tenho dificuldade em aceitar. Mas eu mesma auscultei o peito do John. Não havia batimentos cardíacos. Eu fiz o boca-a-boca. Ele não voltou a respirar. Cheguei até a passar o meu cordão nele, como fiz com o Alex. Não funcionou. Nada funcionou. Acredita em mim, ele está morto. Ninguém conseguiu fazer nada...

O Sr. Smith mexeu as mãos na frente do rosto como se as minhas palavras fossem um mosquito fastidioso. Isso não fez com que a mancha vermelha sumisse dos meus olhos. Na verdade, o vermelho se intensificou.

— Sim, eu sei. Acredito que o *corpo* dele esteja morto agora. Mas o espírito não está. Por que você acha que aquele relâmpago veio e atingiu aquela árvore, fazendo com que ela caísse em cima do seu professor? Aquilo foi puramente John, versão clássica. Ele estava tentando ajudar você, daquele jeito exageradamente dramático que ele tem.

Assim que ele mencionou o relâmpago, o vermelho desapareceu da minha visão, assim como uma onda se afasta da praia. O que ele estava sugerindo era muito louco...

...louco o suficiente para ser verdade.

O relâmpago foi *mesmo* uma coincidência estranha, considerando que o meu namorado sempre teve o poder de controlar o tempo com a mente, e que ele sempre aparecia quando alguém me ameaçava.

Só que John estava morto.

— Trovões e relâmpagos eram *mesmo* uma assinatura do John — murmurei sem querer, embora não me permitisse ter esperança.

— Foi o que você me disse — falou o Sr. Smith. Ele se levantou e foi até os livros. — Faz sentido que ele tentasse proteger você no pós-morte, como fez na vida... quer dizer, independente de qual pós-morte ele esteja vivenciando.

— Mas... — Não. Eu não ia ter esperança. — É impossível. A não ser que...

— Não é mais impossível do que tudo o que você já viveu até agora, eu acho, como ir parar em um mundo embaixo do nosso e descobrir que você, uma estudante bem abaixo da média, é uma das regentes desse mundo. E agora, onde coloquei aquele livro?

— O senhor quer dizer que... — Eu estava começando a sentir uma coisa diferente de raiva. Perigosamente, parecia ser otimismo. — ...acha que o John ainda está por aqui? Em forma de espírito?

— Mais do que em forma de espírito — disse o Sr. Smith. — Acho que o seu amigo Sr. Graves tem razão quanto ao desequilíbrio no Mundo Inferior. Tenho algumas suspeitas sobre o que causou isso, porém o mais importante é que acredito que isso criou uma oportunidade para que o deus da mote, Tânato, capturasse a alma de John. A questão é, como vamos salvá-lo?

*O Guia e eu entramos então na
Estrada secreta, para retornar ao mundo de luz...*
DANTE ALIGHIERI, *Inferno*, Canto XXXIV.

— É claro que há outras perguntas — disse o Sr. Smith de costas para mim, analisando as prateleiras de livros que iam do chão ao teto. — E outras questões mais urgentes. Como vamos ajudar todas as pobres almas que vocês deixaram no Mundo Inferior? E como vamos derrotar as Fúrias e trazer as Moiras de volta, recuperando, assim, o equilíbrio para que esta querida ilha não vire uma bola incandescente de magma? Mas — adicionou com delicadeza —, acredito que assim que localizarmos e recuperarmos o John, o restante vai ser mais fácil de fazer. Quer dizer, assim espero. Todas as pontes estão fechadas por causa da tempestade, então é tarde demais para evacuar.

Eu mal o escutava. Estava olhando em volta de mim, cabeça rodando. O Sr. Graves, o homem da ciência, estava *certo*? Tinha *mesmo* um Tânato impedindo que a alma de John retornasse ao seu corpo, mantendo-o preso entre a vida e a morte?

Será que o John realmente fez com que aquele relâmpago atingisse aquela árvore e matasse o Sr. Mueller? Se fosse verdade, isso queria dizer que ele esteve comigo o tempo todo.

Será que ele estava ali comigo naquele momento? Se estivesse, por que eu não conseguia senti-lo? Só consegui escutar o uivo insistente do vento lá fora, puxando e batendo as proteções nas janelas, um contraste estranho com a música animada no final do corredor.

E se fosse verdade, e John tivesse se tornado um tipo de anjo da guarda? De certa forma, essa ideia era estranhamente reconfortante. Mas eu não queria um anjo da guarda. O que me traria de bom? Anjos da guarda não tinham como dar abraços fortes e dizer que vai dar tudo certo. Não tinham como tomar café da manhã com você, ou fazer piadas, ou dizer que você está linda mesmo quando seus cabelos estão em um coque desengonçado porque você acabou de lavar o rosto e sabe que não está nada linda.

Eu queria o John como um cara, e não como um anjo. Eu o queria por inteiro, do jeito que era, e não uma droga de anjo...

John? Chamei na minha mente, olhando em torno de mim. *Você está aqui? Se estiver, me dá um sinal.*

— Ah — disse o Sr. Smith. Havia subido em uma pequena escada para encontrar o tomo que parecia estar procurando. — Aqui está.

Foi até a mesa grande de mogno e abriu o livro na página que queria. Eu me levantei para dar uma olhada.

Na página, uma foto de uma estátua grega antiga. Mostrava um menino alado em um cavalo galopante bradando uma espada para o alto.

Quer dizer, algumas das pernas do cavalo estavam galopando. As outras haviam caído em um terremoto, ou algo parecido. O mesmo aconteceu com o rosto do menino e a maior parte das suas asas.

— Tânato — disse o Sr. Smith. — A personificação grega da morte.

Olhei para a foto.

— É só uma criança.

— Pode-se dizer que sim. Os romanos realmente o viam como uma criança da noite negra. Diziam que até o sol tinha medo de brilhar sobre ele. Mas essa *criança*, como você diz, destruiu exércitos inteiros com um único movimento da sua espada. Matou sem nem pensar nas suas vítimas. Diziam que ele não tinha misericórdia, nem arrependimento, nem uma alma.

— Então, em outras palavras — falei —, um típico adolescente.

O Sr. Smith franziu o rosto para mim, e leu a descrição da foto em voz alta.

— Isso foi o que o poeta Hesíodo escreveu sobre Tânato na *Teogonia*: "Seu espírito é implacável como bronze: prende com força quaisquer homens que tenha porventura capturado. É odioso até mesmo aos deuses imortais."

— Porque passou o dia trancado no quarto — falei — em site de pornografia e jogando vídeo game.

O Sr. Smith franziu o rosto de novo.

— Eles não tinham vídeo games nos anos antes de Cristo...

— O senhor entendeu o que eu quis dizer — falei. Tinha alguma coisa me incomodando naquela foto. Ela me lembrava de alguma coisa ou alguém, mas eu não conseguia saber quem, principalmente porque a forma não tinha rosto. — Se os deuses era imortais, então como ele conseguiu matar o John?

O Sr. Smith ergueu uma das sobrancelhas.

— Srta. Oliviera, como falei num dos nossos primeiros encontros, o John não é um deus. Ele é simplesmente um pobre jovem que foi colocado numa posição de grande responsabilidade quando muito novo...

— Como é que não tem nada sobre esse Tânato no mito de Hades e Perséfone? — interrompi. Eu já sabia que John era o máximo. Não precisava ouvir isso.

— Porque ele não faz parte do mito. É um personagem menor na literatura da mitologia grega, considerado mais um espírito do que uma divindade. O pai da psicanálise, Sigmund

Freud, acreditava que todos nós temos um pequeno Tânato dentro de nós. Ele chamou isso de impulso de morte e disse que isso é o que faz com que nos envolvamos em comportamentos perigosos de vez em quando.

Ergui uma sobrancelha e me lembrei da maneira como John se segurou no timão do barco que ia bater no outro até o último instante.

— Isso é bem a cara do John. Então, como eu tiro ele desse Tânato quando eu descobrir quem é? Não deve ter sido o Sr. Mueller, ou o John já teria voltado.

O Sr. Smith balançou a cabeça e fechou o livro.

— Eu devia ter percebido, com bases nas nossas conversas — disse ele, cansado —, que você não entenderia. Você não tem como *literalmente* brigar com a Morte até a morte pela vida do seu namorado, Pierce.

— Tá, eu entendo que esse louco do Tânato provavelmente é uma metáfora — falei e comecei a andar pelo escritório. — Mas se não for, eu já matei um cara hoje. O que vai me impedir de matar outro?

De trás da mesa, o Sr. Smith olhou para mim sem esperança.

— Porque essa não é a pessoa que você é. Entendo que, com o seu professor, você estava agindo em legítima defesa. Mas exatamente o que fez com que John se atraísse por você é o fato de você ser a primavera do inverno dele. Você é a água do seu fogo. Ele é a tempestade. Você é o sol que aparece depois dela.

Parei de caminhar e olhei para ele.

— O senhor está querendo me fazer vomitar de propósito?

— Srta. Oliviera, por favor — disse o Sr. Smith com os braços abertos como quem diz: *Por que está me culpando por dizer o óbvio?* — Sei que pra você posso parecer um velho bobo de vez em quando, que ama falar sobre divindades da morte, mas me dá um pouco mais de crédito por eu ter vivido mais e visto mais coisas. Sim, tempestades fazem estrago, mas precisamos delas pra que limpem as ervas daninhas que fazem com que outras flores não tenham a chance de brotar. E, é claro, precisamos que o sol brilhe nessas flores novas que talvez nunca nascessem sem a tempestade.

Meus olhos se encheram de lágrimas de novo.

— *Para*.

— Agora quem está sendo boba é você — disse o Sr. Smith. — É bom ser a tempestade e poder defender a si mesma e aos outros, quando necessário, mas também é bom ser o sol... talvez até melhor.

— Eu não sou o sol — falei e sequei as lágrimas. — Ou a primavera, ou a água, nada disso. Ouvi uma pessoa bem entendida dizer que eu sou uma pipa sem linha, impulsionada por raiva.

— É claro que é — disse o Sr. Smith —, quando o John não está por perto. Acho que já mencionei que ele não era exatamente uma pessoa legal antes de você entrar na vida dele. Por isso seria bom reunir vocês dois. Vocês só funcionam bem como um par.

— Então — falei com uma voz não muito estável —, talvez a gente devesse se concentrar em entender o que está acontecendo no Mundo Inferior.

— O que está acontecendo no Mundo Inferior é bem óbvio — disse o Sr. Smith, dando uma olhada dentro da minha mochila. O meu celular havia começado a tocar. — O objetivo das Fúrias sempre foi destruir o Mundo Inferior. E agora que mataram o John, ou pelo menos acham que mataram, e liquidaram o transporte das almas, a única coisa que está no caminho é você. Quando você for embora, o Mundo Inferior não vai ter mais nada, e a previsão do seu amigo Sr. Graves vai virar verdade: a pestilência vai reinar aqui na nossa querida ilha.

— Então eu tinha razão — falei. — Realmente tem uma convenção de Fúrias rolando lá. — Indiquei as janelas fechadas. — Só que a única coisa na agenda delas é me matar.

— Eu imagino que sim — disse o Sr. Smith, botando a mão dentro da minha mochila. — A não ser, é claro, que consigamos jogar uma chave na engrenagem.

— O que quer dizer isso?

— Jogar uma... — Deu um suspiro e tirou o meu celular da mochila. — Meu Deus, eles não ensinam nada pras crianças na escola hoje em dia? Antigamente, a única maneira que os operários em fábricas tinham de ter um descanso era jogando uma ferramenta nas máquinas, fazendo com que parassem. Uma chave é um tipo de ferramenta. A única maneira de conseguirmos deter as Fúrias é se...

— Já sei — falei. — Matarmos Tânato, trazermos John de volta, depois acharmos os barcos pra repor os que perdemos.

— Você entende que Tânato é apenas um *símbolo* da morte, assim como uma pomba branca é um símbolo de esperança, ou uma romã simboliza a fertili...

— Um dia eu e você vamos ter uma longa conversa sobre romãs, mas não agora. — Estendi a mão com a palma virada para cima. — Dá meu telefone.

— Uma pessoa chamada Farah Endicott parece precisar de você urgentemente — disse ele de maneira seca, olhando para a tela. — Parece que tem uma festa e você está perdendo. Ela anexou uma foto bem rude. Me perdoe por ter olhado, mas ela usa uma fonte extremamente grande e vários do que eu acho que a sua geração chama de *emoticons*, o que a minha geração chama de inabilidade de conduzir uma conversa ao vivo.

— É — falei e peguei o telefone que ele passou para mim. — Tem uma festa da Noite do Caixão na casa do pai do Seth Rector em Reef Key. Achei que fosse ser cancelada por causa do furacão Cassandra. Pelo visto, não.

— Não mesmo — disse o Sr. Smith, ainda estava bisbilhotando a minha mochila. — Parece que a festa do mestre Rector está bombando, como vocês diriam. É claro que não vou nem mencionar que me parece coincidência você ter recebido um convite pra festa dele *depois* de ter despachado uma Fúria, e que tenho quase certeza de que você está sendo seduzida pra uma armadilha. Você já deve ter percebido isso sozinha.

— Pegou o meu exemplar do *História da Ilha dos Ossos*. — Eu não *dei* isso pra você, sabe — ralhou ele. — Apenas *emprestei*. Eles não imprimem mais este livro. E não dá pra baixar da Internet. — Ele virou as páginas do seu precioso livro como se eu as tivesse machucado. — Você chegou a ler?

— É claro que li — falei, levantando o rosto. Estava olhando para o meu celular, para a foto que Farah havia mandado. Era ela, Seth e os amigos. Estavam todos mostrando o dedo do meio para a câmera. Elegante. — Bem, pelo menos as partes sobre John. — Parei de falar e olhei ao redor com nervosismo, procurando por sinais, como luzes piscando, de que John pudesse estar bisbilhotando. — Gostei — continuei. — Prometo devolvê-lo depois. E é claro que eu sei que essa festa é uma armadilha, não sou burra. E para de ficar mexendo nas minhas coisas.

— Mil perdões — disse o Sr. Smith, fechando a minha mochila. — Nunca tive contato com os efeitos pessoais de uma regente do mundo pós-morte.

Eu mal o escutei. Estava olhando para a foto que Farah havia mandado. *Kd vc, garota?*, escreveu ela na legenda. *Tamos com saudade! Chega mais!* O Sr. Smith tinha razão quanto ao uso generoso de emoticons, muitos dos quais eram carinhas sorridentes com chifres de demônio.

Mas isso não foi o que achei tão fascinante na sua mensagem. E nem o caixão pintado com cor berrante ao fundo, onde o ano da nossa turma havia sido rabiscado em dourado, ou o fato de uma menina que eu nem conhecia estar montada no caixão como se fosse um cavalo.

Foi Seth, com seus cabelos louros e desarrumados e sorriso descontraído, dentes brancos e retos e um bronzeado de surfista. Parecia tão saudável com a camiseta pólo e bermuda de praia — quer dizer, fora o gesto obsceno que estava fazendo para a câmera. Sua camisa era preta, provavelmente em homenagem à ocasião, a Noite do Caixão.

Eu não conseguia distinguir o que estava me incomodando nele.

Ah, sim. Ele matou o meu primo.

— Você não vai — disse o Sr. Smith. — Vai?

— É claro que nós vamos — falei e abaixei o celular. — Eles me convidaram outro dia, na verdade, antes de eu matar o Sr. Mueller.

O Sr. Smith suspirou.

— A polícia vai procurar você.

— Eles vêm me procurando tem tempo — respondi.

— Mas você não havia matado ninguém antes.

— Nós vamos ter que tomar mais cuidado — falei. — Obrigada por tudo.

Ele suspirou de novo e olhou para o céu.

— Pelo menos vai com o carro do Patrick. A polícia não está procurando por ele.

— Por que o carro do Patrick? — perguntei com curiosidade. — Por que não o seu?

— Você vai ver — disse o Sr. Smith.

E, minutos depois, eu vi.

*Mas desta água lhe cabe beber
Antes que tal sede feroz lhe tome.*

DANTE ALIGHIERI, *Paraíso*, Canto XXX.

Só havia duas maneiras de chegar a Reef Key, a ilha remota localizada a três ou quatro quilômetros da costa da Isla Huesos onde Seth estava dando sua festa da Noite do Caixão. Uma delas era de barco. Mas, com todos os avisos de perigo por conta das ondas que chegariam a 1,5 metro por causa do grande poder do Furacão Cassandra, chegar em Reef Key de barco estava fora de questão.

O mesmo motivo fazia com que a estrada estreita de duas faixas que levava a Reef Key fosse quase intransponível.

Quase. A não ser que você dirigisse um trailer especialmente equipado.

— Aquilo é um *snorkel*? — perguntou Alex assim que Patrick descobriu o jipe de teto ornamentado que estava no estacionamento sobre o qual ouvimos tanto falar.

— É claro — disse Patrick com gosto. — Essa belezinha passa por um metro e meio, dois metros fácil. Eu mesmo instalei o sistema de filtragem, além do suporte no teto, as lanternas de neblina, o guincho e o rádio transmissor.

— Uau — disse Alex, arregalando os olhos para Kayla, Frank e eu como quem pergunta *De onde saiu este louco?* O que não era muito legal da parte dele, considerando que o Sr. Smith também estava de pé bem ali, e Patrick era o seu amigo especial. — Um rádio transmissor? Que pensamento mais avançado você teve.

— Ei — disse Patrick, sério. — Você está achando que isso é uma piadinha? O aquecimento global é de verdade. Eles colocaram umas boias no oceano entre Cuba e Isla Huesos pra medir o nível do mar, e todo ano ele aumenta centímetros graças às geleiras que estão derretendo. Nessa velocidade, todo mundo nesta ilha que tem propriedade na frente do mar vai estar debaixo d'água até o fim da vida... ou antes. Foi por isso que Rich e eu compramos um lugar a cinco metros do nível do mar... Não que isso faça muita diferença numa tempestade gigante como esta; e elas estão cada vez mais frequentes. É por isso que temos essa belezinha — fez carinho na lateral do jipe Wagooner —, pra conseguirmos sair depressa se for preciso. Mas ela é só pra emergências extremas. Ninguém devia sair numa noite dessas.

— É — falei, desculpando-me por nós quatro. — Nós sabemos. Mas nós realmente precisamos ir nessa festa pra, hum...

— Pegar o namorado dela — disse Frank com pressa. — Ele está ilhado e precisa de uma carona. E os policiais ainda estão procurando por ele, sabe.

O Sr. Smith escondeu o rosto nas mãos, como se estivesse com vergonha de nós.

E ele estava certo. Eu também estava com vergonha de nós.

Mas a mentira de Frank — que não era totalmente mentira — deu certo. Patrick deu as chaves, que estavam presas em um chaveiro com uma foto do "Napoleon Dynamite" e o dizer HABILIDADES!

— Vai — sussurrou Patrick para mim. Eu tive de me aproximar dele para ouvir. — Vai lá pegar seu cara.

Fora do estacionamento acima do térreo, que era aberto nos quatro lados, um relâmpago brilhou, seguindo, segundos depois, de um trovão tão alto que pareceu estremecer o chão de cimento embaixo dos nossos pés. Fiquei sem saber se foi John ou a tempestade mesmo.

Agora, confortável e seca dentro do carro de Patrick conforme nos aproximávamos de Reef Key, eu soube. As ondas que batiam nos dois lados da estrada não chegaram a tomar a estrada, então não tivemos de usar a função snorkel do carro. Mas toda vez que um relâmpago se acendia, eu via as nuvens no céu, negras e colidindo umas com as outras violentamente, movendo-se com mais rapidez do que nós. Quase parecia que uma parte de John estava viva e presa em algum lugar contra a sua vontade, e que ele estava descontando a sua ira misturando o oceano e o céu.

— Acho que não preciso perguntar onde é — disse Alex quando chegamos no conjunto multimilionário do pai de Seth Rector. Apenas uma das unidades estava finalizada, e dava para vê-la acesa como um farol por meio dos limpadores ligeiros do para-brisa.

— Ainda não acredito que estamos fazendo isso — disse Kayla do assento ao meu lado. — É a coisa mais idiota que já fizemos, exceto talvez quando virei aqueles shots de drink de limão no meu aniversário.

— Vai dar tudo certo — falei, torcendo para soar convincente. — Não vamos ficar muito tempo.

— O que são shots? — perguntou Frank do assento da frente. Depois de relutar, ele deixou Alex dirigir, mas só porque ele já havia dirigido um carro de verdade antes e tinha carteira. Os dois estavam igualmente apaixonados pelo carro turbinado de Patrick.

— Deixa pra lá — falei. — Mas não aceite se oferecerem na festa. Na verdade, não beba nada que oferecerem.

— Por que estamos fazendo isso? — perguntou Kayla. Reconheci a mesma ansiedade em sua voz de quando Farah Endicott nos chamou para sentar à mesa dela no Island Queen, que agora certamente estava submerso, e Kayla recusou. — Como é que ir numa festa imbecil do cara que matou o Alex pode ajudar o Mundo Inferior?

— Vai me ajudar — disse Alex —, quando eu entrar e der um chute no saco dele.

— Estamos aqui pra encontrar Fúrias e provas de que o Seth e aqueles caras assassinaram a Jade — falei — Só isso. Não vamos matar ninguém, não vamos chutar ninguém em lugar nenhum do corpo, nem vamos subornar ninguém. — Dei um tapa no ombro de Frank quando falei essa última parte. — Está entendido?

— E se eles tentarem nos matar primeiro? — perguntou Frank, claramente decepcionado.

— Aí você pode atacar eles — falei. — Mas só um pouco, e só em autodefesa.

Frank ficou mais animado.

Alex achou um lugar para estacionar na estrada onde ficava a casa. Não tinha como estacionar mais perto por causa das ondas, que estavam tomando boa parte da área de construção, inundando suas quadras de tênis. O lago privado, do qual o Sr. Rector se mostrou tão orgulhoso, foi devorado pelo oceano, e a cachoeira que reutiliza água estava entupida de algas.

A rua que levava à casa também estava entupida, mas de carros esportivos caros e várias F-150, o veículo que a maioria dos alunos da escola de Isla Huesos escolhiam. Obviamente, chegaram em Reef Key muito antes do tempo virar.

— E também começaram a beber bem antes do começo da tempestade — informou Kayla com tristeza.

— Que legal — falei antes de sairmos do carro seguro de Patrick e corrermos uma distância considerável para chegar até a porta.

Para tirar vantagem da beleza natural de Reef Key — vista para o mar em três lados, mangues onde o pássaro favorito da minha mãe, os colheiros rosados, um dia fizeram ninhos (antes de serem perturbados pela construção e pelo vazamento de óleo causado pela empresa do meu pai) — sem comprometer a integridade das casas multimilionárias durante tempestades como Cassandra, todas as casas em Reef Key estavam sendo construídas sobre três metros de pilhas de pedras.

O espaço entre as pilhas — pelo menos de acordo com a apresentação que o Sr. Rector havia mostrado quando ele e o pai da Farah me levaram em um passeio improvisado — podia acolher uma garagem para três carros ou um armazém, ou até um apartamento estiloso para sogros e sogras (o que seria tecnicamente ilegal porque, de acordo com uma lei aprovada não muito antes, isso violava os regulamentos quanto às zonas passíveis de inundação. Mas quem iria dedurar?)

Foi um sacrifício subir as majestosas escadas curvadas até a porta, principalmente embaixo de chuva, e só consegui pensar que seria pior ainda carregando compras, ou, no caso dos amigos de Seth, barris de cerveja. Do primeiro andar, ouvi a batida pesada da música vinda da casa. Quando chegamos na porta cafona de vitral — dois golfinhos saltando sobre a espuma do mar —, o som estava tão alto que dava para entender a letra toda.

Alex nem se deu ao trabalho de bater na porta ou tocar a campainha, visto que ninguém escutaria de qualquer forma. Ele entrou com a esperança de que vê-lo vivo e bem fosse fazer com que todo mundo saísse correndo e gritando de susto.

— Surpresa! — berrou ele.

Nem uma pessoa sequer percebeu. As que estavam dançando — e havia várias delas — continuaram dançando. As pessoas jogadas nos sofás de couro branco fumando continuaram fumando. As reunidas perto das portas corrediças de vidro apontando para alguma coisa lá fora e rindo continuaram apontando e rindo.

— Na próxima dá certo, amigão — disse Frank para Alex, mostrando se importar, e deu um tapinha no seu ombro.

— Sai — disse Kayla, dando um pequeno empurrão em Alex para que pudesse sair da chuva. Eu e ela ficamos ali paradas no chão de azulejo branco embaixo da porta, pingando e olhando para a festa. Havia um DJ em um dos cantos; quer dizer, um cara que parecia aluno da EIH, mas tinha equipamento portátil e provavelmente uma van. Mas parecia estar mandando bem em manter todo mundo no clima... Ele e o barril no canto oposto.

— Cerveja — disse Frank com gratidão. — Cerveja de verdade! — Imediatamente, começou a se dirigir à fila para pegar cerveja.

— Ótimo — disse Kayla com um suspiro. — Desprezada por causa de cerveja. Essa é minha vida.

— Não acredito nisso — disse Alex. — Ninguém me reconhece. — Olhou para si mesmo. — É a camiseta?

— Ai, meu Deus — disse Kayla, irritada. — Eu gostava mais de você antes de morrer, quando você era o tipo calado, mal-humorado. Desde que eles te ressuscitaram, você não cala a boca.

— Talvez seja isso — disse Alex. — Talvez em vez de um EQM, virei um... qual é o nome mesmo? Isso, um regressor, e ninguém a não ser vocês consegue me ver.

— Todo mundo consegue ver você — garanti, e fechei a porta. — É que estamos numa festa. As pessoas estão entretidas demais pra ligar pras outras.

— Que bosta — disse Alex com desgosto. — Se alguém mata você e você ressuscita e volta pra se vingar dos assassinos, eles podiam pelo menos ter a decência de notar você.

Fiz um carinho no ombro dele com a intenção de dar conforto.

— O Sr. Rector tem um escritório lá embaixo — falei. — Como não tem ninguém prestando atenção em você mesmo, por que não dá uma olhada no computador dele e tenta achar provas das sujeiras?

Alex olhou para mim sem entender.

— Tipo o quê?

— Sei lá — respondi. — Alguma coisa mostrando que ele fez com que o seu pai levasse a culpa pelo tráfico de drogas quando estudavam juntos. Ou talvez mostrando que ele usa os negócios pra lavar dinheiro. Alguma coisa assim seria bom.

Alex ficou animado.

— Essa ideia é excelente — disse ele. — Não acredito que não a tive ideia antes. — Começou a passar pelo meio da multidão, soltando um "sai da frente" com voz grave que pareceu uma imitação de Frank. As pessoas estavam tão bêbadas que realmente obedeceram o comando.

— Senhoritas. — Frank voltou, equilibrando três copos com bebida vermelha cuidadosamente. — Elixir dos deuses, um pra cada um.

Kayla franziu o rosto.

— Isso é cerveja?

Frank respondeu com a mesma expressão.

— Não é, não. Eu sei o que você acha de cerveja, minha princesa. Peguei ponche pra vocês, bem ali. — Fez sinal com a cabeça para uma bacia de cristal em cima de uma longa mesa, que estava ao lado da única parede que não tinha portas corrediças de vidro. Ao lado do ponche havia sacos de batatas chips e bandejas de padaria onde parecia já ter havido frios, mas que naquele momento pareciam ter sido atacadas por guaxinins famintos.

Kayla, que havia tomado um gole do ponche, cuspiu tudo no copo.

— Não bebe — disse ela, e jogou o meu copo no chão.

— Kayla — exclamei, preocupada com a mancha rosada no chão (rosada porque a poça que criamos com a água da chuva diluiu a cor). — Que houve?

Eu nunca tinha ido em uma festa de escola. Depois de virar uma EQM, não fui exatamente uma pessoa social, e ninguém nunca me convidava pra lugar nenhum depois de ouvir sobre a confusão em que me meti com o Sr. Mueller. Ele era incrivelmente popular, e eu, incrivelmente o oposto.

Mesmo assim, eu tinha certeza de que não era socialmente aceitável ficar jogando bebida no chão, ainda que a festa estivesse bombando, ou ainda que um furacão gigante estivesse lá fora.

— É uma "bebida misteriosa" — disse Kayla com uma entonação que sugeria que eu devia saber o que isso era. Fiquei sem responder, então ela explicou. — As pessoas trazem qualquer remédio que acharem em casa e jogam tudo em uma bacia de vodka e suco de pozinho.

Ela apontou para os frascos vazios espalhados ao lado dos pacotes de batata.

— Nossa — respondi, e pensei em todos os avisos escritos nas caixas dos remédios que me receitaram depois do acidente: *Pode causar sonolência. Pode afetar a habilidade de dirigir ou de operar equipamentos.* Na verdade, eu já havia escutado sobre essa bebida, mas com o nome de festas na farmácia. — Achei que festas assim era um mito criado pela mídia.

— Assim como o Mundo Inferior é um mito criado pelos gregos? — perguntou Frank.

— Bom argumento — admiti.

— Na Isla Huesos, nada é um mito. Olha. — Kayla apontou com tristeza para o meu peito. O diamante estava tão negro quanto o céu que dava para ver pelas portas corrediças.

— Mentiraaa! — A voz era tão aguda que deu para ouvir com facilidade, apesar do pulsar da música.

Um segundo mais tarde, Farah Endicott estava na nossa frente, cabelos lisos e batom bem vermelho.

— Você veio — exclamou, balançando um copo de bebida enquanto falava. — Acabei de falar pro Seth que achava que você não vinha; a tempestade piorou demais.

— Bem — falei com um sorriso frouxo. — Conseguimos chegar.

— Estou vendo — disse ela. — Que ótimo. E trouxe os seus amigos. — Ela falou a palavra *amigos* de um jeito que saiu *amigosh*, e depois deu uma olhada bêbada em Frank. — Você eu não conheço. Garanto que de *você* eu ia me lembrar.

— Eu também me lembraria, querida dama — disse Frank. Ele se inclinou e pegou a mão livre de Farah, depois deu um beijo delicado nos seus dedos.

— Nossa, gente — disse Farah, toda sorridente. Kayla revirou os olhos em resposta ao cortejo de Frank. — Esta festa está cada vez melhor! E vocês vieram fantasiados. — Olhou para o meu cinto. — Amei o seu chicote! Que máximo vocês respeitarem a ocasião. É a Noite do Caixão, né. Vocês arrasaram... diferente de *algumas* pessoas.

Olhou com tristeza para o caixão. Havia várias meninas dançando em cima dele, uma atividade arriscada considerando os seus saltos altos agulha — ainda mais porque o caixão era feito só de madeira compensada, e estava afundando com o peso delas.

— A gente falou pra elas tomarem conta do caixão por causa dos pirralhos — disse Farah com tristeza —, não pra *avacalhar* ele. Apesar de não ser do tamanho normal, eu e a Serena levamos o dia inteiro pra pintar. — Olhou para nós de novo. — É pra vocês escreverem o nome de vocês nele com estas canetas douradas. — Pegou uma canetinha metálica do bolso de trás da minissaia jeans. — Estamos tentando pegar a assinatura de todo mundo na turma. Mas tanto faz agora. Nem dá pra ver.

— Quer que eu vá lá e bata a cabeça de uma delas na da outra? — ofereceu Kayla. Pelo visto estava achando Farah menos insuportável agora que estava bêbada.

— Ah, que fofa — disse Farah, emocionada. Ela deu uma olhada mais atenta em Kayla pela primeira vez. — Ei, você é a aquela menina com os peitões que a Serena fica zoando on-line. — Os olhos de Farah se encheram de lágrimas. — Eu não sei por que sou amiga da Serena. Você é superlegal, e ficou linda nesse vestido. Ai, meu Deus. Vocês viram o que a tempestade fez com esse lugar? Seth e aqueles caras estão achando graça disso. — Apontou para o grupo que estava na frente das janelas panorâmicas no outro lado da sala. — Mas não tem graça nenhuma. Meu pai vai perder todo o dinheiro que investiu nesta construção, e aí nunca vai conseguir pagar pra eu ir pra faculdade, e eu não sou nem inteligente, nem atlética o suficiente pra conseguir bolsa em lugar nenhum.

Farah surpreendeu todo mundo quando deu um abraço em Kayla e começou a soluçar.

— Hum — disse Kayla, surpresa. — Calma, calma. — Deu um tapinha no ombro de Farah. — Não vai ser tão ruim assim.

— Vai, sim — gemeu Farah, ainda abraçada em Kayla. — Vou ter que ir pra Faculdade Comunitária de Isla Huesos. E vou ter que morar nesta droga de ilha a vida inteira, que nem o meu pai. Não tem nem Gap aqui, quanto mais uma Sephora.

Assim que falou *Sephora*, Farah desabou nos braços de Kayla e seus olhos se fecharam.

— Farah? — berrou Kayla sacudindo a menina. — Farah? Ai, merda. Alguém deixou essa garota tomar muita bebida misteriosa.

— O que a gente faz? — perguntei preocupada ao mesmo tempo em que Frank foi correndo pegar o corpo mole de Farah. Não muito surpreendentemente, ninguém notou que a namorada do dono da festa estava inconsciente.

— Vou chamar a polícia — disse Kayla, um tanto incerta. — Mas tenho quase certeza de que uma ambulância não vai conseguir chegar aqui com a tempestade. Além disso, existe uma ordem de evacuação pra todas as áreas baixas. Pra furacões de categoria dois ou mais, se você fica, isso é considerado "permanecer por conta própria". O pessoal de atendimento emergencial não deve se colocar em risco nessas áreas, só depois da água baixar, por causa do risco de escombros. Isso foi o que a minha mãe me contou.

— Então acho que vai ser um belo balde de água gelada no rosto, senhorita — disse Frank, e colocou Farah sobre os ombros, como se fosse um bombeiro.

— Hum — disse Kayla. Ela estava segurando o celular e fazendo a ligação. — Não é assim que a gente faz isso neste século, Frank. A gente coloca a vítima de overdose em posição de recuperação no chão pra ela não engasgar com o próprio vômito, e depois checa o pulso e a respiração até a ambulância chegar.

— Mas que graça tem isso? — perguntou Frank, decepcionado.

— Os quartos são pra lá — falei, apontando o final do corredor. — Vê se acha um quarto vazio pra colocar ela.

Frank fez que sim e saiu com ela. A cabeça de Farah foi quicando sobre as costas dele, os cabelos ruivos claros de um lado para o outro no rabo de cavalo.

— Ocupado — disse Kayla, mostrando o celular. — Se eles não vierem, e se ela não acordar logo, a gente vai ter que levar ela pro hospital no carro do Patrick. Não que eu dê a mínima pra ela — adicionou rapidamente —, mas ao contrário do resto desses imbecis, não acho que a morte é um motivo pra festa.

Olhei na mesma direção que ela, para as meninas que estavam perdendo a linha em cima do caixão. De repente, percebi que conhecia as duas. Uma delas era a melhor amiga da

Farah, Serena... DoceSerena era o seu nome on-line. A outra era uma menina chamada Nicole, que havia dado queixa dos Destruidores do Rector — Seth e seus amigos — porque vandalizaram a casa ao lado da sua na Noite do Caixão do ano anterior. Ela e Serena começaram a dançar de maneira insinuante uma com a outra, atraindo uma multidão de admiradores animados do sexo masculino.

Esse foi um dos fatores que fez com que não notassem que a amiga Farah estava desmaiada e sendo levada para um dos quartos por um estranho de dois metros de altura com uma cicatriz de quinze centímetros em um dos lados do rosto. Farah tinha sorte, porque o estranho tinha apenas boas intenções.

— É — falei para Kayla. — Também acho. Continua tentando ligar pra polícia. Vou achar o Alex, e depois volto pra gente sair daqui. Vir pra cá talvez não tenha sido a melhor ideia.

Kayla concordou, e foi rapidamente — com o telefone ao ouvido — pelo corredor na direção onde Frank e Farah haviam desaparecido. Eu fui procurar Alex. Quem sabe? Talvez tenha encontrado alguma coisa, e a arriscada viagem para Reef Key não tenha sido uma perda total de tempo...

— Pierce? Pierce Oliviera? — urrou uma voz bastante familiar.

> *E a mim parece, quando o espírito é maligno*
> *Vai até ele, e confessa tudo;*
> *E tal discriminador de transgressões*
> *Aponta-lhe o lugar adequado no Inferno...*
>
> DANTE ALIGHIERI, *Inferno*, Canto V.

— Pierce! — Bryce, o amigo não muito inteligente de Seth que jogava futebol americano, ficou muito feliz em me ver. — Pierce Oliviera!

Pronunciou o meu sobrenome de maneira errada, mas visto que a maioria das pessoas fazia isso, a não ser que eu as corrigisse, deixei para lá. Com Bryce perto de mim, ninguém podia me matar. Tinha um pescoço mais grosso do que a coxa de uma pessoa comum, e um QI tão baixo quanto a temperatura, mas era fã do meu pai, e eu tinha certeza de que ele interferiria se alguém tentasse me assassinar na frente dele.

— Ei, galera — disse Bryce todo animado e me arrastou até o fundo da sala. — Olha quem eu achei! A filha do Zack Oliviera. Sabe o Zack Oliviera, o cara que é dono da empresa de óleo?

— O que vende as paradas pros militares? — perguntou um cara que eu não conhecia.

Seth e os amigos haviam levado alguns móveis da varanda para dentro da casa. Estavam sentados assistindo Cassandra em toda a sua glória furiosa, como se as espreguiçadeiras fossem poltronas em um cinema e a tempestade estivesse sendo mostrada em uma tela de IMAX.

— Esse mesmo — disse Seth para o amigo com um sorriso lento.

O Bryce não teve aquele momento bizarro ou estranho de ficar me implorando para ir no fundo da sala dizer oi para o Seth. Ele simplesmente pegou a minha mão e não a largou mais, da mesma forma que um filhote de cachorro agarraria a calça de uma nova visita.

— Ah, para com isso — disse ele quando eu insisti que tinha de ir embora. — Você não pode vir até aqui sem dar nem oi pro Seth. Ele vai ficar tão decepcionado. E além disso, você tem que vir ver o furacão. É tão irado!

Foi nesse momento que vi Alex aparecer na escada que dava no porão. Nós nos olhamos, e ele congelou quando reconheceu Bryce.

Eu não fazia ideia se Bryce foi uma das pessoas que estava presente quando Alex foi assassinado, mas vi meu primo se encolher na sombra da escadaria, tentando esconder uma pasta que estava segurando. Ele havia achado alguma coisa no escritório do pai de Seth... e não queria ser visto levando essa coisa embora.

Foi por isso que respondi — e bem alto para que Alex pudesse ouvir:

— Claro, Bryce. Vou dar oi pro Seth.

— Maneiro — disse ele com alegria, e me levou para o outro lado da sala, onde Seth e os amigos estavam sentados.

— Como você está, Pierce? — perguntou ele, levantando-se da espreguiçadeira onde estava sentado. — Que bom que você veio. Que isso aí? Um chicote? Safada.

Ele se inclinou para me dar um beijo de oi... um beijo que não foi diferente de outros beijos de oi que eu já havia recebido, a não ser pelo fato de Seth estar tão próximo que deu para sentir seu cheiro: desodorante recentemente usado e loção

156

cara, ou algum tipo de sabão em pó que a mãe dele — mais provável que fosse a empregada — usava para lavar as roupas. Era tão diferente do cheiro de John — da madeira queimada na lareira do quarto dele, e de outra coisa também, algo que só ele tinha —, que por um segundo senti tanta saudade de John que mal consegui falar.

E então Seth se afastou e eu não senti mais o cheiro dele. A saudade de John foi embora. Foi bem estranho.

Quando olhei para trás, vi que Alex também havia ido embora. Eu não tinha certeza se ele tinha conseguido sair da escadaria e da casa, ou se voltado para o porão. Enfim, ele parecia ter escapado.

— Desculpa — falei para Seth. — Não vi você aqui. — Era uma pequena mentira, mas torci para que ele acreditasse. — Mas falei com a Farah. Ela parecia meio mal.

Seth ficou surpreso.

— O quê?

— Ela desmaiou — expliquei. — Meu amigo teve que levar ela pra um dos quartos. Estamos tentando ligar pra uma ambulância, mas talvez você queria...

Um dos amigos de Seth, outro jogador de futebol americano, Cody, caiu na gargalhada.

— Uma ambulância? — repetiu Cody com um sorriso desdenhoso. — Uma ambulância jamais vai conseguir chegar aqui nesse furacão. Nem os guardas. Por que você acha que estamos fazendo a festa do caixão aqui? Não é só porque não queremos que aqueles calouros babacas encontrem a gente. Estou certo?

Ele se virou para Bryce, e os dois bateram peito com peito e berraram:

— *Destruidores, os melhores!*

Destruidor era não apenas o nome do mascote da escola de Isla Huesos, mas também a maneira como Seth se referia ao seu grupinho. Os seus antepassados foram empregados como destruidores de destroços na época do naufrágio do *Liberty*.

— Olha, não se preocupa com a Farah — disse Seth para mim, rindo dos amigos. — Ela sempre foi fraca pra bebida. Faz isso sempre que a gente sai. Ela vai acordar e dar uma vomitada e voltar pra dançar daqui a pouquinho. Chega aqui, quero mostrar uma coisa pra você.

Foi quando ele pegou a minha mão e tentou me levar para a espreguiçadeira ao seu lado.

— Seth — falei —, não posso. Nós estamos indo...

— Nós quem? — perguntou ele com um sorriso. — Você e aquele seu namorado? — Deu uma olhada na sala. — Não tô vendo ele. Ele não está *realmente* mantendo você em cativeiro como a sua avó fica dizendo, né?

— Não — falei, tentando pensar em alguma desculpa para sair —, mas acho mesmo que alguém tinha que dar uma olhada na Farah.

— Tá, se você quer levar uma golfada. Acredita em mim, já estive nesse papel e não é nada bonito. — Com uma força alarmante, ele conseguiu me colocar na espreguiçadeira. Para uma pessoa que fez piada sobre o meu namorado me manter em cativeiro, ele mesmo pareceu ter essa intenção. — Dá uma olhada nisso. O que você acha?

Tive de admitir que havia uma cena verdadeiramente incrível na nossa frente. Não era apenas as ondas gigantes e raivosas do mar geralmente "plano" da Flórida — um mar normalmente tão parado e calmo que os praticantes de stand up paddle podiam ficar de pé na prancha tomando uma cervejinha com o cachorro sentado na ponta.

Era a amplitude espetacular de céu que dava para ver nos três lados da casa, nuvens tão altas que pareciam arranha--céus de Nova York e que se acendiam ocasionalmente quando um relâmpago surgia dentre elas.

E havia também o pátio abaixo de nós, um deque feito de ladrilhos de arenito que teriam sido da mesma cor da areia, caso o Sr. Rector não tivesse escavado todas as praias para construir sobre elas. Fechado por paredes de um metro e meio feitas de vidro para que a vista do oceano não fosse impedida, o deque tinha uma cozinha completa que incluía churrasqueira, frigobar, pia e mesa embutida de piquenique.

A pedra preciosa do deque, no entanto, era a piscina em formato de rim, com uma jacuzzi acoplada e uma cachoeira que dava na piscina. Ao contrário da lagoa que vimos quando chegamos, essa cachoeira ainda estava funcionando. Embora a regra número um para preparar piscinas para furacões, de acordo com a empresa de manutenção da minha mãe, era desligar a sua fonte de energia, o gerador ainda estava operando, bem como a bomba da piscina.

Parecia que havia alguma coisa no fundo da piscina do Sr. Rector. Podia ser ladrilhos em formato de dois golfinhos, combinando com a imagem dos vitrais da porta da frente, mas não dava para ver com o excesso de chuva.

— Olha isso — disse Seth para mim com um sorriso, apontando para a piscina.

O gerador fazia com que as luzes da piscina ainda estivessem ligadas, então foi fácil ver o que aconteceu depois...

...que foi uma onda poderosa que bateu no vidro ao redor do pátio, foi até o topo dele, tomou o arenito e foi cair na piscina, enchendo-a de água salgada escura e salobra.

Foi então que entendi o que estava no fundo da piscina: algas. E não só algas, mas escombros de todos os tipos, incluindo o que parecia ser tábuas de madeira, geladeiras pequenas de barcos de pesca que ficaram à deriva, e devia até ter peixes. O pátio inteiro estava inundado. Vi uma boia de pesca de lagosta que havia se desconectado da rede flutuando ao lado da churrasqueira. Uma cadeira boiava por ali. Não sei como as luzes ainda estavam acesas com tanto sal corroendo os circuitos. Mas sabia que não ia durar muito.

Todos os meninos sentados perto das portas corrediças de vidro festejaram a onda e fizeram brindes improvisados à ira da Mãe Natureza.

— Essa foi *superior* — berrou Bryce, animado. — Essa não foi superior, Seth?

O olhar de Seth continuou preso na piscina, mas o seu sorriso ficou mais diabólico.

— Essa foi superior — concordou, e virou aquele olhar para mim. — O que você acha, Pierce? Achou que essa onda foi superior?

Surpresa por me encontrar sob um olhar tão aceso e incisivo, tive dificuldade para achar a resposta. *Os olhos dele*, foi o que pensei. *Esses olhos são tão familiares...*

Mas eu não conhecia ninguém com olhos daquela cor. Os olhos de John não eram azuis. Eram cinza, como o diamante no meu pescoço. Ou o cinza do meu diamante em situações normais, percebi depois de olhar para baixo rapidamente, quando a pedra não estava tão negra quanto o oceano lá fora.

Não, os olhos de Seth eram do mesmo azul da piscina — quer dizer, do mesmo azul da piscina antigamente.

Não foi a cor dos olhos que achei familiar. Foi outra coisa.

— Foi — respondi sem conseguir tirar os meus olhos dos dele. — Essa foi superior. — Passei a língua nos lábios. Estava com sede, mas depois do que aconteceu com a Farah, não havia nada que eu ousaria beber. — Vocês não acham que seria melhor desligar a luz lá de fora?

— Por quê? — perguntou Seth com um tom ligeiramente debochado. — Você não está preocupada achando que alguém vai se machucar, está?

Senti uma tempestade dentro de mim. Qual era a desse cara? Como é que tantas pessoas conseguiram gostar dele o suficiente para votarem nele para presidente da turma? É cla-

160

ro que eu tinha algumas informações confidenciais que essas pessoas não tinham.

Eu me lembrei do conselho do Sr. Liu de segurar a linha da minha própria pipa, e tentei manter o tom de voz ameno.

— Algumas pessoas já se machucaram — falei. Eu estava brincando com fogo, eu sabia disso, mas tinha o Bryce para me proteger se a situação piorasse. O meu diamante não adiantaria muito. Eu não achava que Seth era uma Fúria, mas alguém ali por perto certamente era. Não, o Seth era apenas um assassino à moda antiga.

Seth ergueu uma das sobrancelhas louras.

— Sério? Quem?

— A Farah — respondi. Vi que não era a resposta que ele esperava quando a outra sobrancelha também se ergueu. — Ela disse que essa tempestade já custou muito dinheiro pro pai. Ela provavelmente não vai poder ir pra faculdade.

Seth mordeu o lábio inferior fazendo uma expressão sarcástica.

— Oh — disse ele —, tadinha da Farah.

— Ela não foi a única que se machucou — falei. Foi tão baixo que ele teve de chegar perto para ouvir. A música estava alta e outra onda explodiu lá fora, fazendo com que os caras perto de nós vibrassem. — Tem o Alex também.

Ele havia virado o rosto para olhar para a onda, mas quando mencionei Alex, ele olhou para mim de novo.

— Alex? — Ele tomou um gole de cerveja. Não queria saber do poncho de bebida misteriosa. — Alex Cabrero? Ele é um cara maneiro. Como ele se machucou?

O fato de ele estar fingindo não saber despertou outra tempestade dentro de mim. Mas eu sabia que tinha de me controlar.

— Você sabe perfeitamente bem — falei com um sorriso. — Você e os outros Destruidores Rector enfiaram ele num caixão outra noite e deixaram ele morrer lá dentro.

E outro, que teve a garganta fatiada.
E o nariz foi cortado perto das sobrancelhas,
E das orelhas só lhe restou uma...
DANTE ALIGHIERI, *Inferno*, Canto XXVIII.

Seth abaixou o copo de onde tinha acabado de beber, e sua expressão permaneceu a mesma. Mas vi algumas gotas de cerveja caírem na sua camisa pólo preta.

— Não sei do que você está falando — disse ele. — Mas é melhor você se lembrar de quem eu sou, garotinha. Ninguém mexe com um Rector e se dá bem no final.

Tive de rir. Ele achou exatamente o que, quando fez com que eu me sentasse com ele? Que eu ficaria impressionada demais com a beleza e a posição social dele para mencionar o acontecido? Ou será que planejou falar sobre isso e me ameaçar, só que eu falei primeiro?

Se fosse o caso, foi um erro imbecil dele.

— Você sabe, sim, do que eu estou falando, Seth — respondi. — Tenho certeza de que o seu pai já mostrou a gravação da câmera de segurança, então você sabe que eu e os meus amigos tiramos o Alex de lá. Ele está vivo, e vai testemunhar contra você... por tudo, não só por tentar matar ele.

Qualquer pessoa que olhasse para nós naquele momento acharia que estávamos tendo uma conversa perfeitamente amigável. Estávamos bem perto um do outro. Embora houvesse tantas pessoas na sala, rindo e berrando e dançando, e embora a música estivesse tão alta, foi quase como se nós dois estivéssemos sozinhos na nossa pequena bolha romântica.

Contudo, não havia nada de romântico no que estávamos discutindo.

— Você sabe o que vai acontecer agora — continuei. — Você vai ser preso por tentativa de homicídio. Você tem 18 anos, então vai ser julgado como maior de idade, que nem o meu tio Chris há vinte anos, quando foi culpado por aquela operação com drogas que o seu pai arrumou. É legal manter tudo entre as nossas famílias, não é? — Sorri alegremente para ele. — Então acho que em vez de dizer "tadinha da Farah", a gente devia dizer "tadinho do Seth". Né?

Eu tinha de admitir: ele fingia muito bem. Nem piscou os olhos quando um relâmpago iluminou o céu com tanta força que ficou claro como ao meio-dia.

— Sério — disse ele. — Eu não sei do que você está falando. Mas eu sei que se algum dia repetir qualquer coisa que você acabou de falar, os advogados da minha família vão arrumar um processo por difamação contra você tão rápido que nem vai ver quando chegar. Não interessa a quantidade de dinheiro que o seu pai tem.

— Jura? — Não tive nem como fingir que estava impressionada. — Você já pensou que, se tem uma fita da gente tirando o Alex daquele caixão, também tem uma mostrando você colocando ele *lá dentro*?

Nesse momento ele piscou. Mas só uma vez.

— Escuta aqui, sua vaca maluca de chicote. O seu primo está morto, então ele não vai testemunhar sobre porra nenhuma — disse ele. — E mesmo que você tivesse uma cópia da fita, não tem nada nela. Nós checamos. Os relâmpagos devem ter ferrado as câmeras, ou alguma coisa assim...

Eu gargalhei de novo e ele parou de falar. Ele percebeu o erro que cometeu.

— Achei que você não soubesse do que eu estava falando — disse eu.

O trovão lá fora não chegou nem aos pés do olhar ameaçador no rosto de Seth quando disse:

— Por que você acha que alguém vai acreditar em você? Todo mundo sabe por que se mudou pra cá. Você matou o seu professor na Costa Leste.

— Eu matei, sim, o meu professor — falei —, mas não foi na Costa Leste.

— Sua piranha imbecil — disse Seth. Agora ele estava com raiva... muita raiva. Tanta que seus olhos ficaram mais como gelo do que água de piscina. Dei uma olhada na direção de Bryce para ter certeza de que, se aquelas mãos bronzeadas, endurecidas pelo treino de futebol e pelo *windsurf*, viessem parar na minha garganta, eu teria ajuda. — Você acha mesmo que alguém vai acreditar em você? Você deu um soco na cara da sua avó e fugiu com um cabeludo sinistro. Você é mentalmente instável, a cabeça do seu namorado vale uma recompensa de um milhão de dólares, e se você chegar perto de mim, pode ter certeza de que o país inteiro vai saber que você me ameaçou, assim como ameaçou aquele seu professor...

Eu ainda estava olhando para a camisa dele. Minha mente se prendeu no detalhe que vinha me incomodando desde que a Farah me mandou aquela foto mais cedo: aquelas camisas pólo que o Seth sempre usava — como a que estava vestindo naquela noite —, todas elas tinham um pequeno homem bordado em cima do peito esquerdo.

Um pequeno homem sobre um cavalo galopante.

O menino na imagem que o Sr. Smith me mostrou, a de Tânato, a personificação grega da morte, também montava um cavalo galopante.

Em vez de estar movimentando uma espada por cima da cabeça, o homem na camisa de Seth estava movendo um taco de pólo. Não tinha asas — mas a estátua também não, visto que o tempo e a ação da natureza as desgastou.

Destruiu exércitos inteiros com um único movimento da sua espada, disse o Sr. Smith. *Matou sem nem pensar nas suas vítimas. Diziam que ele não tinha misericórdia, nem arrependimento, nem uma alma.*

Em outras palavras, falei brincando, *um típico adolescente.*

Exatamente como Seth Rector, cujos pais ergueram uma estátua de Hades e Perséfone no meio do mausoléu da família.

O objetivo das Fúrias sempre foi o de destruir o Mundo Inferior, disse o Sr. Smith.

— Tá ouvindo? — chiou Seth. — Eu não acho que você saiba com quem está mexendo.

Levantei o rosto e olhei para ele.

— Ah — falei —, eu sei *exatamente* com quem estou mexendo. Com o cara que me matou. Sem falar na minha melhor amiga, na minha conselheira, no meu primo e agora no meu namorado. Estou certa?

Alguma coisa no meu tom de vez fez com que os olhos dele se arregalassem; não tanto em sinal de alarme, mas por incredulidade.

— Você é maluca — disse ele. — Tão maluca quanto todo mundo diz.

— Não, eu sei que você não me matou *literalmente* — falei, e tirei o colar de dentro do corpete. Comecei a rodá-lo entre os dedos. — Você só extrai a alma das pessoas de dentro do corpo delas. Mas o Alex você matou *literalmente*. E acho que a Jade também. Sabe o que ela me falou uma vez antes de morrer? Que não existe loucura. E que também não existe um normal. Essas palavras não são terapeuticamente benéficas. Não sei se isso é verdade mesmo, mas de uma coisa eu sei: se você não libertar a alma do meu namorado nos próximos cinco segundos, você vai ver o nível de loucura que eu posso atingir.

— Você não pode fazer nada comigo, sua vagabunda louca — disse ele olhando para os amigos. — Não na frente dessas pessoas todas.

— Ah, não? — Soltei o diamante e me inclinei para a frente. Coloquei as mãos em cada lado do peito dele, prendendo-o. Ele afundou o corpo para trás o máximo que pode, até que sua coluna foi bloqueada pelo encosto da espreguiçadeira, que estava levantado. — Olha isso.

Ele podia muito bem ter ido embora. Podia ter me jogado para o lado e se levantado. Mas não fez isso. Simplesmente ficou ali, ofegante, perguntando-se o que eu ia fazer.

E o que fiz foi pressionar o corpo em cima do dele devagar e segurar seu rosto com as duas mãos. Ele continuou sem protestar, então eu dei um beijo nele, e meus cabelos formaram uma tenda escura e cheirosa ao redor dos nossos rostos.

Ainda assim, ele não me afastou. Não porque era muito cavalheiro para machucar uma dama. É só ver o que fez com Jade. Ele não me afastou porque *gostou* daquilo... pelo menos no começo. Ele abriu os lábios sob os meus, soltou um gemido bem fraco e levantou as mãos para segurar os meus pulsos, mostrando que todos os meninos — até mesmo os que são possuídos por personificações gregas da morte — podiam ser extremamente burros de vez em quando.

Seth fechou os olhos, mas eu não. Assim, vi o diamante do meu pingente cair na curva do bíceps dele quando ele me aproximou do seu corpo.

Vi também que o diamante começou a queimar a pele dele.

Ele evidentemente não notou nem a dor, nem a fumaça, mas várias outras pessoas notaram.

— Uhuuu — festejou Cody. — Rector, seu pilantra. Vocês dois estão pegando fogo!

Seth estava ocupado demais tentando enfiar a língua na minha boca, e não prestou atenção. Desviei dessa tentativa movendo o rosto para o lado e dando um beijo na bochecha dele.

Infelizmente, ele moveu o rosto, e os meus lábios tocaram a boca aberta dele. Isso foi bem desagradável, mas não durou muito, visto que o cheiro de pele torrada — e a sensação dela — logo chamaram a sua atenção.

Ele tirou a boca de perto da minha e olhou para o braço.

— Que merda...?

Tarde demais. A fumaça azul da ferida no braço dele circulou até o teto em um arco lento.

— Hum, Seth, o treinador falou que a gente não pode fumar até o final da temporada, lembra? — Bryce não entendeu o que estava acontecendo.

Seth me largou e balançou o braço. O diamante rolou até a frente da camisa. Então, quando a pedra começou a queimar o algodão, ele me afastou com força para o final da espreguiçadeira.

— Para — disse ele com uma voz que não soava como a voz de Seth. Era profunda e selvagem, e tão raivosa quanto o oceano do outro lado das portas de vidro. — Para agora.

— Não estou fazendo nada — falei. Olhei para os amigos de Seth com os olhos grandes e inocentes. — Meninos, vocês viram. A gente estava se beijando e agora ele deu um ataque. Talvez fosse melhor ligar pro pai dele.

— Seth? — Bryce olhou para nós com uma expressão de surpresa. — Ei, amigo, que houve?

Seth rangeu os dentes e segurou o braço. A fumaça que escapava por entre seus dedos foi ficando mais grossa... e mais negra. Negra como o meu diamante. Negra como as pupilas dele, que pareciam encher os olhos por inteiro.

— Eu vou matar você — ladrou ele com saliva espumando pelos cantos da boca. — Eu vou matar você por causa disso.

— Cara — disse Cody, dando um tapinha nas costas de Seth. — Você tá bem?

— *Não me toca.* — Seth virou a cabeça pra gritar com ele. Cody afastou a mão instantaneamente.

— Hum — falei —, não acho que ele esteja bem.

Lá fora, veio um relâmpago tão brilhoso que achei que fosse uma explosão nuclear. Ele acendeu o céu, o mar e a sala inteira... que ficou totalmente escura logo depois, quando o gerador parou de funcionar. As meninas berraram — um berro especialmente alto, visto que a música também parou de tocar — e ouvi copos se quebrando. Então veio um trovão com tanta violência que a casa inteira tremeu.

Quando as luzes piscaram e voltaram a funcionar, fazendo com que todo mundo franzisse os olhos, vi que tinha uma figura alta atrás de Seth, uma figura que não estava ali antes.

— Ei — disse Cody quando também notou a figura. — Quem é...?

Quem é você?, ele provavelmente ia perguntar. Mas antes que Cody pudesse terminar a frase, a figura pegou Seth pela camisa e o levantou da espreguiçadeira.

— Uma coisa é você me matar — disse John para ele —, mas beijar a minha namorada? Acho que não.

Então levantou um dos punhos poderosos dele e deu um soco direto no rosto de Seth.

Aquela testa ali de cabelos tão negros...
DANTE ALIGHIERI, *Inferno*, Canto XII.

John deu um fim inquestionável à festa do caixão quando quebrou o nariz do dono da festa.

Naquele exato momento, o mar bateu na parede de vidro que cercava o deque e veio tomando o pátio todo, além da lateral da casa e da entrada, onde todos os carros estavam estacionados.

Os convidados que não estavam berrando por causa do sangue escorrendo pelo rosto de Seth começaram a berrar por causa dos seus carros, e saíram correndo da casa em um esforço fútil para salvá-los. Todo mundo saiu, menos as pessoas que estavam ajudando Seth, que estava segurando a própria cabeça e gemendo, e Bryce, que imediatamente veio defender o seu *quarterback*.

Bryce empinou a cabeça para a frente e partiu na direção de John que nem um touro, o rosto vermelho de raiva. John deu um passo para o lado e um soco na barriga de Bryce, que era mais novo do que ele. Sendo jogador de futebol, não devia ser o primeiro soco na barriga que ele já havia levado, mas deve ter sido a primeira vez que foi atingido com tanta força, a julgar pela expressão de dor e surpresa em seu rosto. Enquanto Bryce ainda estava se contorcendo de dor, tentando retomar o fôlego, John deu outro soco na região dos rins. Bryce gritou e caiu de joelhos, claramente sem condições de brigar mais.

— John — falei com urgência, visto que ele ainda estava ofegante e andando de um lado para o outro na frente do Bryce, bem parecido com a "coisa selvagem" que eu costumava acusá-lo de ser. Parecia pronto para bater em Bryce de novo, ou qualquer outra pessoa ali, diante de qualquer pequena provocação.

No entanto, nenhum dos homens que ficaram ali pareciam querer participar. O DJ, Anton, estava visivelmente tomando conta da sua própria vida, visto que começou a guardar o equipamento rapidamente, e havia algumas pessoas chapadas assistindo à luta com olhos arregalados e surpresos, sentadas em um sofá próximo.

— John — falei de novo, e tentei segurá-lo quando passou por mim de novo sem se importar. Eu não sabia onde Tânato o manteve preso, mas as condições do lugar certamente não eram agradáveis. — Sou eu, a Pierce. Está tudo bem.

Ele me deu um olhar desconfiado por trás de uma mexa de cabelo escuro que havia caído sobre um dos seus olhos.

— Está mesmo? — perguntou ele, abrindo e fechando a mão que havia usado para bater em Seth e depois em Bryce. — Engraçado, porque não estou achando nada certo. Como é que você pode deixar ele beijar você daquele jeito?

Estranhamente, foi aquela reclamação irritada, e não um oi amável, o que me fez perceber que John estava bem. Havia de fato, verdadeiramente voltado, como garantiu para mim que voltaria naquela doca do Mundo Inferior, e era ele mesmo, totalmente.

— John — falei, com os olhos se enchendo de lágrimas. Lágrimas de felicidade.

— Como é que você deixou ele sequer *tocar* em você? — perguntou ele. — Não sabia o que ele era?

— É claro que eu sabia quem ele era — falei. Ondas de amor e alívio estavam passando por mim com a mesma força que as ondas do mar estavam tomando (e destruindo) Reef Key. — Tânato, a personificação grega da morte. Ele estava prendendo você...

— Isso — exclamou John —, e você beijou ele!

— Mas todos os amigos do Seth estavam perto da gente. Como eu ia fazer com que o meu cordão chegasse perto dele e o queimasse sem levantar suspeitas?

O rosto raivoso de John ficou ainda pior.

— Você podia ter mandado o Frank segurar ele — falou.

Não contive um sorriso. Estava tão feliz por ele ter voltado e estar brigando comigo.

— Da próxima vez — respondi — eu com certeza vou pedir pro Frank segurar ele.

— Não tem graça — disse John. — Você beijou ele de propósito, só pra me irritar. Então sabe o que eu vou fazer agora? — Ele parou de andar e apontou para si mesmo. — *Eu* vou beijar alguém, quem eu quiser, só pra irritar *você*.

Peguei a mão que ele usou para apontar para si, a mesma mão que deu os socos. Ele havia ferido a pele das juntas em alguma coisa afiada — provavelmente os dentes de Seth —, e a região estava vermelha. Levei aquela mão machucada e maltratada à minha boca.

Eu estava bem perto dele, então vi como o seu pulso estava batendo rápido no pescoço, e como o meu toque gentil fez com que começasse a desacelerar. A sua expressão ficou mais branda. Ele havia dado um jeito de arrumar uma camiseta — branca, larga no pescoço, mas apertada no resto do corpo, assim como o jeans — e botas parecidas com as que havia deixado no Mundo Inferior. Eu me perguntei onde ele havia achado aquilo. Embora seus cabelos estivessem uma bagunça

e ele precisasse fazer a barba, estava lindo. A morte lhe caía
bem.

— Tá bom — sussurrei, passando a mão dele no meu rosto.
— Você ganha um beijo de graça... de quem quiser.

Vi que ele estava tentando manter a cara de mau, mas não
estava conseguindo. Um sorriso se abriu no seu rosto. Foi
como um sol aparecendo sobre um oceano agitado.

— E se a pessoa que eu quero beijar for você? — perguntou ele.

— Acho que dá pra dar um jeito — respondi.

Ele passou a mão na minha nuca e aproximou da parede
dura do seu peito. Os seus braços não foram a única coisa
que me envolveram. O cheiro dele me envolveu também —
aquele cheiro reconfortante de madeira queimada e outono
e aquela alguma coisa que só John tinha. Quando ele me beijou, percebi o que essa coisa significava: *meu lar*.

— Tem uma coisa que você prometeu que ia me dizer
quando eu voltasse — murmurou ele depois de finalmente
me deixar pegar ar.

No começo, eu estava tonta demais com o beijo para me
lembrar do que ele estava falando. Mas depois, fiquei corada.

— Não *agora* — falei, e olhei para Seth, que estava sentado no chão perto de nós recebendo tratamento das amigas
da Farah, Nicole e Serena. Bryce também estava se recuperando, embora Seth não estivesse demonstrando se importar
muito.

— Não me escutou, não? — perguntou Seth para Bryce,
afastando os guardanapos sangrentos que as meninas estavam pressionando contra o rosto dele. — Eu falei levanta e
acaba com ele. — Lançou um olhar mortífero para John.

— Amigo, não tô bem, não. - `Bryce estavam abraçando a
própria barriga. — Se o Cody e os outros caras não tivessem
ido embora. Mas esse cara aí é grande demais. — Bryce olhou
para John e falou sussurrando, como se Seth não conseguisse

172

escutar. — Cara, acho melhor você vazar. Meu amigo aqui tá bem puto com você.

John olhou para Seth com raiva.

— Fala pro seu *amigo* que o sentimento é mútuo. Ele tem sorte por eu não ter matado ele. Na verdade...

John começou a dar um passo na direção de Seth com um ar assassino, mas eu segurei o seu pulso.

— John, não — falei. — Não gasta a sua energia com ele. Temos coisas mais importantes pra fazer.

Naquele instante, Farah veio cambaleando do quarto para onde Frank a havia carregado.

— Seth — berrou Farah. — Cadê você?

Ela não estava exatamente bem, como Seth me garantiu que estaria. Kayla e Frank estavam nos dois lados dela, cada um com um braço ao redor da sua cintura. A impressão que dava era que o apoio deles era a única coisa que a mantinha de pé. Ela só parou de andar porque os dois congelaram quando viram John. Um sorriso de satisfação apareceu no rosto de Frank.

— Olha só — disse ele. — Olha quem voltou dos mortos.

Farah, no entanto, só conseguia olhar para Seth.

— Eu viro de costas um minuto — gritou Farah, cambaleando sobre os saltos altos mesmo com as muletas humanas. E, mesmo naquele estado, conseguiu lançar um olhar para Seth cheio de ira, como um laser. — E descubro que você estava pegando a *Pierce Oliviera*?

Mas Seth não estava dando atenção nenhuma para Farah. Estava olhando incisivamente para uma pessoa atrás dela. Não era Kayla, nem Frank. Era uma pessoa que veio da escada que dava no porão.

— E aí, Seth — disse Alex, mostrando a pasta. — Péssima notícia. O escritório do seu pai inundou todo, e o seu carro também. Mas tem notícia boa também. Consegui imprimir isso tudo aqui do computador do seu pai antes de quebrar.

É tipo um monte de relatório geográfico sobre Reef Key mostrando que o condomínio jamais devia ter sido construído porque... bem, o seu papai deve ter contado por que não, né, Seth? — Alex piscou um dos olhos para ele. — Tenho certeza de que uns nerds que entendem mais disso do que eu vão achar tudo muito interessante quando eu mandar esses documentos pra eles.

Seth ficou branco que nem um fantasma.

— Não — murmurou ele. — Não é possível. *Você está morto*.

— Não está, não — falei. — Eu disse pra você.

— Escuta, gente — disse Kayla, ignorando todo mundo. O brilho de sempre havia desaparecido dos seus olhos, e não apenas porque as pedras brilhantes que ela geralmente colocava no canto dos olhos haviam caído. Ela olhou para John e para mim. — Mas não quero ser responsável por adicionar outro habitante ao seu mundo. A princesinha aqui tomou bem mais do que apenas bebida...

A cabeça de Farah estava caída, mas levantou no *princesinha*.

— Não me chama disso — retrucou ela. — Você não pode me chamar de *garotita*, como chama as suas amigas?

— Até parece — disse Kayla sem sorrir. — Pode esquecer. Eu acho que precisamos levar ela no hospital. A polícia falou que a ambulância não vai vir até aqui com a maré alta desse jeito, mas eu sei que o jipe do Patrick pode...

— Pega ela e vai logo — disse ela. — Eu e Pierce vamos ajeitar umas coisas aqui.

Lá fora, o vento estava tão barulhento que as portas corrediças começaram a tremer. Mais uma vez, achei a decisão de Seth de não protegê-las muito questionável. O meu diamante havia mudado de negro para um azul noturno, indicando que embora nenhuma Fúria estivesse presente ali, ainda não estávamos completamente a salvo.

Seth se levantou conforme Kayla e Frank começaram a arrastar Farah, que não oferecia resistência, até a porta.

— Bryce — disse ele com uma voz controlada. — Não deixa aqueles doentes darem nem mais um passo.

Mas Bryce estava distraído.

— Talvez fosse melhor a gente ir com eles — disse ele, olhando para as portas corrediças. — O negócio tá ficando meio feio lá fora.

Seth se virou para Bryce.

— Tá brincando comigo? Você viu *quem* está com eles?

O DJ, que estava de saída, deu uma olhada nervosa quando ouviu Seth, e até mesmo alguns chapados levantaram a cabeça para dar uma olhada.

— Cabrero — berrou Seth quando Bryce ficou com cara de quem não entendeu. — A pasta, seu idiota! Pega a pasta do Cabrero!

Bryce balançou a cabeça e voltou a olhar para a tempestade.

— Foi mal, cara — disse ele. — Tá ficando do jeito que eles avisaram na televisão. A pior parte do furacão tá começando a passar, entendeu?

Alex havia corrido até a porta para abri-la para Frank e Kayla. Agora que os dois já haviam passado pelo vitral de golfinhos, Alex se virou e mostrou a pasta para Seth, depois os dois dedos do meio.

— Boa sorte na próxima vez que tentar me matar — disse ele. — Ah, e a festa estava irada, obrigado.

Desapareceu na tempestade e bateu a porta quando saiu.

— Seu idiota — berrou Seth, jogando um copo vermelho em Bryce.

O chão ficou cheio desses copos depois que as pessoas saíram correndo da festa. Ficaram no chão da mesma forma que as flores vermelhas se espalhavam na cripta de John, ao redor do caixão vazio e quebrado que Farah e Serena haviam decorado.

— Cara, isso não é nada legal — disse o DJ, discordando da atitude de Seth. Colocou sua capa de chuva. — Fui.

— Dá pra gente pegar uma carona? — perguntou Nicole, e pegou sua bolsa de paetê. — Tenho certeza que o meu Audi não vai funcionar.

— Se vocês ajudarem a carregar o equipamento — disse o DJ. Foi até os chapados e levantou um por um do sofá pela camisa, como um pastor cuidando do seu rebanho. — Van azul estacionada do lado das escavadeiras. Estou oferecendo carona. Se os meus autofalantes pegarem chuva, vocês pagam.

Serena pegou um dos controles de som.

— Tchau, Seth — disse por cima dos ombros. — Festa irada. — A olhada que deu para mim, quer dizer, para John, indicou que ela não achava de verdade que a festa fora tão boa assim. — Até mais.

— É, tchau — disse Nicole. Pegou uma caixa de cabos e foi para a porta, pelo visto sem se importar com o fato de seu cabelo cuidadosamente alisado estar prestar a ser arruinado.

— Eu levo as caixas de som — disse Bryce, e saiu andando. — Você vem, Seth?

Seth deu lançou um olhar de puro desprezo para Bryce.

— Não, eu não vou. Não vou pra lugar nenhum.

— Mas... — Bryce parecia confuso. — Ele disse que dá uma carona. E o seu carro tá inundado, amigo.

— Eu vou ficar aqui. — Seth estava olhando para John, que estava olhando para ele. Olhos azuis nos olhos cinzas. — Até acabar o que tenho que resolver.

Bryce deu os ombros.

— Já é, amigo. Mas eu não acho que o Anton vai esperar. — E foi embora.

— Tem certeza, Seth? — Eu não acreditei. — Acho que o que você tem que resolver com a gente já acabou, por enquanto.

— Ah, é? Eu acho que não. O seu primo vai dar aqueles papéis pra quem?

— Como é que eu vou saber? — perguntei. — Nem sei o que tem neles.

— A sua mãe não trabalha pro Instituto Marinho de Isla Huesos?

— Como é que você sabe *disso*? — perguntei, chocada.

— Porque enquanto esse cara aí estava teoricamente sequestrando você — respondeu Seth, olhando para John com um sorriso maligno —, o meu pai foi confortar a sua mãe no momento de dor, e ela contou pra gente.

John deu um passo ameaçador na direção de Seth, mas coloquei a mão na frente dele para detê-lo. Eu havia me esquecido de que Seth e o pai estiveram na minha casa.

— Vocês não estavam confortando ela — falei. — Vocês foram lá pra pegar o material do caixão de volta.

— Se o seu primo denunciar a minha família — disse Seth —, vocês todos podem acabar em caixões... de verdade.

— E você — disse John, dando um passo forte que não consegui deter — pode acabar do outro lado daquelas janelas ali.

— John — falei, e segurei seus braços. — Se a construção deste lugar viola algum tipo de regulamento ambiental — falei para Seth —, tenho certeza de que alguém já teria notado antes, você não acha? A não ser — adicionei com a voz cheia de sarcasmo — que o seu papai tenha subornado algumas pessoas pra que fingissem não ver, o que não consigo imaginar que ele possa ter feito, porque ele sempre foi um cidadão tão exemplar e obediente às leis, não é?

Só sobramos Seth, John e eu na casa. Não sei quem Seth estava tentando impressionar quando disse:

— Reef Key faz parte da minha família há anos. O meu tatatara, sei lá quantos "tas", avô William Rector comprou essa parte do Condado de Isla Huesos em 1845, quando era só uma parte de areia cheia de árvores. Todo mundo sempre ignorou. A gente tem o direito de fazer o que quiser aqui.

John se comportou muito bem, não moveu nem um músculo. Não indicou de forma alguma que conheceu o *tatatara, sei lá quantos "tas", avô William*, nem que o odiava por ser um pirata ladrão que batia no barco de outros capitães para que afundassem, voltando depois para ajudar a "salvar" a carga por metade do seu valor. O pai de John não foi muito diferente, visto que foi um daqueles capitães que estavam dispostos a arriscar a vida da sua tripulação por uma porcentagem de lucro em cima da carga.

— Pelo que me parece — disse John com calma admirável —, a sua família... e você em especial... faz o que quiser, de qualquer maneira.

— É isso mesmo — disse Seth. — E ficamos ricos por causa disso. Talvez não ricos no nível Oliviera, mas...

Alguma coisa bateu em uma das portas corrediças que davam para o pátio. Não com força suficiente para quebrá-las, mas o suficiente para assustar com um barulho bem alto. Coloquei os braços na frente do rosto, e John me arrastou para as costas dele rapidamente, colocando-se entre eu e o vidro, que ainda balançava.

— Ai, porra — disse Seth com uma risada nervosa. — Que susto. Mas olha. É só um pássaro.

— Um pássaro?

Horrorizada, abaixei os braços e fui em direção às janelas, mas John conseguiu me segurar.

— Não é aquela pomba — disse ele. — A Esperança está bem.

— Como você sabe? — perguntei. — Ela estava com você?

— Não — respondeu ele. — Mas acredita em mim, ela é esperta o suficiente pra não se meter numa tempestade dessas.

— Bem, aquele pássaro ali não foi tão esperto — falei. — Por que a Esperança seria diferente? E se ela estiver tentando me achar?

— Gente, dá uma olhada nisso — disse Seth na frente das portas corrediças, aonde foi para olhar para o pátio. — É um tipo de pássaro preto. Tem centenas deles lá fora. Em todos os cantos. Estão chovendo do céu. Eu tenho que tirar uma foto disso. — Colocou a mão no bolso para pegar o celular. — Ninguém jamais vai acreditar.

— Seth — falei com ansiedade —, eu não faria isso se fosse você.

Eu sei que ele tentou matar o meu primo. Sei que provavelmente matara a Jade. Sabia que ele — ou pelo menos o deus da morte que o possuiu — mandou as Fúrias matarem o meu namorado e depois mantê-lo em cativeiro. Ele ameaçou me matar, várias vezes, e chegou até a ameaçar a minha mãe. Mas eu não tinha como ficar ali vendo ele se matar.

Seth riu.

— Meu Deus, dá pra relaxar? Eu não sou burro, tá legal? Essas portas são feitas do mesmo material de para-brisas, resistentes a impacto.

Eu me lembrei de Chloe e dos pequenos cacos de vidro no meio dos seus cabelos, como uma tiara de diamantes.

— Ser *resistente a impacto* não quer dizer que se alguma coisa bater com muita força, ele não vai quebrar.

Seth estava segurando o celular e tirando fotos com entusiasmo, enquanto lá fora o vento rugia e corvos choviam do céu.

— Valeu — disse ele. — Vocês podem fugir se quiserem, mas eu vou ficar aqui. Esses vidros aguentam rajadas de 320 quilômetros por hora...

Outro corvo bateu em uma das portas, quase como se tivesse se jogado contra o vidro na tentativa de entrar. Não, na tentativa de atingir *alguém* lá dentro. E não era Seth. O pássaro não escolheu a porta corrediça mais próxima de Seth. Escolheu a que estava mais próxima de nós.

John e eu nos olhamos. Estávamos sendo atacados.

A segunda porta não aguentou. O painel inteiro se despedaçou em uma configuração de teia de aranha, e depois o vidro despencou da moldura de metal e se espalhou no chão de ladrilhos aos nossos pés.

John me pegou no colo.

— Estamos indo — berrou para que pudesse ser ouvido mais alto do que o vento e a chuva.

Eu sabia o que vinha depois. Quando abrisse os olhos de novo, eu estaria em outro lugar — muito provavelmente o Mundo Inferior. John não sabia que também estava chovendo corvos no Mundo Inferior... ou talvez soubesse. Só tive tempo para dizer uma palavra.

— *Seth.*

John me apertou com mais força. Ele sabia exatamente o que eu estava querendo dizer. *Salva o Seth também.*

— Não — disse ele.

E assim que eu ouvi outra porta de vidro explodir, a sala desapareceu.

Quando abri os olhos de novo, estávamos no escuro.

O Amor, que todos os que são amados sentirão,
Tomou-me por esse homem com prazer e tal força,
Que, como vês, ainda não me deixou...
DANTE ALIGHIERI, *Inferno*, Canto V.

No começo, não consegui ver onde estávamos. Só consegui ver que estava calmo e seco e tão escuro que não dava para ver o rosto de John, embora estivesse a centímetros do meu.

Então relampejou, e, por causa de alguns tapetes, consegui reconhecer a plataforma entre dois lances de escada da casa da minha mãe.

— John — exclamei, e afrouxei o aperto quase mortal que eu estava dando no pescoço dele. — *Aqui?*

— Shhh. — Apontou para o segundo andar. No final do corredor, com a iluminação fraca de uma vela de LED operada com uma bateria, vi que a porta do quarto da minha mãe estava fechada. — Foi o único lugar que me veio à mente.

— Mas...

Um milhão de perguntas passou pela minha mente, dançando da mesma maneira selvagem que a chama falsa da vela.

Ouvimos um trovão... não tão alto quanto em Reef Key. Estávamos em terra firme — quer dizer, o mais "em terra firme" que dava para estar em uma ilha de três quilômetros por seis — e em terreno alto, como na casa do Sr. Smith. A tempestade não chegava nem perto de como estava na casa dos Rector. Além disso, o tio Chris havia fechado todas as janelas da minha mãe com tábuas de madeira bem vedadas.

No entanto, o trovão ainda foi bem alto, e tive medo de que acordasse a minha mãe. A última coisa que eu precisava naquele momento era uma enxurrada de perguntas parentais.

— Vem comigo — falei, e tomei a mão de John. Subimos o segundo lance de escadas. Peguei a vela de LED na mesa do corredor e levei John para o quarto no outro lado do corredor, fechando a porta com cuidado depois de entrarmos.

— É o seu quarto? — perguntou John com um sorriso, observando as paredes lavanda e as cortinas que o decorador da minha mãe havia escolhido.

— É. — Coloquei a vela de LED na minha escrivaninha e olhei para o quarto. Nada havia mudado desde que estive ali na última vez, exceto pela carta de adeus que eu havia deixado para a minha mãe, que não estava mais ali. Vendo o quarto pela primeira vez pela perspectiva de John, no entanto, fez com que eu me sentisse mortificada. Parecia tão sem personalidade. O que não surpreende, considerando que não dei nenhum palpite na decoração... e também não me interessei.

— Dá pra gente não falar sobre isso?

— Por quê? — perguntou ele, surpreso. Ele era tão alto e tinha os ombros tão largos que pareceu um rinoceronte em uma loja de chá quando começou a andar pelo quarto, inspecionando as coisas. — Eu gostei. Isto é seu?

Pegou o unicórnio de pelúcia que Hannah Chang havia me dado de aniversário. Eu o deixei nas prateleiras por tanto tempo que havia me esquecido dele.

— É — respondi.

— Eu não sabia que você gostava de unicórnios — disse ele.

— Não gosto — falei, corada. — Quer dizer, gosto, mas não desses unicórnios de arco-íris. Uma pessoa me deu isso de presente. Eu...

Levar John ali foi um grande erro. Se bem que não fui eu quem o levou para lá, lembrei. O contrário. Na verdade, foi uma surpresa ver que ele nunca havia entrado no meu quarto. Mas John tinha padrões estranhos e antigos, e eu tinha certeza de que, embora ele considerasse perfeitamente aceitável, e até um dever moral, me espionar na escola, no cemitério de Isla Huesos, em aeroportos, ruas das cidades, joalheria e todos os outros lugares públicos, o meu quarto estaria completamente fora do limite.

— John, a gente não pode deixar ele lá — falei. Decidi que era melhor mudar de assunto. — Ele pode se machucar.

John pegou um frasco de esmalte que eu havia deixado na prateleira, cheirou com curiosidade, fez cara de nojo e colocou-o de volta no lugar.

— Quem pode se machucar? — perguntou ele.

— Seth — falei. — Ele pode estar morrendo. Sei o que você sente em relação a ele, mas não foi ele. Foi o Tânato. Não, tudo bem, uma parte foi ele. Mas aquele negócio com você, aquilo foi Tânato. Sei que você deve estar com estresse pós-traumático depois do que ele fez com você, e entendo completamente, ele merece muito ser punido, mas isso não é uma decisão nossa. Você é melhor do que ele, você ainda tem humanidade, e ele, não. A gente não pode...

— O que é *O Senhor das Moscas?* — perguntou ele, lendo o título do livro na minha estante.

— É um livro muito chato sem mulher nenhuma. Nem sei porque ainda tenho isso; eles mandaram a gente ler na escola.

— Você gosta de *alguma coisa* no seu quarto? — perguntou ele.

Você, quis responder. *Gosto de você. Eu* amo *você.*

Não sei por que não consegui dizer isso. Não sei por que as coisas ficaram tão estranhas de repente. Talvez porque deixamos Seth Rector para morrer. Talvez porque ainda precisávamos salvar o Mundo Inferior, e, ao fazer isso, salvar a Isla Huesos. Talvez porque minha mãe estava dormindo no quarto ao lado.

— Tudo o que eu gosto eu já levei pro Mundo Inferior. — Apontei para a mochila, que eu havia levado da casa do Sr. Smith para a festa, e da festa para a minha casa. Eu não era o tipo de menina que esquecia a bolsa, apesar de ter uma tendência a esquecer quase tudo mais. — Enchi a mochila da última vez que você me trouxe aqui pra dizer tchau pra minha mãe. Assim como trouxe tudo o que precisava pra salvar você. Como o seu tablet. Estou com ele, caso você queira checar se o Seth ainda está vivo.

Ele colocou o livro onde o encontrou.

— Não vai fazer diferença — disse ele. — Eu por acaso concordo com o Sr. Darwin e sua teoria da seleção natural. Isso é de um livro que o Sr. Smith me emprestou, *A Origem das Espécies*. Talvez você tenha lido na escola, junto com o livro sobre o mestre das moscas.

— Não — respondi. — Mas já ouvi falar.

— Então você vai concordar comigo que, se é a hora do Seth Rector morrer, é porque ele é menos adequado ao ambiente dele do que o resto de nós. — Abri a boca para discordar, mas John levantou o dedo para me interromper. — Não porque a gente podia ter salvo ele, mas porque ele faz coisas extraordinariamente burras, e até más. Então não é melhor que ele não continue vivendo e não reproduza pequenos Rectors que provavelmente também vão fazer coisas extraordinariamente burras e más? O pai do Seth Rector também não faz coisas burras e más? E o pai dele antes disso? Você acha que Tânato escolheu possuir Seth Rector acidentalmente? Não. Ele escolheu o Seth Rector porque era a mente mais fácil

184

pra ele acessar e corromper. Era a mente mais parecida com a dele, dentre todas as pessoas da ilha. Suspeito que Tânato vem possuindo a mente dos Rector há muitos e muitos anos. Porque todos foram tão burros e maus quanto Seth.

— Gente — falei, e fui até minha mochila, de onde peguei o tablet de John e o meu celular. — E só me dei conta disso tudo por causa da camisa dele.

— É isso que eu queria perguntar — falou John. — *Como* você descobriu? O que tem a camisa a ver?

— O jogador de pólo nas camisas que Seth está sempre... deixa pra lá — falei quando vi que John não estava entendendo. Ele não só era o tipo de garoto que não nota o que outros garotos usam, mas também era um que nasceu há mais de um século e meio, e não fazia ideia do que eram marcas de roupas. — Olha, tudo bem, concordo que seleção natural é um bom argumento pra não ajudar o Seth. Mas conheço uma outra pessoa que tinha um pai que fazia várias coisas burras e más. Você. Não fica agradecido por alguém ter dado uma segunda chance pra *você*?

John franziu o rosto.

— Eu só fiz uma coisa má, e fiz isso pra salvar a vida da minha tripulação.

— *Uma* coisa má? Posso dar uma lista de meia dúzia de coisas que você fez só hoje. Você matou um homem!

— Ele era uma Fúria, e você tentou matar ele primeiro. Eu só terminei o que você começou — disse ele.

— Você tinha vontade de matar o Sr. Mueller há muito tempo — falei.

— E Darwin concordaria comigo que a espécie está melhor sem ele. — As sobrancelhas dele se franziram. — Por que você está usando o chicote do meu pai na cintura?

Eu havia me esquecido completamente do chicote.

— Ah... o Sr. Liu me deu. Pra proteção, eu acho. — Outra mentira de leve, mas menos constrangedora, achei, do que contar o que o Sr. Liu havia dito de verdade: sobre eu precisar do chicote porque eu era como uma pipa sem linha.

— O *chicote* do meu pai? — Agora as sobrancelhas dele foram lá em cima.

Percebi que tinha de mudar de assunto imediatamente.

— Ih, olha — falei, e entreguei o tablet para ele casualmente. Não consegui entender nada na tela, visto que os símbolos me eram completamente estranhos. Mas havia várias mensagens no meu celular, e comecei a ler todas em voz alta. — A Kayla disse que estão no hospital, e está tudo bem. Quer dizer, a Farah provavelmente vai ter que fazer uma lavagem, então não tão bem. E fecharam todas as estradas, então eles vão ter que ficar lá um tempo. Talvez a noite toda, até a tempestade acabar. A não ser que você queira ir buscar eles, é claro.

— Se eles não estão em perigo, pra que eu vou querer sair daqui? — perguntou John, deitando na minha cama. Estava olhando para a tela do tablet, e eu sabia que faria isso. Tinha tempo que ele não via o aparelho, e era viciado em trabalho. Tenho certeza de que ele estava recebendo informações de todos os tipos sobre o estado lamentável do Mundo Inferior, além do estado das pessoas que estavam a perigo e prestes a irem para lá.

— Ah, tá — falei. — Tudo bem, então. Frank gosta muito da comida do refeitório. Mas a Kayla acha que a mãe dela não gosta muito dele.

John deu uma gargalhada sarcástica, ainda olhando para a tela.

— Melhor rir mais baixo — falei enquanto afrouxava o cinto que o Sr. Liu me deu. Deixei que caísse no chão. — A não ser que você queira que a minha mãe venha aqui e também desgoste de você.

John ficou quieto na hora.

— E o Alex?

— Nada sobre ele — falei. — Alex só me liga ou manda mensagem quando está morrendo. Ele está morrendo agora?

John olhou para tela de novo.

— Não.

— Que novidade boa. E o Seth?

— Está quase, mas acho que vai sobreviver — disse ele. — Infelizmente.

Eu me sentei ao lado dele na cama, e ele me mostrou a tela. Vi Seth todo encolhido em um guarda-roupa, rosto iluminado pela luz do celular enquanto berrava freneticamente:

— Como assim as ruas estão fechadas? Alguém tem que vir me buscar, o gerador parou de funcionar, estou sem luz. Não tem ar condicionado. Você tem alguma ideia de quanta umidade tem aqui?

A imagem de Seth desapareceu quando John desligou o tablet e o colocou na mesa de cabeceira.

— Me parece que ele vai ficar bem — disse ele —, apesar de um pouco desconfortável.

— Alguma notícia do Sr. Graves, sobre como ele e os outros estão?

— Estão o melhor que podem, dadas as circunstâncias — disse John. — Ou pelo menos foi o que pareceu quando eu os vi há não muito tempo atrás.

Olhei para ele, surpresa.

— Você os viu? *Quando?*

— Quando estava voltando pra vida — disse ele. — Tive que fazer uma parada lá pra buscar algumas coisas, sabe, como o meu corpo, antes de sair dos braços de Tânato.

— Então foi *assim* que você pegou isso — falei, e belisquei a camiseta dele. — E as botas. Achei estranho. Eu queria ter visto a cara de todo mundo quando você foi de um corpo frio e morto pra uma pessoa sentada e falando.

— Houve alguns gritos — disse John. — Especialmente de uma senhora...

— A Sra. Engle — falei. — Ela era enfermeira em uma escola. Tomou conta de você enquanto estava morto. E sabe, acho que ela e o Sr. Graves têm alguma coisa rolando.

John me olhou com total surpresa.

— Alguma *coisa*? O que foi que aconteceu enquanto eu não estava lá? As coisas *não* estavam do mesmo jeito que as deixei. Falei pra você voltar pro castelo, e não pra levar todo mundo da praia com você.

Tirei os sapatos e cruzei as pernas — uma posição não muito fácil com um vestido tão longo.

— Tive que tomar umas decisões executivas bem difíceis — falei. — Gerenciar aquele lugar não é fácil. Não sei como você fez isso esses anos todos. E a gente também teve problemas com corvos kamikaze. Achei que, com o Tânato liquidado, talvez as Moiras voltassem, mas acho que não, se a Sra. Engle ainda está lá. — Nesse momento, eu me toquei de uma coisa e fiquei sem ar. — Nossa, John!

Ele me olhou com preocupação.

— O que foi?

— Eu matei o Tânato. Como é que os espíritos vão ser levados pro Mundo Inferior? Não é isso que Tânato faz? O Sr. Smith me disse a palavra um dia. Um *psico*... *psicopompo*. Um ser que leva as almas dos recém mortos.

Pela expressão de John, vi que foi a primeira vez que ele pensou nisso também.

— Será que agora a alma de todo mundo que morrer vai ficar presa entre este mundo e o Mundo Inferior, como você ficou? — perguntei. — Eu piorei as coisas? Ai, não. Tenho que ligar pro Sr. Smith e perguntar pra ele...

Os dedos de John seguraram os meus antes que pudessem pegar o celular.

— Não — disse ele. — Não liga. Você não piorou as coisas. — O olhar dele estava implorando. — Como você tornaria qualquer coisa pior? Pierce, o que você fez... eu sei que

188

não gostei da maneira como fez aquilo, mas o que você fez... quando eu estava... *onde* eu estava... foi o pior lugar que já vi na vida. Achei que o Mundo Inferior era o pior lugar da minha vida quando cheguei lá, e eu estava completamente sozinho, mas onde ele me prendeu... não consigo nem verbalizar como foi horrível.

Os dedos em volta dos meus estavam como gelo. Sob a luz fraca da vela elétrica, vi que a testa dele estava úmida de suor, mesmo que a temperatura da casa estivesse amena por causa do ar condicionado. A eletricidade não foi cortada por tanto tempo assim.

— Era como um porão — disse ele —, escuro e frio, e eu não sabia quando sairia, ou se sairia. Dava para ver uma fresta de luz do dia, mas a porta pra chegar nela estava fora do meu alcance, mesmo que eu tenha feito muito esforço nas cordas que estavam me mantendo preso. E o pior é que eu sabia que a luz não era uma luz... era você. Dava pra ver você, ouvir, e até sentir o seu cheiro. Mas eu não conseguia alcançar você.

— Ai, John — respondi, com o coração doendo por ele.

— Sinto muito. Eu não sabia.

— Mas como você ia saber?

Na luz vacilante da vela falsa, vi um músculo saltando na mandíbula dele. Estava curvado na beirada da cama, cotovelos nos joelhos. Nunca vi John tão triste, exceto talvez quando me contou sobre o pai. Toquei as suas costas. Estavam duras feito pedra.

— Quanto mais você chegava perto de me encontrar — sussurrou ele —, mais a fresta se abria. Vi cada vez mais o que você estava fazendo. Mas ainda assim não conseguia alcançar você, e não conseguia avisar que eu estava ali, nem fazer com que você me visse ou me ouvisse. Isso me deixou quase maluco.

— Eu sabia, sim, que você estava lá — falei, e fiz carinho nos seus cabelos. — Quer dizer, eu comecei a suspeitar que você estava por perto quando você mandou aquela árvore pra cima do Sr. Mueller. Aquilo foi bem sutil, nada parecido com o seu estilo.

John deu uma risada triste por causa do meu sarcasmo. Pegou a minha mão.

— Você sempre conseguiu me fazer rir — disse ele. — Até mesmo quando as coisas estão o pior possível. Como faz isso?

— Segundo o Sr. Smith, é porque eu sou o raio de sol — falei. Não consegui conter um tom de deboche comigo mesma.

— E você é a tempestade.

— Isso realmente é uma coisa que ele diria. — Sorrindo, deu um beijo nas pontas dos meus dedos. — Acho que ele deve ter razão.

— John, não! — Os lábios dele estavam tão gelados quanto as mãos. — Por que você está com tanto frio? — Passei a outra mão por cima dos ombros dele e tentei pensar o que um adulto responsável, como a minha mãe ou a Sra. Engle, fariam nessa situação. — Quer que eu faça uma sopa pra você? Eu posso ir lá embaixo e fazer uma sopa; o fogão é a gás, ainda deve funcionar. Eu trago aqui pra você...

— Não preciso de sopa — disse ele. — Só preciso de você.

Ele soltou a minha mão e abraçou a minha cintura, enterrando o rosto na curva entre meu pescoço e meu ombro — um dos lugares favoritos dele —, e foi lentamente me levando para encostar na pilha volumosa de travesseiros "decorativos" que o decorador da minha mãe insistiu em colocar na frente da moldura da cama.

Você não dorme neles, explicou o decorador para mim. *Eles se chamam de travesseiros de chão porque você coloca eles no chão antes de dormir.*

Não sei por que alguém tiraria aqueles travesseiros da cama quando faziam um ninho tão fundo e confortável para duas pessoas que passaram por tantas coisas, como eu e John. Gostei da maneira como eles formavam torres ao redor de nós, fazendo um casulo seguro contra o mundo. John se agarrou em mim naquela meia escuridão, o coração batendo forte contra o meu. Ele ficou escutando a chuva lá fora conforme ela continuava a cair do outro lado das minhas janelas vedadas.

Pelo menos, pensei, ele conseguiu falar sobre tudo por que passou. Isso tinha de ser um bom sinal. Na televisão, os médicos sempre diziam que, para os soldados e outras vítimas de violência, falar sobre as experiências traumáticas era uma cura.

— Que mais? — perguntei enquanto os trovões rufavam à distância, e ele passava os lábios vagarosamente na minha clavícula.

— Como assim, que mais?

— Que mais aconteceu quando você estava com Tânato?

Ele levantou a cabeça e olhou para mim como se eu fosse uma louca.

— Por que eu vou querer falar sobre o Tânato *agora*?

— Porque — falei — falar sobre isso pode ser terapêutico. Mesmo que você não admita, teve muitas experiências estressantes na vida.

Ele encostou a cabeça nos travesseiros e olhou dentro dos meus olhos.

— Você também.

— Verdade — falei —, mas os meus pais pagaram pra eu fazer terapia, então a chance de eu sofrer de neurose no futuro é mínima.

— *Isso* é a terapia de que eu preciso — disse ele, e levou a mão da minha cintura para outra parte do meu corpo, perto do coração.

Respirei fundo.

— Tenho certeza de que na terapia isso seria chamado de prática inapropriada.

— Então eu preciso de muito mais prática inapropriada — argumentou John, desfazendo o laço que mantinha o meu corpete fechado na parte da frente. — E além disso, tem uma coisa que você prometeu me dizer e *ainda* não disse...

Não sei se foi a mistura intoxicante da proximidade dele com os beijos, o casulo reconfortante de travesseiros, o som romântico e constante da chuva lá fora, ou o fato de, depois de tanto tempo, termos encontrado um lugar seguro onde podíamos ficar juntos. Só sei que não demorou para que eu murmurasse *Eu amo você, eu amo você, eu amo você*, exatamente como eu quis fazer quando ele sumiu.

Ele também expressou o seu amor por mim, da mesma maneira enfática de sempre... tanto que fiquei feliz pelos trovões lá fora, que abafariam qualquer som que pudessem acordar a minha mãe — se bem que em alguns momentos eu fiquei sem saber se os trovões estavam sendo produzidos por John ou pela tempestade mesmo.

Mais tarde, deixada nos braços dele, preguiçosa, embaixo do meu edredom branco, falei:

— A gente não pode cair no sono. Temos muito mais coisas a fazer.

— Eu sei. — O peito dele se erguia e descia embaixo da minha bochecha em um movimento lento e cadenciado de respiração. — Mas acho que está tudo bem agora. — Ele pegou o meu diamante, a única coisa que eu estava vestindo. — Está prateado. Não tem perigo. Merecemos descansar por alguns minutos.

— Não — falei com firmeza. — Se a gente dormir e minha mãe nos descobrir aqui, ela vai matar você de novo.

— Se você se casasse comigo — disse ele —, como eu já pedi, tudo ficaria bem.

— Você não conhece os meus pais — falei. — Acredita em mim, as coisas não ficariam bem se a gente se casasse.

— Prefiro ser honesto com eles — disse John. — Eu posso sustentar você.

— Eu sei — falei. — A questão não é essa. E, além disso, você mora numa caverna subterrânea.

— Em um *castelo* em uma caverna subterrânea.

— Que no momento está lotada de almas penadas.

John pensou nisso.

— Com um pouco de sorte, isso é uma coisa que vamos resolver em breve.

— Sorte — falei, e olhei, sonolenta, para a luz da vela. — Isso é algo que nenhum de nós teve na vida.

Ele fez carinho em uma mecha dos meus cabelos.

— Nós nos encontramos, não foi?

— Isso foi a minha avó, e não sorte. Ela fez questão de fazer com que nos encontrássemos pra que pudesse me matar depois e despedaçar o seu coração porque ela odeia você.

A mão de John parou sobre a minha cabeça.

— Ah. Verdade.

— Não me deixa dormir.

— Não vou deixar — disse ele.

A última coisa de que me lembro foi um relâmpago que formou listras brancas na parede quando brilhou por entre as ripas da persiana. Mas não cheguei nem a ouvir o trovão que veio depois dele.

E a luz eu vi como um rio
Fulvo em sua fulgência, entre duas margens
Retratadas na admirável Primavera.

DANTE ALIGHIERI, *Paraíso*, Canto XXX.

A luz do sol vazava por entre as ripas da persiana, formando desenhos alegres nas paredes do meu quarto.

Também ouvi pássaros cantando lá fora, um som que não existia enquanto o furacão estava passando. Ouvi também o barulho do ar-condicionado, o que significava que a luz havia voltado. Meu quarto estava tão frio que tive de puxar o edredom por cima dos meus ombros nus e chegar mais perto de John para ficar mais quente.

A tempestade havia acabado. Era manhã. E eu estava no meu quarto, na minha cama, ao lado de John.

Um frio que não tinha nada a ver com o ar condicionado tomou o meu corpo.

A tempestade havia acabado. Era manhã. *E eu estava no meu quarto, ao lado de John.*

Nós caímos no sono. Assim que eu pedi para ele não me deixar dormir, ele não apenas me deixou dormir como acabou dormindo também. Estava deitado ao meu lado sobre uma bagunça caótica de travesseiros. O edredom cobria-o só pela metade — ou menos da metade —, e o seu peito nu subia e descia profundamente, como se ele estivesse num sono de morte.

Não foi a melhor escolha de palavras.

Mas tive a impressão de que ele ia preferir estar morto mesmo quando acordasse e vi quem estava de pé à porta segurando uma xícara quente de café e olhando para nós dois em um choque total e profundo.

— Mãe — falei e me sentei rapidamente na cama. — Não é o que parece.

— Não é? — perguntou minha mãe com frieza. Estava usando o roupão felpudo que eu havia dado para ela no Dia das Mães. — Porque eu sinto que é exatamente o que parece.

Cobri John com o edredom como se ele não fosse mais existir caso não pudesse ser visto. Talvez ele percebesse o que estava acontecendo, acordasse e se transportasse para outro lugar. Seria o melhor que poderia acontecer.

Infelizmente, aquele volume embaixo do edredom continuou exatamente onde estava, e lentamente começou a se mover.

— Na verdade — falei —, é uma história meio engraçada.

— É mesmo? — perguntou mamãe. — A sua carta pra mim não teve graça nenhuma.

John tirou o edredom de cima de si e se levantou. Ainda bem que estava de jeans, apesar de eu nunca ter visto quando ou como ele se vestiu de novo.

— Eu lamento muito por nos conhecermos dessa maneira, senhora — disse ele, esticando a mão direita. — Meu nome é John Hayden. Estou apaixonado pela sua filha.

Não sei por que John não me pegou pela mão e nos levou para outro lugar logo, da mesma maneira que fez quando viu minha mãe da última vez. Deve ter sido por causa do que ele havia falado na noite anterior, sobre querer falar com os meus pais — e também podia ter a ver com o fato de não ter ninguém tentando nos matar.

Ele não conhecia minha mãe muito bem.

Os olhos dela se arregalaram o máximo que podiam. Ela não apertou a mão de John.

— Pierce, eu gostaria que você e o seu *amigo* — ela falou essa última palavra como se fosse amarga — se vestissem e descessem. Seu pai e eu precisamos descutir algumas coisas com ele.

Agora foi minha vez de arregalar os olhos.

— Meu pai? Ele está aqui?

— Está na cozinha — disse mamãe — fazendo waffles. Ou pelo menos estava. Agora ele está no telefone com os advogados dele porque eu recebi uma ligação um tanto bizarra do pai de Seth Rector dizendo que você e... John, né? — Ela deu uma olhada desconfiada em John, como se não acreditasse que era o seu nome verdadeiro. — Que você e John agrediram o filho dele ontem à noite numa festa. Não quero saber o que você estava fazendo numa festa no meio de um furacão de categoria três, muito menos por que agrediu alguém. Mas o Sr. Rector quer dar queixa. — Ela soltou um suspiro. — Outro nome pra longa lista de pessoas que você agrediu, incluindo a sua própria avó.

Meu queixo caiu.

— Você tem que acreditar em mim, mãe — falei. — É tudo mentira. Tudo o que Seth falou é mentira, e tudo que a vovó falou também é. Como disse na carta que deixei pra você, eu não fui sequestrada. A vovó tentou me matar. Duas vezes. Foi o John que me salvou...

Mamãe já estava balançando a cabeça.

— Pierce — disse ela. — Por favor. Estou tão cansada disso tudo. Eu não sei o que o seu pai e eu fizemos pra deixar você tão infeliz. Talvez não tenhamos sido os melhores modelos, e Deus sabe que passamos por maus bocados. Mas não é justo você descontar em pessoas inocentes como o Seth e sua avó...

— Inocentes? — retruquei. — Você tá muito enganada, mãe. O John me salvou deles. E me salvou do Sr. Mueller também. Eu posso provar. Lembra daquela sombra na gravação da câmera de segurança da minha escola em Westport? Foi *ele*. Foi o John. Ele me salvou do Sr. Mueller de novo ontem à noite.

A expressão da minha mãe mudou. Sua boca, que estava tensa em uma linha fina e descontente — ela geralmente usava batom, mas é claro que não tinha passado maquiagem porque ainda estava muito cedo —, se abriu. Vi que a mão que estava em volta da xícara tremeu um pouco, e ela segurou a maçaneta, como se quisesse se apoiar.

— O Sr. Mueller? — repetiu ela sem forças, e olhou para John. — Eles acabaram de falar no jornal que a única morte na área por causa da tempestade de ontem à noite... foi um Mark Mueller de Connecticut, que foi atingido por uma árvore. Mas... não tem como ser o *mesmo* Mark Mueller da...

— Era, sim, senhora — disse John com seriedade. — Pode perguntar ao Sr. Richard Smith. Ele vai confirmar que é verdade. Acredito que ele conheça o seu pai...

— Aquele sacristão velho e maluco que foi extremamente grosso comigo no primeiro dia de escola? — Minha mãe olhou para mim como achasse que eu fosse louca. — O que *ele* tem a ver com isso tudo?

— Você pode perguntar pro Alex, mãe — respondi. — Ele também estava lá.

— Alex? — Mamãe balançou a cabeça mais ainda. — Você sabe onde o Alex está? Ele não atende o celular. O pai dele está desesperado...

— Eu sei, sim, onde ele está. — John deu um passo para a frente e pegou a xícara da mamãe antes que ela deixasse o café cair. — Não se preocupe, ele estava conosco. — John não mencionou a parte de Alex ter morrido e ressuscitado. — Por que não descemos pra conversar sobre isso com o seu marido...

— Ex-marido — disse mamãe, tonta. John a segurou pelo cotovelo. — O pai da Pierce e eu somos divorciados. Mas estamos nos reconciliando...

— *O quê?*

Eu me levantei da cama enrolada no edredom e fui até o closet para procurar o que vestir. Ao ouvir a bomba que mamãe tinha acabado de soltar, no entanto, quase tropecei no edredom.

— Ainda temos muitas coisas pra acertar. Obviamente. — Mamãe me deu mais uma olhada de reprovação, certamente porque viu o que eu estava vestindo por debaixo do edredom, que não era muito. — E a última coisa de que precisamos agora é virar avós, então espero que vocês dois estejam pelo menos se protegendo.

Fiquei branca. Esqueci completamente desse detalhe durante a tempestade, ainda mais por causa de toda a conversa amorosa, e os relâmpagos, e quase ter morrido algumas horas antes. Como eu pude fazer isso? Ou melhor, como eu pude *não* fazer isso? O Sr. Smith falou certa vez que não sabia de nenhuma divindade da morte que fosse capaz de gerar crianças... mas e se fosse o ambiente não propício do Mundo Inferior o que causasse isso? Ele não falou o que poderia acontecer *fora* do Mundo Inferior.

Ainda bem que John não sabia do que ela estava falando. Eles não tinham proteção — pelo menos não a proteção à qual minha mãe estava se referindo — na época em que ele era vivo.

— Está tudo bem, Dra. Cabrero — disse ele com calma. O *doutora* foi um bom toque. Compensou todos os *senhoras*. Mamãe detestava quando algum garoto a chamava de *senhora*. — Nós vamos nos casar, assim que a sua filha aceitar.

Ai, meu Deus.

— Zack! — Minha mãe começou a berrar com voz rouca. Ela se virou e saiu correndo do quarto. — *Zachary!*

Furiosa, deixei o edredom cair no chão e peguei o primeiro vestido que achei no closet.

— Você tá maluco? — chiei para John. Enfiei o vestido por cima da cabeça e procurei por sandálias. — Você quer morrer de novo?

— Eles são os seus pais — disse John. Encontrou a camiseta e começou a colocá-la para dentro da calça. — Eles merecem saber a verdade.

— A verdade? Que tenho que viver a 2 mil quilômetros da superfície da terra com um bando de pessoas mortas pro resto da vida? Como é que você acha que eles vão entender *isso*?

— Eles amam você — disse ele, e veio me seguindo quando saí para o corredor e comecei a descer as escadas. — Eles vão entender.

— Você não conhece os meus pais — falei. — Eu venho tentando contar a verdade sobre você desde que morri e nos conhecemos, e tudo que consegui foi um bando de consultas com psiquiatras. Eles *não* vão acreditar na verdade sobre você, e *não* vão deixar você ficar comigo.

Na plataforma entre um lance e outro, John me segurou pelo braço e me virou de frente para ele.

— Pierce — disse ele, me olhando bem nos olhos. Ele sorriu e tirou uma mexa de cabelo da minha testa. — Eles não têm como impedir que a gente fique juntos. E eles *vão* acreditar em você. Porque eu estou aqui. Você não está mais sozinha.

Embora o meu coração estivesse batendo aceleradamente de tanto medo — um medo ainda pior do que senti quando o Sr. Mueller apareceu na frente do carro de Kayla, ou quando percebi que Seth era Tânato —, dei um sorriso inseguro para ele.

John tinha razão. Os meus pais não tinham como impedir que eu ficasse com John. Tantas pessoas já haviam tentado — inclusive as Fúrias. Mas ninguém conseguiu.

— Será que alguém pode explicar que diabos está acontecendo aqui? — Ouvi uma voz familiar gritando no pé da escada.

Olhei para baixo e vi o meu pai ali, com uma camiseta de manga curta, calça social e sem sapato.

Uma boa quantidade do medo se dissipou quando percebi que eu não era o único membro do sexo feminino naquela casa que teve convidados na noite anterior.

— Nossa — respondi. Dei a mão para John e comecei a descer a escada. — Você esqueceu o resto do terno quando veio tomar café da manhã aqui, pai? E os sapatos? E o cinto?

Minha mãe, que estava ao lado do meu pai, começou a ficar corada, mas a sua voz permaneceu forte.

— Eu não faria piada agora, mocinha. Você está bem encrencada.

John apertou a minha mão. Quando olhei para ele, vi que estava com o rosto franzido. Também não gostou da minha piada. Acho que a linha da minha pipa estava sendo puxada.

— Desculpa — falei. Quando chegamos ao primeiro andar, paramos na frente dos meus pais. Apontei para John e comecei a falar de maneira polida. — Pai, este é John Hayden. Você deve se lembrar de ter visto ele em várias filmagens de câmeras de segurança. John, este é o meu pai, Zack Oliviera.

— Oi, senhor. — Jack estendeu a mão para o meu pai. — Sei que o senhor não tem escutado coisas muito boas sobre mim, mas posso garantir que estou apaixonado pela sua filha.

Assim como minha mãe, papai ignorou a mão estendida. Apenas olhou para John, que era alguns centímetros mais alto do que ele (algo que eu sabia que o meu pai não ia gostar, se já não estivesse detestando ele).

— Não me interessa o quanto você diz que ama a minha filha — disse papai de forma controlada. — Eu tenho uma Magnum .22 lá em cima, na minha pasta. Me dê um motivo decente pra eu não dar um tiro nos seus joelhos e deixar você paraplégico pelo resto da vida.

— Pai! — exclamei, horrorizada, abraçando John para protegê-lo.

— Ai, meu Deus — disse minha mãe, parecendo enjoada. — Zack, não; não é isso o que eu quero. Vou chamar a polícia. — Foi em direção à cozinha para pegar o telefone.

— Se a senhora chamar a polícia — disse John, sem deixar de olhar para o meu pai —, as Fúrias vão saber onde sua filha está.

Meu pai franziu ainda mais as sobrancelhas.

— Ah, claro — respondeu ele com deboche. — As Fúrias. O que são as Fúrias, parte da sua gangue de drogados?

Só então John parou de olhar para o meu pai e olhou para mim.

— Drogados? — perguntou, confuso.

— Pai — exclamei. Em vez de me agarrar em John, fui na direção do meu pai. Achei que o peso do meu corpo o impediria de ir buscar a arma. — Você tem que me ouvir. O John não me sequestrou. Ele me salvou porque a vovó ia me matar. Você tem razão sobre a vovó. Ela é uma Fúria.

Mamãe abaixou o telefone, exasperada.

— Agora já chega. Você está tentando dizer que a sua *avó* faz parte de uma gangue?

— Não — falei em desespero. — Quer dizer, sim. As Fúrias não são uma gangue... não o tipo de gangue que você está pensando. E o John também não está em uma gangue. E ele não é traficante de drogas e não é um "gótico do death metal". — Dei uma olhada para minha mãe, mas ela não pareceu se lembrar de ter usado esse termo para descrever John. Tanto ela quanto o meu pai estavam me ouvindo com atenção. — Eu venho tentando falar pra vocês há dois anos, mas vocês não escutam. Talvez por isso eu tenha tentado não acreditar também, mas agora estou pronta. O John é uma divindade da morte. Eu conheci ele quando morri e fui pro mundo dele... o Mundo Inferior.

Mamãe tapou a boca, e sua mão tremia.

— Ai, Pierce — disse ela, com os olhos se enchendo de lágrimas.

Não acho que eram lágrimas de felicidade. Na verdade, eu tinha certeza de que ela me via como uma louca.

— É verdade — falei. — Ele organiza as almas dos mortos e manda eles pro seu destino final. Aqui, tá vendo isso, ele me deu esse colar. — Tirei o diamante do meu vestido e o mostrei para papai. — Mãe, você já viu isso antes, lembra? Você perguntou onde arrumei esse colar depois da cirurgia. Falei que foi um presente. E *foi* mesmo um presente. O John me deu isso quando nos conhecemos no Mundo Inferior. E ele me protege. O diamante muda de cor quando tem alguma Fúria por perto, e quando eu toco uma Fúria com ele, ela morre. A pedra foi encontrada por Hades, que deu pra Perséfone...

— Chega — disse o meu pai, seco. Ele se virou para John com a expressão mais raivosa que eu já vi... e Zack Oliviera era conhecido por ser estourado. — Eu não sei o que você acha que vai conseguir com isso, dinheiro, celebridade, não sei, mas você vem tirando vantagem de uma menina que é doente mental. Isso pode não dar um processo, mas pode acreditar que quando eu acabar com você, você não só não vai mais andar, como também não vai conseguir emprego neste país, nem em nenhum...

Um trovão soou. Começou suave, como o som do motor de uma motocicleta na rua. Mas conforme a impaciência de John com os meus pais foi aumentando, o som também aumentou, até que todos os objetos de vidro na casa da minha mãe estavam vibrando.

— O que foi isso? — exclamou ela. Em pânico, ela tapou as orelhas com as mãos.

— Terremoto? — perguntou o meu pai. Tentou me tirar de baixo do lustre de ferro e cristal que mamãe havia colocado no foyer, mas eu me afastei dele.

— Não — falei. — É ele. — Apontei para John. — John, para. Você já mostrou o suficiente.

Mas os meus pais pareceram não entender.

— Isso é impossível — disse meu pai.

— Ele é o mestre do Mundo Inferior. — Balancei a cabeça. Por que achei que usar a racionalidade com eles funcionaria?

— Vocês acham que ele não pode controlar o tempo? John, para, por favor. É exagero.

O trovão parou. Mas um relâmpago bem claro saiu do meio do teto da sala até o chão, fazendo com que o carpete supercaro dela pegasse fogo.

— Eu amo a sua filha — disse John para meus pais, que estavam totalmente chocados. — E ninguém vai nos separar. Espero que agora vocês entendam isso.

— Agora você tá se mostrando — falei sério para John, e fui à garagem pegar o extintor de incêndio.

> *É verdade que nos primórdios,*
> *Com inocência, para ter a salvação*
> *Bastava a crença dos pais, e nada mais.*

DANTE ALIGHIERI, *Paraíso*, Canto XXXII.

Atitude dos meus pais em relação a John melhorou significativamente depois que ele ateou fogo no carpete da sala da mamãe com um relâmpago.

Melhorou pode ser um exagero. Acho que na verdade eles estavam com um pouco de medo dele.

O medo não é uma coisa tão ruim, se faz com que as pessoas tenham mais cuidado com o que fazem e falam. Mas é ruim ver pessoas que você ama com medo de outra pessoa que você ama, mesmo que seja melhor do que a maneira como estavam agindo antes. Tive de ajudar a minha mãe a se sentar em um dos bancos da cozinha e fazer outro café com bastante açúcar para ajudá-la a começar a processar a coisa toda. Era demais para o cérebro extremamente organizado de cientista dela.

— Não é possível — ela ficou repetindo. — Simplesmente, não é possível. Um mundo subterrâneo? Embaixo da Isla Huesos? E era lá que você estava esse tempo todo?

— Isso, mãe — respondi, e dei um prato de waffles para ela. — Aqui, come isso. Você vai se sentir melhor, prometo.

Meu pai, talvez pelo fato de ter um cérebro mais empreendedor, conseguiu assimilar tudo com mais calma.

— Então você acha que consegue fazer esse truque do relâmpago em escala maior? — perguntou ele para John.

— Aumentar uns 10 mil megawatts (ou sei lá qual a medida) e focar essa energia toda em alguma coisa do tamanho de, digamos, uma base militar?

— Pai — respondi, com um quê de reprovação na voz.

— Acho que sim. — John estava comendo o bacon que meu pai havia oferecido. — Mas não vou fazer isso.

— É justo — falou papai. — É justo. Gosto de homens com princípios. Você mudaria a sua opinião se eu falasse que essa base militar atirou em soldados norte-americanos?

— John, não escuta ele. Pai, já falei pra você que o John tem emprego.

— Claro, claro, organizar as almas dos mortos. Quanto se ganha nesse trabalho, se você não se importa com a pergunta? Aproximadamente, é claro.

— Pai!

— Só estou falando, se o rapaz viesse trabalhar pra mim, posso pagar duas ou três vezes mais do que ele ganha agora...

— Não é esse tipo de trabalho, pai. Mas eu acho que tem, sim, um jeito de você ajudar a gente.

John me olhou de maneira estranha com um garfada de ovos na boca. Nós havíamos abandonado os waffles; nossa grande briga do waffle ainda estava muito recente para que comêssemos tranquilamente. Ainda bem que também havia ovos mexidos.

Entendi a postura de John, de não querer ajuda de um homem que ameaçou atirar nos joelhos dele, mas a verdade era que papai tinha acesso a recursos consideráveis. E achei que se tinha alguma coisa de que nós dois — e o Mundo Inferior mais ainda — precisávamos naquele momento era recursos.

— Meu pai tem uma empresa muito grande, John — expliquei.

John fez uma cara feia para o café que estava tomando.

— Acho que você deve ter mencionado isso umas duzentas vezes desde que conheci você.

— É uma empresa que faz coisas para exércitos. — Ergui as sobrancelhas para enfatizar o que queria dizer.

John ficou ainda mais na dúvida e botou o café na mesa.

— Armas não funcionam com as Fúrias. Você sabe disso.

— Chega de Fúrias — disse minha mãe. — Essa conversa toda de Moiras e Fúrias... nada disso faz *nenhum* sentido.

— A avó dela estar possuída por um demônio do inferno faz todo sentido pra mim — disse papai. — É praticamente a única coisa que ouvi esta manhã que faz algum sentido.

Mamãe abaixou a cabeça sobre os braços cruzados.

— Você falou pro Christopher que eram as drogas — disse ela para a bancada da cozinha. — Por que não pode ser por causa de drogas?

Fiquei olhando para minha mãe.

— Você *prefere* que essa história toda seja por causa de drogas?

Mamãe levantou a cabeça.

— Do que demônios? Sim, Pierce, prefiro. Drogas eu consigo entender. Drogas fazem sentido. Com drogas você pode ir pra reabilitação ou chamar a polícia e prender alguém. O que vamos fazer com demônios possuindo a minha mãe?

Papai pegou a sua xícara de café.

— Você tem direito a ter a sua opinião, é claro, mas se ela realmente tentou matar a Pierce...

Mamãe abaixou a cabeça nos braços de novo e deu um gemido.

—...nesse caso acho que o John aqui devia atingir ela na cabeça com um dos relâmpagos dele.

— Não é assim que funciona, pai — respondi.

— Preciso de uma aspirina — resmungou mamãe.

— Não estou falando de armas — falei para John. — Estou falando de barcos. Barcos bem grandes.

Papai olhou para mim, para John, e para mim de novo.

— Uma divisão da minha empresa realmente faz barcos. Estamos falando de que tipo de barco? Petroleiro? Extração? Guindaste?

— De passageiros — falei rapidamente. — Estava pensando em um navio de passageiros. Algo mais ou menos como uma barca.

— Pierce — disse John, preocupado.

— Nós fazemos barcos especializados em serviços de óleo — disse papai, tirando o celular do bolso. — Mas conheço um cara que... bem, digamos apenas que conheço um cara.

— Precisamos de dois — falei. — E o mais rápido possível.

— Por quanto tempo? — Papai deslizou o dedo pela lista de contatos.

— Para sempre.

Papai parou o dedo na tela do telefone e olhou para mim, surpreso.

— Desculpa. Quanto tempo?

— *Pierce*. — John se afastou da bancada da cozinha e se levantou. — Posso ter uma palavrinha com você lá fora?

Eu sabia o quanto ele odiava pedir ajuda do meu pai, mas eu não via outra alternativa.

— John, está tudo bem. Acho que depois de tudo o que passamos, podemos conversar na frente dos meus pais. — Fui até o outro lado da cozinha e dei a mão para ele. Estava tão tenso que os dedos estavam fechados em punhos. Eu tive de forçar para abrir a mão dele e colocar os meus dedos entre os dele. — Se você pensou em outra maneira de conseguirmos barcos, me diz qual é.

Mesmo que eu estivesse ali do lado dele, John parecia extremamente desconfortável. Estava com a mesma expressão de quando o meu tio Chris o confrontou (naquela mesma sala) por ter me sequestrado. As suas sobrancelhas escuras estavam bem franzidas, os olhos cinza brilhavam de maneira ameaçadora. A outra mão abria e fechava como se ele fosse socar o mundo.

— Os barcos serão fornecidos, como sempre foram — disse ele em voz baixa —, pelas Moiras.

— John, as Moiras foram embora. Fugiram antes de você morrer. E não vejo nenhum sinal da volta delas. Você está aqui, a tempestade acabou, o sol está brilhando, mas a Esperança não retornou. — Dizer aquilo em voz alta me fez sentir dor na garganta. Mas eu não tinha como fingir que não era verdade. — Ela sabe onde eu moro. Já esteve aqui antes. Mas não veio.

— A Esperança vai voltar — garantiu John. — Assim como as Moiras. Eu sei que vão.

Antes que eu pudesse destacar que o Sr. Smith nunca acreditou que as Moiras eram entidades distintas — achava que eram o espírito da bondade humana, o que explicava por que não havia muitas na Isla Huesos —, meu pai começou a balançar a cabeça.

— Filho — disse para John —, talvez este seja o momento pra você se dar conta de que essas suas Moiras não existem.

— Pai — falei, com a garganta mais apertada do que nunca. — Você não está ajudando.

— A maioria de nós vem fazendo a sua própria "moira", ou o seu próprio destino, há anos — continuou papai, me ignorando. — Muitas pessoas não cresceram recebendo tudo o que queriam em uma bandeja de ouro entregue por fadas invisíveis...

— Nem eu — interrompeu John, olhos brilhando de maneira ameaçadora.

— Onde eu cresci — continuou papai como se John não tivesse falado —, não existia Moira, destino, ou sorte, nem pedidos pra estrelas cadentes. Só havia trabalho intenso e agarrar qualquer oportunidade que aparecesse. Olha, eu não estou criticando você. Agradeço pelo que fez, por ter cuidado da minha filha quando as coisas não estavam indo bem pra ela. Gostaria de ter escutado mais quando ela veio me contar seus problemas. Fico feliz por você ter sido presente. Pra mim, isso é uma Moira, ou o destino... estar presente pra estender a mão quando alguém precisa, e não ser um babaca teimo...

— Zachary — disse minha mãe com tom ameaçador, olhos arregalados.

— Não — disse meu pai. — Tudo bem, Debbie. Ele sabe do que estou falando. Não vai tacar fogo no carpete de novo. Vai, meu filho?

No centro da cozinha, John ficou olhando para meu pai com olhos franzidos. Eu não tinha a mesma convicção que meu pai de que John não ia fazer nada perigoso. A respiração dele estava curta, e os dedos que seguravam a minha mão estavam tão tensos, que eu meio que torci para piscar os olhos e me ver no Mundo Inferior de novo.

Para John, era difícil confiar em estranhos depois de ter vivido por tanto tempo em um lugar com pessoas que conhecia tão bem. Devia ser especialmente difícil confiar em um homem que, em diversos sentidos, era como o tatatatara avô do Seth.

Mas meu pai não planejou afetar tantas pessoas com o vazamento de óleo que causou tanto dano à orla. Meu pai vinha tentando ajudar. William Rector, por outro lado, não tentou ajudar nada. Não ligou para a quantidade de vidas que arruinou nos naufrágios que provocou.

Apertei a mão de John. *Eu amo você, eu amo você, eu amo você*, pensei, e olhei para ele.

Não sei se ele me escutou, mas alguma coisa nas palavras do meu pai, ou no toque da minha mão, pareceu chegar até ele, visto que falou com uma voz cuidadosamente controlada.

— Por favor, me chama de John. Não vou ser um filho pra você até que sua filha concorde em se casar comigo, que ela disse que não vai fazer agora porque a mãe quer que ela se forme na escola primeiro. A Pierce diz que ninguém mais se casa na nossa idade.

Um som agudo, algo entre um berro e um soluço, saiu da minha mãe. Quando todos nos viramos para olhar, ela tapou a boca.

— Deborah — disse meu pai com curiosidade. — Você está bem?

Ela fez que sim com a cabeça, a mão ainda na frente da boca, e indicou com a outra mão que devíamos continuar a conversa. Notei que seus olhos estavam grandes e estranhamente claros.

— Não sei se o senhor está certo sobre as Moiras, Sr. Oliviera — disse John. — Mas vou aceitar qualquer ajuda que o senhor queira dar. — Ele estendeu a mão.

Dessa vez, papai foi até John e apertou sua mão.

— Que bom, que bom. Mas o Sr. Oliviera é o meu pai. Pode me chamar de Zack. E eu estou certo sobre aquele negócio do destino — falou. — Você vai ver. — Ele deixou a mão de John e escolheu um nome na lista de contatos. — Gary? Oi, Gary, sou eu, Zack Oliviera, tudo bem? É, eu sei, eu também, que tempestade, né? Como vocês ficaram? Sobrou alguma barca?

John me deu uma olhada angustiada, e papai foi até a sala de jantar com o telefone na orelha.

— Obrigada — falei, e abracei sua cintura. — Eu sei que ele pode ser um desafio.

— Um desafio? — repetiu John sem acreditar. — Não é assim que eu descrevo uma pessoa que ameaça atirar em mim.

— Eu sei. — Fiz uma expressão de pena. — Desculpa por esse negócio de tiro. Mas olha como ele pode ser incrível quando tenta.

— Talvez — disse John, e abraçou a minha cintura. — Mas Pierce, mesmo que o seu pai, que você diz ser incrível, consiga adquirir esses barcos, como é que eu vou levá-los pro Mundo Inferior?

— Você não consegue piscar o olho e levar tudo?

Ele ergueu uma das sobrancelhas.

— Você sabe que a coisa mais pesada que já transportei pro Mundo Inferior foi o Frank, não sabe?

Mexi no diamante na ponta do meu cordão.

— E eu tenho que me livrar de todas as Fúrias, sabe-se lá como. Imagina o desafio. Você se concentra nos seus, eu me concentro nos meus.

John balançou a cabeça e me aproximou dele.

— Não. Vamos lidar com os desafios juntos. — Ele olhou para a bancada da cozinha. — O que vamos fazer com ela?

Olhei preocupada para minha mãe, que estava com a cabeça enterrada nos braços de novo.

— Ela também pode ser incrível — sussurrei —, mas acho que vou ter que passar um pouco de tempo só com ela pra ajudar na adaptação, ainda mais agora que você soltou a palavra com C na frente dela.

John ficou sem entender.

— A palavra com C?

— Casamento. Isso e a revelação de que isso tudo tem a ver com demônios, e não com drogas... Tenho certeza de que ela está tendo um ataque de nervos.

A expressão de John mudou de dúvida para preocupação, assim como eu, mas não pelas mesmas razões.

— Eu queria que a gente tivesse tempo pra isso, mas não temos. — Ele se afastou de mim e pegou o tablet no bolso. Ele havia tomado o aparelho de volta quando eu subi para escovar os dentes, lavar o rosto e pentear os cabelos. — O Sr. Liu disse que o número de almas novas abaixou desde que a tempestade se dissipou, mas a situação ainda está acima do aceitável.

— Então não sou eu quem esta causando o desequilíbrio — falei, ainda tocando o diamante. — Eu não estou lá. E também não foi Tânato, porque eu destruí ele. Alguma outra coisa está causando isso. Mas o quê?

Ouvimos um barulho alto no outro lado das portas francesas, de onde meus pais tiraram a vedação para que a linda luz da manhã entrasse na casa. Parecia que tinha alguém entrando pelo lado da garagem, onde eu e mamãe deixávamos as bicicletas e lixeiras.

Meu coração deu um pulo no peito.

— John — sussurrei —, e se for a polícia vindo prender a gente?

John segurou a minha mãe.

— Eles nunca vão nem tocar em você — disse ele.

Eu sabia o que ele queria dizer. Nós sumiríamos antes de a polícia entrar na sala.

Mas não era a polícia. Era Alex, que havia pulado o muro e estava carregando uma mochila sobre o ombro. Ele havia mudado de roupa desde a última vez que o vi. Os cabelos ainda estavam úmidos nas pontas, e ele tinha cheiro de banho recém-tomado.

— Achei você — disse, sem notar a expressão tensa no meu rosto e no de John. — Estou ligando pra você há séculos. Não sei nem por que tentei; você nunca atende mesmo.

Eu me lembrei de colocar o celular no bolso do novo vestido. Mas esqueci de ligar ele.

— Ah, hum... acordei tem pouco tempo — falei com vergonha, e larguei a mão de John para ligar o celular. — Cadê Frank e Kayla?

— Foram trocar de roupa na casa da Kayla, depois vão pra casa do seu amigo, Sr. Smith — disse ele dando uma olhada cuidadosa na minha mãe. Ele claramente achava que não devíamos estar falando sobre aquilo na frente dela. — Eles queriam devolver o, hum, carro do Patrick. E depois falaram que iam encontrar com a gente — falou o resto da frase em murmúrios para que só eu escutasse — no cemitério. — Voltou a falar com voz normal. — Oi, tia Deb. Você está bem? Tá com dor de cabeça, ou alguma coisa assim?

Mamãe levantou a cabeça.

— Já estive melhor — disse ela. — Quer waffles?

— Tudo bem, eu acabei de levar o papai pra tomar café no Denny's a fim de tirar ele de casa. — Outra olhada significativa para mim. — Pra longe da vovó.

Mamãe ficou surpresa.

— O seu pai? Nossa, Alex, que bom. Como ele está?

— Ainda sendo acusado de assassinato, tia Deb, obrigado. Mas agradeço por você ter pagado a fiança. Pai? Ei, pai?

Para a minha surpresa, tio Chris apareceu entre as portas francesas. Em uma das mãos, levava um saco preto gigante de lixo. Na outra, arrastava uma casca de palmeira de um metro e meio que havia caído durante o furacão.

— Ah, oi, Deb — disse ele com um sorriso quando viu mamãe. — Alex disse que queria vir, e eu achei que não seria má ideia começar a limpeza logo. Essa Cassandra foi malvada, né? Deixou várias flores vermelhas na sua piscina, o que é estranho porque nem tem dessas árvores aqui...

Ele parou de falar quando me viu. Depois, levou o olhar mais para cima... e notou John. Franziu o rosto levemente.

— Piercey! E... você.

John se aproximou dele com a mão direita estendida.

— John — disse ele. — Lembra? É um prazer vê-lo de novo, Sr. Cabrero.

Tio Chris não pareceu achar um prazer ver John de novo, mas passou a casca de palmeira para a outra mão e o cumprimentou.

— Como vai? — perguntou. Respirou fundo e disse: — Bem, vou voltar pro trabalho. Tem muita coisa pra limpar neste lugar. — Franziu o nariz. — E, hum, sem querer ofender, Deb, mas está com cheiro de torrada queimada aqui.

— Ah, não — disse mamãe com uma risada semi-histérica. — Isso foi só o namorado da Pierce. Ele ateou fogo no carpete com a mente.

Tio Chris olhou para ela como se estivesse ficando maluca — o que acho que devia estar acontecendo — e fez que sim com a cabeça.

— OK — disse tio Chris. — Só checando. — E rapidamente foi levando a lata de lixo para o jardim dos fundos.

Alex, que havia se sentado em um dos bancos na frente da bancada da cozinha, congelou. Moveu apenas os olhos para olhar para mamãe.

— Peraí... você *sabe*.

— É claro que a gente sabe — disse mamãe. — Por que você ainda não contou pro seu pai, Alex? Isso também tem a ver com ele. Afinal, a sua avó é mãe dele também.

Alex olhou para mim e para minha mãe como se fôssemos malucas.

— Eu sei. Por que você acha que eu não saí do lado dele desde que chegamos aqui? Estou deixando ele o mais longe dela o possível. Mas não posso falar nada disso pra ele. Ele não aguentaria.

Mamãe o olhou com concentração e franziu o rosto em sinal de discordância. Eu entendi o lado dela — tio Chris era bem mais gente boa do que as pessoas achavam —, mas considerando a própria reação dela quando ficou sabendo das novidades, ela não podia falar muito.

— O seu pai não é uma criança, Alexander — disse ela. — Ele não precisa da sua proteção.

— Você está certa quanto a ele não ser criança — disse Alex, abrindo a mochila e colocando a mão dentro dela —, mas não está certa quando a ele não precisar de proteção. O meu pai precisa de muita proteção porque, até onde eu sei, ninguém nunca se deu ao trabalho de proteger ele na vida.

Alex pegou uma pasta na mochila — muito parecida com a que havia levado do escritório do Sr. Rector na casa de Reef Key — e bateu com ela na bancada. Uma foto saiu da pasta... uma foto da minha mãe com tio Chris, ambos parecendo bem mais jovens, com uns 20 anos, e outra pessoa que só podia ser o pai de Seth Rector.

Quando minha mãe viu a fotografia, seu rosto ficou todo branco. Ela rapidamente tentou pegar a foto, mas Alex foi mais rápido.

— Não — disse, com a mão sobre a foto. — Deixa a Pierce ver. Ela tem o direito de saber.

— Saber o quê? — perguntei, e fui até a bancada.

— Pierce — disse mamãe. Parecia prestes a vomitar. — Eu posso explicar...

— Estou interessado em ouvir essa explicação — disse Alex. — Tenho certeza de que Pierce e John também vão ficar. — Ele me deu a foto.

Na foto, minha mãe, tio Chris e o Sr. Rector estavam vestindo roupas de banho em uma praia na frente de um mangue cheio das árvores tropicais onde minha mãe sempre disse que colhereiros rosados gostavam de formar ninhos. Os três estavam rindo e mostrando alguma coisa para a câmera. As coisas que eles estavam segurando eram amarelas e longas, e pareciam ter sido tiradas da areia. Dava para ver os buracos — não muito grandes, nem muito superficiais — na praia atrás deles, além de muitas algas e madeira abandonada.

Havia mais coisas como as que eles estavam segurando na areia ao redor deles. E havia também mais do que apenas algumas garrafas de cerveja vazias ao redor, e até uma garrafa vazia de Rum Captain Rob.

— Isso é Reef Key, não é? — perguntou Alex. — Antes do Sr. Rector e o pai da Farah construírem lá? O pai da Farah está tirando a foto?

— Está — disse mamãe com voz fraca.

Foi então que dei uma olhada mais de perto no que ela, tio Chris e o Sr. Rector estavam segurando enquanto riam para a câmera, e finalmente entendi o que era: ossos.

Não ossos de peixes ou de outros animais.

Ossos humanos.

Suas cidades construíram sobre tais ossos mortos...
DANTE ALIGHIERI, *Inferno*, Canto XX.

— Mãe — falei, sentindo-me confusa e apertando os olhos para a ver a foto direito. — Não estou entendendo. Por que você está segurando ossos de mentira e rindo? Era Halloween? Vocês estavam fingindo ser piratas?

John pegou a foto da minha mão.

— Esses ossos não são falsos — disse ele. Colocou a foto na pasta que Alex apoiara na bancada da cozinha e fechou a capa.

Olhei para minha mãe. A expressão de John era de tristeza. Minha mãe estava mortificada.

Eu também estava começando a me sentir mortificada, agora que entendia.

— Nós éramos tão jovens — murmurou mamãe.

— Você parecia ter a minha idade quando aquela foto foi tirada — falei.

Não quis soar como se a estivesse julgando. É que independentemente da minha idade, não acho que eu teria segurado um resto humano e sorrido na frente de uma câmera.

Não consegui olhar para John. O esqueleto dele podia muito bem ser um daqueles, se o corpo dele não tivesse ido parar no Mundo Inferior. A ideia de algum bêbado pegar os restos dele em uma praia e ficar brincando com isso fez com que meu coração fervesse. Um tom ligeiramente rosado começou a manchar as bordas da minha visão... mas não o suficiente para bloquear o fato de que minha mãe havia escondido o rosto com as mãos de novo.

— Você tem razão — disse ela. — Eu era veterana do Ensino Médio. Devia ter pensado melhor. Nós quatro, Nate, o pai do Seth; Bill, o pai da Farah; e seu tio Chris costumávamos ir naquela ilha o tempo todo. Eu amava tanto aquele lugar... não só por causa dos pássaros, que eram tão lindos, mas porque eu podia fugir da sua avó. Ela era... bem, ela era insistente. Não compreendia por que eu amava tanto a natureza. Sempre me fazia caminhar com ela no cemitério por algum motivo.

Eu sabia exatamente por que a vovó fazia com que minha mãe caminhasse no cemitério. Tentou fazer com que ela e John ficassem juntos para que pudesse matá-lo. Minha avó já estava possuída por uma Fúria naquela época. Minha mãe obviamente não teve uma infância muito feliz.

Mesmo assim, não era desculpa para o seu comportamento.

— Ué — falei involuntariamente —, não entendi por que você não gostava de caminhar no cemitério, considerando a sua afinidade com ossos.

John me deu uma olhada séria que dizia claramente *Agora não é o momento de ser sarcástica com a sua mãe.*

— Eu mereço — disse mamãe com tristeza. — Eu sei. Mas a verdade é que, por mais que eu reclame quando o seu pai reclama da sua avó, eu também não aguento ficar perto dela. O Nate tinha um barco. Vários dos nossos amigos tinham. Fazíamos festinhas em Reef Key. Realmente tivemos momentos maravilhosos.

— Claro — disse Alex. — É claro que tiveram. — Pegou uma folha de papel de dentro da pasta. Era uma fotocópia de um documento que parecia ancestral. — Os Rector compraram Reef Key. Tá aí o acordo.

Alex me passou a xérox. Tinha vários *acima mencionados* e *assim acordados* em uma letra rebuscada. O mais importante é que declarava que, no dia 5 de junho de 1845 D.C., William Joseph Rector foi perante o juiz pessoalmente e recebeu um certo pedaço de uma terra desocupada que pertencia aos Estados Unidos da América e ficava situado no condado de Isla Huesos. O pedaço de terra ficaria conhecido dali em diante como Reef Key.

Antes disso, era conhecido como Caja de Muertos.

— Caja de Muertos? — Levantei a cabeça.

Embora o lado materno da minha família fosse espanhol, eu só conhecia palavrões na língua deles, ensinados pela faxineira que tivemos durante a infância. Mas eu tinha certeza que *muertos* significava mortos.

— Ilha dos Caixões — traduziu Alex e pegou o papel de volta. — Aceite a sua herança. — Para a minha mãe, disse: — Aqueles exploradores espanhóis que descobriram a Isla Huesos no século XVI. Eles chamavam de Ilha dos Ossos porque a praia era cheia de ossos humanos. O que fizeram com os esqueletos? Não deixaram eles na praia, deixaram?

Mamãe não falou mais nada. Apenas olhou para as mãos.

A mancha rosa ficou mais forte, ao ponto de as palavras começarem a nadar diante dos meus olhos. Era difícil ver direito, tanto as palavras, quanto as pessoas na sala. Em vez de enxergar John, eu via apenas uma vaga sombra escura.

Senti uma vontade sufocante de segurar a mão dele, mas, naquele momento, um vento forte entrou pelas portas francesas. Embora a chuva tivesse parado, o vento que havia impulsionado a tempestade ainda uivava.

Quando você chegou aqui, era como uma pipa lá no alto, movida pelo vento sem ninguém segurando a linha. As palavras do Sr. Liu me vieram à mente, sem controle. *Só que o vento que impulsionava você era a raiva.*

É claro que senti uma vontade forte de segurar a mão de John. O Sr. Liu estava certo. Eu realmente precisava tomar o controle da minha própria linha, ou me perderia no céu.

Segurei a alça do chicote que o Sr. Liu me deu. Eu havia colocado o cinto de novo enquanto descia as escadas depois de escovar os dentes. Não sei por quê.

Agora eu entendi. Assim que toquei a alça, o rosa começou a desaparecer.

— Peraí — falei. — Aqueles exploradores enterraram os restos que encontraram, não enterraram? Na Ilha dos Caixões? É por isso que deram esse nome? Foi por isso que vocês encontraram todos aqueles ossos? Foi uma tempestade ou alguma coisa assim que trouxe os ossos à tona?

Mamãe abaixou as mãos. Ao contrário de mim, ela não sentiu o vento.

— Não foram só ossos que encontramos lá — disse ela.

— O que mais, Dra. Cabrero? — perguntou John com cuidado. Havia fechado as portas francesas.

— Ouro? — perguntei.

A minha cabeça estava rodando, tentando imaginar por que ela estava tão pálida.

Alex balançou a cabeça.

— Garoupas quadradas.

Confusa, olhei para o meu primo.

— É algum tipo de animal típico da região, como os colheiros rosados?

Alex caiu na gargalhada.

— Não, sua idiota. É quando um traficante de drogas joga sua carga no oceano pra evitar de ser julgado. Quando você encontra um carregamento de maconha flutuando, é chamado de garoupa quadrada.

Arregalei os olhos.

— Peraí. Drogas? Então isso tudo *tem* a ver com drogas?

— Não chama ela de idiota — disse John, franzindo o rosto para Alex.

— Foi mal. — Alex realmente pareceu estar um pouco arrependido. Para a minha mãe, falou: — Então foi assim que tudo começou? Um carregamento apareceu quando vocês estavam dando uma festa em Reef Key?

Ela fez que sim de novo, olhos cheios de lágrimas.

— O Nate teve a ideia de secar tudo, separar em partes e vender pros turistas. Naquela época não tinha Segurança Interna, e ninguém estava prestando muita atenção em uma ilha que era muito mais próxima de Cuba do que de Miami, onde todas as drogas mais sérias estavam. E certamente ninguém jamais desconfiaria de um bando de alunos excelentes. Tudo pareceu tão inocente, e até divertido...

— Até alguém ser pego — disse Alex.

Mamãe havia começado a chorar. Dei um guardanapo para ela. Ela agradeceu e secou os olhos, dando uma olhada rápida para a sala de jantar, onde papai ainda berrava ao celular com Gary, o cara que tinha as barcas.

— Exatamente — disse mamãe. — Aí alguém teve que cair. Nate convenceu o Chris a assumir a culpa, disse que ele era menor, que iria pro centro juvenil e sairia em um ou dois anos. Prometeu que, se Chris aceitasse, daria um emprego e uma pequena fortuna pra ele quando saísse.

— Mas isso não era verdade — disse Alex.

— É claro que não era verdade — disse mamãe, emocionada. — Nada daquilo era verdade. Não existe um Rector, vivo ou morto, que não tenha quebrado qualquer promessa que já fez. Acabou que o Nate nem estava mais traficando maconha. Sem a gente saber, ele fez um acordo com um cara de Miami e estava lidando com coisas muito mais pesadas. Foi assim que o Chris acabou sendo julgado como maior, e não como menor. A polícia sabia e queria que o Chris revelasse com quem estava trabalhando.

Alex estava olhando para o pai, que estava do outro lado do jardim catando cascas de palmeiras e outros detritos da tempestade e colocando tudo na lata de lixo da garagem.

— Mas o meu pai não disse.

— É claro que não — disse mamãe. — Você sabe como ele é, leal até o fim. Fiquei horrorizada quando descobri tudo isso: as drogas pesadas, Chris sendo incentivado a assumir a culpa pelo que Nate começou, o fato de Nate nunca realmente ter tido a intenção de manter a promessa de preservar Reef Key como santuário dos colheiros rosados. Fiquei com tanta vergonha de não ter denunciado Nate. Eu quis, mas ele me ameaçou dizendo que, se eu fosse na polícia e contasse o que sabia, ele daria um jeito de Chris ter um "acidente" na prisão.

— Ela voltou a chorar e levou o guardanapo aos olhos. — Ele disse que tinha amigos que fariam com que isso acontecesse. Fiquei com tanto medo que deixei de ser amiga dele, fui fazer faculdade e nunca mais voltei pra Isla Huesos, a não ser pro funeral do meu pai.

— Poxa, mãe — falei. Fui dar um abraço nela e olhei para John. Nós nos conhecemos no funeral do meu avô. Tudo bem que eu tinha apenas 7 anos, e que nos falamos por causa de uma pomba que ele ressuscitou, igualzinha a Esperança. Mas mesmo assim foi um momento significativo no nosso relacionamento. — Eu lamento por tudo que aconteceu com você.

— Não precisa lamentar — disse mamãe, fazendo carinho na minha mão. — Foi culpa minha. Eu nunca devia ter me relacionado com o Nate, em primeiro lugar. Eu era a mais velha e dei um exemplo terrível pro Chris. Ele estava apenas me seguindo. Achei que eu poderia voltar, agora que ele saiu da prisão, e ajudar, mas as coisas ficaram piores do que nunca.

— Bem — falei —, você não sabia que tinha uma boca do inferno embaixo da Isla Huesos, nem que a vovó é uma Fúria.

John franziu os olhos para mim.

— Não é a boca do inferno.

— Ah, sim — respondi. — É o nosso lar. Uma entrada pro Mundo Inferior, então.

Mamãe soltou um som que era meio choro, meio risada.

— Não. Disso eu não suspeitava, embora talvez devesse. Mas não fiquei surpresa quando ouvi dizer que Nate Rector usou todo o dinheiro das drogas pra investir no mercado imobiliário, e que converteu Reef Key em um resort de alto luxo. Isso parece exatamente com algo que os Destruidores do Rector fariam.

— Concordo. — Tirei o braço de cima dos ombros da mamãe e fui até a pasta do Alex. Ele a estava segurando com cuidado por causa do vento. — O que quero saber é o que dizem aqui sobre aqueles ossos que eles encontraram na praia.

Alex deu um sorriso demoníaco e abriu a pasta de novo.

— Em outras palavras, você quer saber se o pai do Seth e da Farah estão construindo a nova subdivisão de luxo em cima de *um cemitério indígena*?

— Acho que o termo correto pra nós é *cemitério nativo-americano* — falei.

Alex começou a gargalhar, o que fez com que eu gargalhasse, mas nem minha mãe, nem John riram.

— Não tem graça — falou mamãe. — Eu sei que o que eu estava fazendo na foto era errado, mas tenho uma desculpa: eu era nova, estava apaixonada, e talvez um pouco bêbada.

Arregalei os olhos.

— Eu não falei que era uma boa desculpa — disse mamãe rapidamente. — E Pierce, se você algum dia fizer alguma coisa perto disso, está de castigo pro resto da vida.

Tentei não rir. Olhei para John e vi que ele também estava sorrindo. Mamãe parecia ainda não entender: eu *já* estava "de castigo" para o resto da vida... da forma mais deliciosa possível, no Mundo Inferior, com John.

— Os índios Calusa eram guerreiros destemidos e velejadores peritos — disse minha mãe, sem notar o sorriso. — E eles conseguiram viver nessas ilhas centenas de anos antes de confortos como água purificada, repelente ou ar condicionado ser inventados. Permaneceram fiéis à sua religião e estilo de vida próprios, recusando-se a ceder aos invasores estrangeiros, mesmo quando suas famílias foram dizimadas por causa dessa resistência. É difícil não admirá-los por isso.

— Ninguém aqui está falando que não admira eles — disse Alex, pegando outro papel na pasta. — Estamos falando exatamente o oposto disso... que achamos que em algum momento da história, alguém fez besteira. Porque, mesmo que tenha uma foto de você com o meu pai brincando de piratas na praia (e, claro, mesmo com aquela referência à Ilha dos Caixões no acordo), não existe nenhum momento nos papéis do Conjunto de Casas de Luxo Rector e Endicott de Reef Key dizendo que os ossos humanos foram removidos ou enterrados em algum outro lugar.

Mamãe ficou preocupada.

— Bem — disse ela, limpando uma gota de maple syrup que havia caído na bancada. — É bem possível que o Nate tenha removido tudo depois que terminamos... — Sério, mãe? — perguntei. — Se ele tivesse feito tudo direito, você não acha que teria uma placa onde ele enterrou os ossos?

Ela ficou olhando para a bancada.

— Faz vinte anos. Já tivemos muitas tempestades. É possível que tenham simplesmente sido levados pelo mar.

— E também é possível que os ossos ainda estejam em algum lixão no local da construção. Ele já deve ter colocado tudo embaixo de uma escavadeira e transformado tudo em pó... mas caso não tenha, a gente tem que voltar e dar uma olhada. — Eu me virei para John. — Isso pode ser o que está causando o desequilíbrio. Uma das primeiras coisas que o Sr. Smith falou pra mim foi que nenhuma vida, quando vivida por uma pessoa decente, deveria ser esquecida. Ele estava pensando em você e na Noite do Caixão, mas acho que talvez a gente tenha acabado de descobrir um bando de outros corpos que nunca foram enterrados decentemente.

John fez que sim com a cabeça.

— Vamos voltar.

Mamãe segurou a minha mão e seu rosto ficou sem cor de novo.

— Pierce, não — exclamou ela. — Você não pode voltar. Você não ouviu o que eu e o seu pai falamos? O Sr. Rector deu queixa contra você por ter atacado o Seth... — Olhou para John. — Contra vocês dois. Vocês não podem chegar perto daquele lugar.

— Mãe. — Apertei os dedos dela. — Você não está entendendo? O Sr. Rector não pode mais me machucar. E também não pode mais machucar o tio Chris. Você tem a gente.

— E vocês também têm a mim.

Nós nos viramos e vimos papai de pé na entrada da sala de jantar com o celular na mão. Parecia surpreso quando viu mamãe e eu.

— E você sempre teve a mim. — Ele desceu o único degrau da sala de jantar para a sala de estar e foi até a cozinha para abraçar mamãe. — Não sei por que você achou que não tinha a minha ajuda. E, se eu escutei direito e isso envolve o palhaço do Rector, então vocês têm não só a minha ajuda, mas a da minha .22 Magnum também.

— Viu — disse mamãe. — É *exatamente* por isso que nunca quis envolver o seu pai na história. Ele sempre exagera.

— Não acho que o papai esteja exagerando neste caso em especial — falei, e olhei para papai. — Como é que foi com os barcos?

— O Gary consegue trazer os dois aqui em seis horas — respondeu, contente consigo mesmo. Olhou para Alex. — Como assim? Quem é você? — perguntou ele, exigindo uma explicação.

— Zack — disse mamãe —, é o Alex. — Papai continuou sem entender. — O filho do meu irmão? — adicionou ela, frustrada. — O seu *sobrinho*?

— Ah — disse papai. Falou com mais calma. — Tudo bem?

Alex olhou com um tanto de surpresa para o meu pai, assimilando a calça preta social, a camiseta, o rosto sem barbear.

— Tudo bem. É um prazer conhecer você, finalmente, tio Zachary.

Foi só então que entendi por que Alex parecia tão surpreso. Não era por causa do estado das vestimentas do meu pai. Era a primeira vez que ele visitava a Isla Huesos. Alex nunca havia conhecido o meu pai em pessoa antes, por causa do grande preconceito do meu pai contra a família da minha mãe... o que era compreensível, quando minha avó entrava na equação.

— Me chama de Zack — disse papai para Alex. — Você sabe dessa situação de Mundo Inferior?

— Sei — disse Alex, assentindo. — Estive lá. Esses dois — ele fez sinal para mim e para John com a cabeça — me trouxeram de volta à vida depois que o Seth Rector me enfiou num caixão e me sufocou até eu morrer.

— *O quê?* — exclamou mamãe.

O meu pai, por outro lado, não se manifestou.

— É mesmo? Eu gostaria muito de ouvir mais sobre isso quando tivermos tempo.

— Não temos tempo — grunhiu John. — E seis horas também não é rápido o suficiente. Precisamos desses barcos agora.

Meu pai olhou para ele.

— Seis horas é o mais rápido que barcos de setenta metros construídos pra acomodar duzentos passageiros consegue chegar aqui... especialmente em mar agitado, e quando têm apenas motores a diesel com velocidade máxima de — papai olhou para o celular — 16 nós.

John olhou para mim.

— Não vai dar tempo. O Sr. Liu disse que alguns passageiros já começaram a fazer uma rebelião do lado de fora do castelo.

— Então escuta a sugestão do meu pai — falei —, e dá o seu jeito. Entendeu o que estou falando?

Ele olhou dentro dos meus olhos com uma expressão repleta de amor, e também de incerteza.

— Já falei pra você, a coisa mais pesada que já carreguei foi o Frank.

— Eu sei — falei, e dei a mão para ele. — Mas se você não fizer isso, mais pessoas vão morrer. Pessoas como o meu tio Chris, ali fora, e a minha mãe.

Papai olhou para nós, assustado.

— Do que vocês estão falando?

Fui até o meu pai e o segurei pela mão.

— Nada — respondi. — Precisamos de um favorzinho seu, só isso. Vai levar só um segundo.

— Mas como assim? — Papai resmungou conforme eu o levei para mais perto de John.

— Pierce — disse mamãe. — O que você está fazendo?

— Nada, mãe — respondi. — O John tem que levar o papai num outro lugar por um minutinho. Eles voltam daqui a pouco.

— Como assim, eu volto daqui a pouco? — perguntou papai. — Aonde estamos indo? Eu não estou com o meu carro, está com o motorista no hotel. Eu ligo pra ele se vocês precisarem do carro, mas...

— O John não precisa de carro — disse Alex com um sorrisinho. Estava sentado à bancada da cozinha. — Ele *é* o carro.

— Espera — disse papai quando tirei o celular da mão dele e achei o último contato. — Aqui — falei para John, e mostrei a foto. — Dá pra ver direito?

John deu os ombros.

— Espero que sim — disse ele, e tocou o ombro do meu pai. — Espero que a gente não vá parar numa doca em Hong Kong. — Colocou a outra mão sobre o meu ombro.

Meu pai não foi o único a tentar se livrar do toque de John — mas foi o único que não conseguiu.

— Não, John — falei. — E se a vovó e suas companheiras aparecerem quando você for embora? Alguém tem que proteger eles. — Fiz um gesto mostrando a minha mãe e o tio Chris, que estava limpando a piscina.

— Eu tenho cara de quê, de um gatinho indefeso? — reclamou Alex. — Não vou deixar que nada aconteça com eles.

John olhou para Alex com raiva.

— Como é que *você* vai combater as Fúrias?

Alex pegou uma faca de manteiga e começou a dar golpes invisíveis.

— Assim — disse Alex. — Viu? Eu tenho a manha.

Revirei os olhos e peguei o chicote no meu cinto. Eu o desenrolei e bati com ele uma só vez, tirando a faca da mão de Alex.

— Ai! — gritou Alex, indignado, e segurou o pulso. — Isso machucou de verdade. Pra que você fez isso?

— Eu também tenho a manha — falei, e enrolei o chicote.

— Ela realmente sempre teve boa mira — disse papai com admiração. — Lembra das estrelas ninjas, Debbie?

— Como é que eu vou me esquecer? — murmurou mamãe. Estava em choque olhando para a faca, que havia aterrissado com um estalo aos seus pés. — Você teve que guardar aquelas estrelas pra ela não pegar.

— Isso não prova nada — disse John. Mas percebi a admiração no rosto dele também.

— Prova que você devia me soltar agora — disse o meu pai, se referindo ao aperto de aço de John, ainda no seu ombro. — Não acho que seja boa ideia irritar ela, que nem você.

John segurou meu pai com mais força.

— Não — disse ele. — Desculpa, mas nós ainda vamos. — E para mim disse: — Se você vai ficar aqui, tranca a porta e não atende ninguém. Não deixa *ninguém* entrar, seja quem for.

E não vai a lugar nenhum antes de eu voltar. Lugar nenhum, especialmente Reef Key. Está entendendo, Pierce?

Fiz uma careta.

— Não. Dá pra explicar de novo? Porque eu estava pensando em ir em Reef Key sem você, e também queria deixar qualquer Fúria que bater na porta entrar.

John ignorou o sarcasmo.

— Eu não sei quanto tempo isso vai levar — falou —, mas prometo que volto em breve, Pierce.

Fui até ele, do outro lado da cozinha, e coloquei a mão sobre o seu ombro.

— É melhor voltar mesmo.

Os seus olhos cinza pareciam me queimar.

— Se alguma coisa der errado...

— Não vai dar — falei com firmeza.

— E não vai dar — disse ele. — Mas, se algo acontecer, você sabe onde me encontrar, não sabe? Onde encontrei você a primeira vez na Isla Huesos...

— No cemitério. — *No cemitério* soava melhor do que *ao lado da sua tumba.*

Ele fez que sim.

— Embaixo da nossa árvore...

Antes que ele pudesse falar qualquer outra coisa, eu fiquei na ponta dos pés e dei um beijo nele. John pareceu surpreso — o suficiente para soltar o meu pai —, mas demonstrou gostar.

Torci para que ele sentisse, por meio da emoção do meu beijo, o que eu fiquei constrangida demais para falar na frente dos meus pais... palavras que eu nunca achei que diria o suficiente: *Eu amo você, eu amo você, eu amo você.*

Ele não só pareceu entender o recado, como pareceu também ficar com vergonha, visto que assim que o beijo terminou, ele sussurrou:

— Eu também amo você.

Olhei para ele e sorri, o coração tão repleto de felicidade que eu tive certeza de que ia explodir. A minha alegria não fazia sentido, é claro. Que motivos eu tinha para estar alegre? Não havia um futuro para nós naquele mundo, e o único em que poderíamos viver estava se despedaçando.

Mas ele me amava, e pelo menos isso ninguém podia destruir.

— Alô. Lembra de mim? O pai. O pai está aqui. Será que vocês dois, por favor, podem não fazer isso na minha frente? — Meu pai soou ainda mais mal-humorado do que antes. — E, além disso, será que alguém pode me explicar exatamente o que está acontecendo aqui?

— Perdão, senhor. — John tirou as mãos da minha cintura e segurou o braço do meu pai. Eu me distanciei deles.

— Não se preocupa. Já, já, você vai entender. Só fecha os olhos.

Outra rajada de vento veio lá de fora, fazendo com que as portas francesas que John havia fechado se abrissem com um barulho alto. Pétalas de flores e folhas que tio Chris ainda tinha de varrer vieram em redemoinhos para a cozinha. Mamãe deu um berro de susto.

— O que está acontecendo? — perguntou ansiosamente. — O que eles estão fazendo?

— Não se preocupa, tia Debbie — disse Alex, pegando um waffle. — Você vai se acostumar.

— Vou pro inferno, mas não vou fechar os olhos — disse meu pai.

— Nós todos vamos pro inferno de qualquer maneira — disse John —, se isso não der certo.

Um. Dois. Três.

Piscada.

Eles sumiram.

O que faz a avareza aqui se manifesta
Convertida na purgação dessas almas,
E amarga dor a montanha já não tem mais.

DANTE ALIGHIERI, *Purgatório*, Canto XIX.

— Tudo bem por aqui? — Tio Chris entrou para perguntar. — Pensei ter ouvido você gritando, Deb. Tem uma barata gigante no compactador de lixo de novo?

Mamãe estava segurando a gola do roupão perto do pescoço. O rosto estava sem cor alguma. Ficou parada ali, balançando a cabeça e olhando para o local onde John e meu pai estavam um segundo antes.

— Eu... eu não estou entendendo. Para onde eles foram?

— Pegar os barcos, mãe — respondi.

— Mas como eles... eles estavam bem ali. E um segundo depois eles...

— É o que chamam de teletransporte — falei com calma. — Se o John imagina uma coisa ou pessoa na cabeça, ele pode ir até lá. E, se estiver tocando alguém, pode levar a pessoa junto. Mas ele não pode ficar longe da Isla Huesos, nem do Mundo Inferior, por muito tempo. Se não, vai começar a envelhecer e vai morrer.

Tio Chris ficou olhando para nós.

— Vocês estão falando do *World of Warcraft*? O Alex ama esse jogo. Não ama, Alex? Quantos pontos você tem? Um bilhão?

— É isso mesmo, pai — disse Alex. — Um bilhão.

Dei uma olhada raivosa em Alex. Que bobeira. Ele já devia ter contado a verdade para o pai, que sofreu mais do que todos nós por causa daquilo tudo — quer dizer, mais do que a maioria de nós. Ele não chegou a morrer.

Alex pareceu ler os meus pensamentos quase com a mesma facilidade de John. Ou talvez estivesse apenas lendo a minha expressão de discordância.

— Hein, Pierce — disse Alex, levantando-se do banco e indo em direção à geladeira. — Lembra quando a gente jogou *World of Warcraft* e chegamos naquele nível em que o personagem era só uma marionete inocente que estava sendo usada pelos personagens muito mais sinistros?

— Não me lembro desse nível — respondi.

— Bem, eu me lembro. — Alex abriu a geladeira, pegou uma caixa de leite e bebeu no gargalo. — Você insistiu pra gente contar a verdade pra ele, mas ele não aguentou, aí fez alguma coisa muito nobre e burra e acabou morrendo. Não faz isso de novo.

— Alex — disse minha mãe —, por favor, não beba leite direto da caixa.

Tio Chris viu a pasta que Alex havia roubado do escritório do Sr. Rector em cima da bancada.

— Que isso? — perguntou com curiosidade, e foi pegar a pasta.

— *Não!* — berramos eu e Alex exatamente no mesmo momento.

— Não é nada — disse mamãe. Rapidamente, pegou a pasta. — É uma coisa minha... pro trabalho.

— Trabalho? — Tio Chris apertou os olhos e olhou para a pasta. — Está dizendo *Imobiliária Rector* aí. Você trabalha no

Instituto Marinho. O que o Instituto tem a ver com a Imobiliária Rector?

— Eu estou, hum, fazendo umas pesquisas — disse mamãe. — Em Reef Key. É só uma pesquisa minha, particular. Na verdade, eu já estava indo lá pra cima me vestir e começar a trabalhar no computador.

— Boa ideia, tia Deb — disse Alex. — Quer que eu vá ajudar você?

— Não, obrigada, Alex — disse mamãe com aquela frieza de sempre. — Sou totalmente capaz de me vestir e fazer uma pesquisa sozinha.

— É sério, tia Deb — disse Alex, seguindo a minha mãe, que estava saindo da cozinha e indo para o corredor e as escadas. — Eu quero ajudar.

O que Alex queria, e eu sabia, era não perder a pasta de vista. Não estava acostumado a confiar em adultos — eles não foram muito presentes na vida dele —, e pelo visto não estava pronto para começar a confiar.

— Juro, Alex — ouvi mamãe dizer no corredor. — Não vou fazer nada sem a sua permissão, e juro que devolvo quando terminar.

Tio Chris ficou vendo os dois irem embora com uma expressão de ansiedade.

— Piercey — disse ele baixinho para que não o escutassem —, você acha que o Alex está meio... estranho?

— Estranho? — perguntei. — Estranho como?

— Sei lá — disse tio Chris. — Ele me parece um pouco mais... maduro, ou algo parecido. Quase do dia pra noite.

Ser assassinado por conhecidos e voltar a viver certamente podia ter esse efeito sobre as pessoas.

Não mencionei isso para tio Chris.

— Não sei — foi tudo o que eu disse. — Não notei.

Eu não gostava de mentir para ele, mas era o pai de Alex, e meu primo não queria que ele soubesse da verdade, então achei que devia respeitar.

— Bem, eu notei — disse tio Chris. Coçou a cabeça por debaixo do boné de beisebol do Isla Huesos Bait and Tackle. — Acho que é uma coisa boa. Talvez aquele programa Novos Caminhos que vocês dois fazem na escola esteja funcionando. Ou talvez seja você sendo uma boa influência pra ele, Piercey. Mas finalmente estou começando a achar que não preciso mais me preocupar tanto com ele. Sabe?

Engoli a saliva. Não dava para acreditar que tio Chris e eu estávamos tendo aquela conversa.

— Hum — falei. — Tenho certeza de que não tem nada a ver comigo.

— Eu não teria tanta certeza disso — disse tio Chris, sorrindo para mim. — Eu desconfiei daquele seu namorado no começo, mas acho que talvez ele seja um modelo pro Alexander.

Tentei não olhar para o carpete queimado.

— Talvez. Ou talvez o Alex tenha se endireitado porque está preocupado com você, tio, e aquela acusação de assassinato.

— Ah, isso — disse tio Chris, dando de ombros. — Eu não matei ninguém, então tenho certeza de que daqui a pouco vai tudo se resolver. Foi gentileza da sua mãe pagar a minha fiança.

A crença inocente de que as acusações seriam retiradas e que tudo ficaria bem porque ele não havia feito nada era surpreendente para um homem que havia passado tantos anos na prisão. Tudo bem, ele passou aqueles anos preso por uma coisa que realmente cometeu (embora a pena tivesse sido severa demais, especialmente por posse de uma droga que já era legal em vários estados), mas ele certamente deve ter conhecido várias pessoas que estavam na cadeia mesmo sendo inocentes. Como conseguia ter tanta fé de que seria perdoado?

Acho que o tio Chris era assim mesmo. Uma pessoa verdadeiramente positiva. Por isso mamãe se sentia tão mal por não contar a verdade sobre o Sr. Rector. Ele era um sanguessuga que se alimentava dos incapazes de se defender.

Como os mortos.

— Ei, que barcos são esses que o seu namorado foi pegar com o seu pai? — perguntou tio Chris.

— Ah... pro, hum, negócio do John. Os barcos dele ficaram destruídos, hum, na tempestade, e o meu pai disse que conhece um cara que tem outros que o John pode usar.

— Que bom — disse tio Chris. — Espero que o seu pai e a sua mãe voltem. Ele faz a Deb muito feliz. E acho que aquele John faz você feliz também, não faz? — Ele deu uma piscadela brincalhona para mim.

Sorri para ele.

— O que faria *você* feliz, tio Chris? — perguntei.

Ele deu uma risada daquele jeito doce e infantil dele que sempre me cativava.

— Ver todo mundo que amo feliz, é claro — respondeu, como se fosse óbvio.

Foi meio engraçado que a campainha tenha tocado exatamente naquele momento.

Soltei um palavrão que acabei assimilando depois de passar tanto tempo com Frank e Kayla. Tio Chris olhou para mim, surpreso.

— Piercey! — exclamou, em choque.

— Desculpa.

Meu coração começou a quicar dentro do peito. Ouvi passos rápidos na sala.

— É o comandante Santos — disse minha mãe com o rosto cheio de preocupação. — Eu o vi da janela. Está na varanda.

— Tem carro de polícia na rua inteira — disse Alex, aparecendo na sala logo atrás dela. — Estão aqui pra levar a gente pra delegacia.

— Você não tem como ter certeza disso — falou minha mãe para ele.

— Ah, não? Por qual outro motivo você acha que eles estão aqui, tia Deb? Pra ajudar você a limpar o seu pátio depois da tempestade? — Alex exagerava no sarcasmo. — É, esse é um serviço especial que o comandante da polícia de Isla Huesos oferece pra atrair novas divorciadas.

— Mãe — falei com o coração na boca —, acho que vamos ter que pegar o seu carro emprestado.

— E isso vai funcionar como? — indagou Alex. — O comandante Santos estacionou na entrada. E não pensem que ele não fez isso de propósito pra bloquear a nossa saída. A gente vai passar por cima deles?

— Ah — respondi, decepcionada. Olhei para Alex. — Como vocês chegaram aqui? No seu carro?

— Andando — disse Alex. — O gênio do seu namorado fez com que o Frank furasse todos os meus pneus pra que eu não fosse no Festival do Caixão, lembra?

— Ah, lembro — respondi. E não deu muito certo, visto que Alex foi de qualquer maneira e acabou sendo assassinado.

— Isso é loucura — disse mamãe.

A campainha tocou de novo, acompanhada por uma batida na porta e uma voz grossa.

— Dra. Cabrero? Sabemos que a senhora está em casa. Precisamos fazer algumas perguntas sobre a sua filha.

— Eu vou abrir a porta e convidar ele pra entrar e explicar a situação toda...

Alex e eu olhamos para o meu diamante. Estava da cor de ônix.

— Não! — berramos ao mesmo tempo.

— Vocês podem sair por trás — disse tio Chris.

Olhei para ele, surpresa. Havia quase me esquecido de que ele estava na sala, de tão silencioso. *Vocês podem sair por trás* foram as primeiras palavras que disse desde que mamãe e Alex falaram que a polícia estava ali.

— O quê? — perguntei para ele. Fiquei confusa, não tanto pelas palavras, mas por ser ele, meu tio doce e amado, quem estava dizendo-as.

— Vocês dois — disse ele. Apontou para Alex e para mim, e depois para o jardim dos fundos. — Vão embora pelos fundos. A parede é alta demais pra escalar, mas vi umas bicicletas perto do portão lá atrás. Vocês podem pegá-las e ir pro cemitério. Os policiais não vão conseguir ir atrás de vocês. Tem uma árvore gigante no meio da rua. Eles ainda estão tentando arrumar alguém que tenha serras elétricas suficientes pra cortar o tronco, porque a árvore é grande demais pra ser levantada por guindaste.

Fiquei olhando para ele. Estava falando da árvore que havia caído sobre o Sr. Mueller.

Alex balançou a cabeça, com pena.

— Pai, vocês deviam saber que não dá pra fugir da polícia. E, além disso, já falei pra você, a saída de carros está cheia de viaturas.

— Mas ainda assim podemos passar pelo lado deles de bicicleta — falei.

— Claro — falou Alex —, mas eles vão ver a gente.

— Não se eu criar uma diversão e distrair ele — disse tio Chris. — Na prisão, isso tinha nome.

Alex e eu arregalamos os olhos.

— E qual era o nome?

— Rebelião — disse tio Chris, dando os ombros. — Era o termo exato, apesar de termos tentado criar um melhor.

— Não — disse minha mãe, indignada. — Isso é errado. Christopher, você não vai...

— Melhor vocês irem — disse tio Chris, pegando minha mochila, que estava na base das escadas, e entregando-a para mim.

As pancadas na porta ficaram mais intensas. Ouvi o comandante Santos dizer:

— Dra. Cabrero, temos um mandato de busca. Não quero quebrar a sua porta, mas se a senhora não abrir, é o que vou fazer.

— *Vai* — disse tio Chris e nos empurrou para o fundo.

Alex ficou chocado olhando para o pai, mas finalmente pegou a mochila que havia colocado sobre uma cadeira.

— Não vá fazer nada idiota que coloque você na cadeia de novo, pai — disse ele.

— Por que eu faria isso? — perguntou Christopher, genuinamente sem entender.

Alex balançou a cabeça com uma expressão que claramente dizia *Isso vai ser um desastre.*

— Christopher, espera — ouvi minha mãe dizer quando correu para o seu irmão, que estava indo na direção da porta da frente.

Não fiquei ali para ver o que ia acontecer depois. Segurei a frente da camiseta do Alex e o puxei pelas portas francesas até o pátio de trás. Descemos as escadas, passamos pela lateral da casa, fomos para o portão de trás e chegamos às bicicletas que o tio Chris disse ter visto.

— Isso nunca vai dar certo — murmurou Alex. — Eles vão ver a gente. E o seu colar? É óbvio que tem uma Fúria lá fora, e até onde eu sei, pode ser o comandante Santos.

— Não é ele — falei. Fiquei surpresa ao ver a minha bicicleta ao lado da que pertencia a mamãe. Ela conseguiu pegar a bicicleta, que deixei trancada no cemitério, ou a polícia a devolveu depois que eu sumi. — O meu colar nunca ficou preto com o comandante Santos.

— Bem, talvez agora ele seja uma Fúria. Talvez elas tenham possuído todo mundo na ilha, menos nós dois, que nem um tipo de praga. Ah, de jeito nenhum. — Alex deu uma olhada nas duas bicicletas, a minha e a da minha mãe. — Eu não vou andar em uma bicicleta de *menina.*

— Tudo bem — falei, e peguei a minha. — Fica aqui e seja preso. Você merece, por ser um metido tão sexista. Estou indo embora.

— Ser preso? — Alex pegou a bicicleta da minha mãe, que tinha apenas uma velocidade e era vermelha com cestinha de aço, e saiu pedalando na minha frente. — Eu não fiz nada. Foi *você* quem...

— Shhh — falei.

Chegamos no portão que levava do jardim dos fundos até a entrada dos carros. Levantei uma das mãos para pedir que Alex fizesse silêncio enquanto eu escutava o que acontecia na varanda.

— Eu já cumpri a minha pena — ouvi o tio Chris berrando. — Não tenho direito nenhum?

— É claro que o senhor tem direitos, Sr. Cabrero — dizia o comandante Santos com paciência. — Não estamos aqui por causa do senhor. Estamos aqui pra falar com a sua sobrinha. Ficamos sabendo que ela e esse rapaz que achamos que havia sequestrado ela, mas que agora descobrimos que na verdade é o namorado dela, estiveram numa festa da Noite do Caixão ontem em Reef Key e causaram uma boa quantidade de danos...

— Perseguição! — berrou Christopher. — Vocês estão perseguindo a mim e a minha família!

— Não, espera um segundo, Christopher — disse o comandante Santos. — Não vamos perder o controle.

Ouvi uma batida e minha mãe berrando:

— Ai, Christopher!

— Vem — sussurrei para Alex, e abri o portão.

O tio Chris tinha razão. Alex e eu passamos em silêncio com as nossas bicicletas pelo jardim da frente, com as cabeças bem abaixo das viaturas estacionadas na entrada da garagem da minha mãe. As rebeliões realmente causavam uma distração.

Principalmente porque o tio Chris havia jogado um dos vasos de planta da varanda da mamãe com muita força na calçada de pedra lá embaixo. Isso fez com que o vaso se explodisse em milhões de pedacinhos de terra, barro e petúnias.

Não só havia alguns vizinhos da minha mãe olhando (eles estavam limpando os seus jardins depois do Furacão Cassandra), como todos os policiais que estavam acompanhando o comandante Santos haviam sacado as suas armas e as apontavam para Christopher.

Aquilo devia ser o evento mais emocionante que já havia acontecido na comunidade rica da minha mãe, que era fechada 24 horas por dia por um portão de segurança. Seth Rector e os amigos só começaram a falar comigo no primeiro dia de escola porque sabiam que eu morava em Dolphin Key. Acharam que deviam guardar o caixão dos veteranos na minha garagem, que ficaria longe do alcance dos calouros. Isso parecia ter acontecido anos antes.

O comandante ficou ao lado da minha mãe na varanda, mãos na cintura, cabeça balançando.

— Christopher — disse ele. — Por que você fez isso? Agora vou ter que levar você e gastar a minha tarde escrevendo um relatório, quando tenho mil coisas mais importantes pra fazer. Tem ideia de quantos postes caídos e casas inundadas eu tenho que ver hoje? Tem gente que perdeu tudo o que tinha por causa do Cassandra ontem à noite. Metade da ilha ainda está sem energia. Metade da escola está submersa. E você agindo desse jeito? Dá um tempo, tá?

Meu coração começou a bater um pouco mais rápido de tanta animação. Metade da escola estava inundada?

Então me lembrei de que vivia no Mundo Inferior. Não precisava mais ir à escola. Que alívio.

— O senhor vai acusar ele de quê, exatamente, comandante? — perguntou a minha mãe, seca. — De agredir a minha calçada com um vaso?

— Vamos embora — sussurrei para Alex. Eu percebi que, embora tio Chris tivesse a total atenção dos policiais, os vizinhos da minha mãe conseguiam nos ver, e alguns deles já haviam começado a fofocar olhando para nós. — É a nossa chance.

Mas Alex ficou grudado onde estava.

— Não — sussurrou ele. — Não estou gostando dessa cena.

— Como assim? O seu pai vai ficar bem. Eles não vão prender ele. Ele não fez nada. Quer dizer, nada ilegal. Quebrar o vaso da irmã não é contra a lei.

— Mas olha pro seu colar — disse Alex sugerindo o cordão com a cabeça. — Ainda está preto.

Olhei para baixo. Estava preto mesmo.

— Tem uma Fúria por aqui — disse ele. — Essa combinação de armas e Fúrias parece boa pra você?

Olhei para os policiais aglomerados no jardim da mamãe.

— Não parece — falei. — Mas pode ser qualquer uma dessas pessoas. Pode ser *ela* até onde eu sei. — Apontei para uma menina de 3 ou 4 anos que estava sentada na calçada a alguns metros de nós. Estava olhando para nós com o dedão na boca. Usava uma camiseta que dizia *Princesinha do Papai*.

O comandante coçou o queixo. Dava para ver, pela barba malfeita, que aqueles últimos dias foram tão difíceis para ele quanto para mim. Ele não teve nem tempo para se arrumar direito.

Enquanto coçava o queixo, o comandante finalmente notou que os seus homens — e a única policial do sexo feminino — estavam com armas à mão.

— Ei — disse o comandante Santos para eles com surpresa. — Guardem as armas, gente. Não precisa disso.

Todos os policiais guardaram as suas armas obedientemente, menos um. Era um cara grande com bastante cabelo preto. Manteve a arma apontada para tio Chris.

O comandante Santos não notou. Voltou-se para a minha mãe a fim de falar alguma coisa em voz baixa. Eu e Alex estávamos longe demais para ouvir.

Mas tenho certeza de que todos os vizinhos da minha mãe ouviram o que o policial de cabelo preto berrou um segundo depois.

— Traz a garota pra cá!

O comandante Santos se virou.

— Poling — disse ele com uma expressão de nojo quando viu que o policial ainda estava segurando a arma. — Tá maluco?

Poling? Onde é que eu tinha escutado aquele nome?

— Maluco não, senhor — disse Poling. — Só estou aqui pra fazer o meu serviço. Viemos buscar a menina Oliviera, e é isso que eu quero fazer.

— Assim não, seu doente. Nós viemos aqui pra fazer perguntas pra ela, e não pra atirar nela. Abaixe a arma antes que eu mesmo atire em você.

Notei alguns vizinhos começando a correr para dentro de casa, sentindo que a cena havia piorado repentinamente. Ninguém foi pegar a Princesinha do Papai. Ela permaneceu onde estava, olhando para nós, chupando o dedo.

— Desculpa, senhor — disse Poling sem mover a pistola. — A Srta. Oliviera matou um dos meus amigos. Nós temos que levar ela.

Senti o sangue congelando nas minhas veias. Ele sabia. Mas *como*?

— Mas que diabos você está falando, Shawn? — indagou o comandante Santos.

— O meu amigo Mark — disse Poling. — Ela matou ele. Vai ter que pagar por isso. Tenho ordens.

O primeiro nome do Sr. Mueller era Mark.

— Ordens? — repetiu o comandante. — Ordens de quem, Shawn? Não de mim. E quem é Mark, cacete?

241

O homem de cabelo preto olhou para cima. Era quase impossível não seguir a direção do olhar dele, embora parte de mim quisesse continuar olhando para a arma.

Mas quando levantei a cabeça, eu sabia que seria impossível olhar para outro lugar.

O céu estava repleto de corvos — o mesmo tipo que estava circulando no topo da caverna no Mundo Inferior logo antes de as Fúrias causarem o naufrágio dos barcos. Havia centenas — muitas centenas — de pássaros predadores com asas negras abertas no céu azul sem nuvens voando em círculos sobre a Isla Huesos; alguns davam aqueles gritos estranhos e quase humanos.

Eu vi corvos na ilha antes, mas sempre em cima do cemitério, e, é claro, de Reef Key, mas não sobre a casa da minha mãe. Fazia sentido vê-los em um cemitério e sobre um canteiro de obras que foi construído sobre um local de enterros. Eram pássaros que comiam restos, afinal de contas. Alimentavam-se de mortos.

Então como é que havia aquele bando de bicho em cima daquela linda vizinhança fechada?

Os corvos obviamente sabiam alguma coisa que o resto de nós estava apenas começando a suspeitar... que talvez alguns cadáveres estivessem prestes a existir ali para o banquete deles.

A Princesinha do Papai apontou para o céu com o dedo que estava chupando.

— Passarinho mau — disse ela. Estava conversando comigo e com Alex, dando uma informação que ela parecia achar que precisávamos ter. — *Mau*.

— É, menininha — disse Alex. — Acho que isso a gente já percebeu.

Só o comandante Santos pareceu não se afetar pela imagem dos corvos silenciosos.

— Não me diga que está recebendo ordens de um bando de pássaros de merda, Shawn — grunhiu ele. — Não tenho tempo pra isso hoje.

O policial Poling parecia não se importar com a agenda do chefe.

— Ou a menina sai da casa — disse o jovem policial, mirando com cuidado —, ou dou um tiro na cabeça da mãe dela.

Meu mundo caiu quando vi Poling virando a ponta da arma diretamente para a minha mãe.

De repente, eu me lembrei onde tinha escutado o nome dele. O policial Poling foi um dos policiais que ajudou Jade a patrulhar o cemitério na noite em que ela morreu.

Ajudar Jade? Ou ajudar a *matar* a Jade para encobertar um crime que outras Fúrias haviam cometido?

O que aconteceu depois pareceu estar em câmera lenta, embora na realidade deva ter levado apenas dois segundos.

Tio Chris se colocou na frente da minha mãe para protegê-la das balas de Poling com o próprio corpo. O comandante Santos fez a mesma coisa, colocando-se na frente do meu tio e da minha mãe na tentativa de empurrá-los para dentro de casa, a salvo.

Enquanto isso, todos os policiais ao redor de Poling lutaram para pegar as suas armas e apontá-las para o colega de trabalho. Sentiram que o chefe estava sob ataque e berraram:

— Abaixa a arma! Abaixa a arma!

Em poucos segundos, a comunidade rica de Dolphin Key se tornaria uma cena de tiroteio.

— A gente tem que interferir! — Alex se virou para mim, berrando. — Eles vão se matar.

A Princesinha do Papai tinha outra opinião.

— Corre — disse ela com a mesma intenção direta que havia avisado sobre os *passarinhos maus*. Balançou a cabeça a ponto de os cachos dourados quicarem. — Corre e foge.

Alguma coisa me prendeu aos olhos da menininha. Não tive tempo de pensar, mas sabia que ela me lembrava alguém.

— Alex — falei. — Pega ela.

Ele olhou para mim sem entender nada.

— O quê?

— Pega a criança — falei, e apontei para a Princesinha do Papai. — Descobre onde ela mora e leva ela pra casa pra que não se machuque se alguém começar a atirar. Depois me encontra no cemitério.

Alex me obedeceu e pegou a menina pelos cotovelos. Ela riu, achando que estávamos brincando.

— O que *você* vai fazer? — perguntou ele.

— Isso — falei. Mantive uma das mãos no guidão e acenei com a outra.

— Ei! Policial Poling? — berrei. — Está procurando por mim? Estou aqui.

Não foi apenas o rosto do policial Poling que se virou para mim. Todos os outros policiais que tinham uma arma apontada para ele também olharam na minha direção. Assim como minha mãe e tio Chris. E o comandante Santos. E a Princesinha do Papai. E Alex.

Fora a expressão da minha mãe e a do policial Poling, a de Alex deve ter sido a mais chocada.

— Tá maluca? — perguntou Alex. — Ele vai atrás de *você* agora.

— A ideia é essa — respondi, e pisei com força no pedal.

*Vi então aqueles nas chamas da ira,
atacando um jovem com pedras, berrando
em clamor entre si, "Matem-no! Matem-no!"*

DANTE ALIGHIERI, *Purgatório*, Canto XV.

OBRIGADO POR VISITAR DOLPHIN KEY, UMA LUXUOSA COMUNIDADE FECHADA NA ISLA HUESOS. VOLTE SEMPRE!

Era isso que a placa da guarita dizia. Incrível como eu nunca notei isso antes, só naquele momento em que estava correndo, fugindo de um policial psicopata que estava tentando me matar.

Tive a sensação profunda de que ninguém queria que eu voltasse a Dolphin Key, nunca mais. Principalmente quando me aproximei da guarita e vi que a guarda estava acenando para mim... provavelmente por causa do que vinha atrás: uma fila de viaturas com luzes e sirenes ligadas.

Ela certamente estava me mandando parar. E com certeza não levantaria a cancela de cores berrantes que devia manter os residentes de Dolphin Key lá dentro, e os não residentes indesejados lá fora.

Foi então que vi que a guarda estava apontando para a ponta da cancela, onde havia espaço para uma bicicleta passar, mesmo que a barricada estivesse abaixada.

Não entendi. Ela estava tentando me *ajudar*? Ela trabalhava ao lado da lei, e eu era obviamente uma degenerada.

Ainda assim, ela estava fazendo sinal com urgência para que eu passasse, e mantendo a cancela abaixada para bloquear as autoridades que me seguiam.

É claro que eu não tive tempo de perguntar por que ela estava fazendo aquilo quando passei voando. Só consegui dar uma olhada por cima do ombro...

...e logo achei melhor não ter olhado. Vi o rosto de Poling atrás do para-brisa do carro a uns 30 metros de mim, e senti a minha garganta se fechando de medo daquele rosto contorcido de ódio e raiva.

Não sei por que ele não atirou em mim em vez de entrar na viatura e me perseguir. Talvez os corvos — ou quem estivesse controlando as Fúrias — tivessem dado uma ordem.

Acho que foi melhor para mim que ele não tivesse atirado. Eu não estava morta, nem ele. Mas, se tivesse apertado o gatilho, ele estaria morto... os outros policiais teriam acabado com a sua vida como se fosse o cachorro louco que ele agora parecia ser — e provavelmente teriam acertado alguns transeuntes inocentes.

Mas, naquele momento, ele estava bem atrás de mim, com o comandante Santos e os outros policiais em sua cola. Eu estava liderando um desfile de viaturas pelas ruas estreitas de Isla Huesos.

O pior foi que o policial Poling não viu a cancela abaixada como um impedimento para me perseguir. Simplesmente bateu nela, mandando pedaços de madeira para todos os lados e fazendo com que a guarda colocasse os braços na frente do rosto para se proteger. Ela rapidamente pegou o rádio para denunciá-lo.

Eu disse para mim mesma que tinha vantagem, visto que estava descendo pelo caminho que já havia feito dezenas — talvez centenas — de vezes desde que minha mãe e eu nos mudamos para Isla Huesos... incluindo o dia em que ela deu a festa

Bem-vinda, Pierce, da qual fugi da mesma maneira... só que, naquela ocasião, não havia um policial possuído me perseguindo.

No entanto, os meus pés pedalaram na mesma velocidade do que naquela noite, em direção ao cemitério... e a John. Eu estava de bicicleta em um território conhecido, capaz de passar por terrenos onde automóveis não conseguiriam andar, como calçadas e jardins.

Foi o que fiquei dizendo para mim mesma.

Torci para que Alex estivesse em algum lugar atrás da fila de viaturas. Ainda não o tinha visto. Não podia arriscar outra olhada para trás, pois ver o rosto retorcido de Poling atrás do volante me deixou com tanto medo que quase perdi a firmeza do pé. Eu tinha de me concentrar na rua à minha frente. Todas as rachaduras da rua eram tão familiares quanto a palma da minha mão, mas a tempestade deixara vários detritos na rua: galhos quebrados, latas de lixo reviradas e uma cadeira de pátio. Tive medo de olhar para outra direção por um segundo, perder o equilíbrio e virar vítima de um louco que só queria se vingar.

Falei para mim mesma que a sensação do vento nos meus cabelos conforme eu descia o monte até o cemitério era incrível, e não aterrorizante. O berro das sirenes no meu ouvido era empolgante, e não ensurdecedor. Meu coração se jogava contra minhas costelas — não de medo, mas de nervosismo para ver John. Ele estaria esperando por mim na sua cripta, exatamente onde disse que estaria. Ele me tomaria em seus braços e me diria que os barcos foram transportados sem problemas para o Mundo Inferior.

Meu Deus... eu não soava convincente nem para mim mesma. Não conseguia nem ver aonde estava indo por causa das lágrimas. O policial Poling começou a usar o alto-falante.

— Pierce Oliviera. Pare. Você está presa pelo assassinato de Mark Mueller. Pare, ou atiro.

As pessoas estavam começando a aparecer nas varandas para ver a pessoa que achavam que era uma verdadeira assassina passando na frente das suas casas de bicicleta. Ainda bem que eu morava embaixo daquela cidade, e não nela, porque a minha reputação estava arruinada.

Mas e a Kayla? Eu me arrependi de ter decidido deixá-la sair da segurança do Mundo Inferior. Ela certamente teria de voltar para a sua vida normal um dia. Não estava presa pela morte (como Alex), nem pelo amor eterno (como eu) para ficar para sempre no Mundo Inferior.

Por que deixei que me convencesse de que ficaria bem? Que ficaria tranquila contra Fúrias armadas?

Rezei para que Kayla estivesse a salvo no cemitério esperando por mim (onde Alex havia dito que ela e Frank me encontrariam) e para que eu e John ainda tivéssemos tempo de evitar que aquilo tudo virasse o desastre sobre o qual o Sr. Graves me falou.

Talvez já fosse tarde demais. Talvez a pestilência estivesse transbordando do Mundo Inferior. Parecia que sim, com certeza. A tempestade havia terminado, mas até então a vida que o Sr. Smith havia prometido, a que o sol revelaria, não estava nada bem. O sol parecia revelar coisas horríveis e bizarras, como o policial Poling, coisas que eram melhor ser mantidas na escuridão...

Apertei o freio bruscamente. Uma árvore gigantesca estava no meio da rua logo na minha frente.

Era a árvore que John havia atingido com um relâmpago, atingindo o corpo do Sr. Mueller depois que atropelamos ele com o carro da Kayla.

Havia apenas um funcionário com colete amarelo fluorescente na frente da árvore — fumando um cigarro. Pareceu surpreso ao ver uma menina com chicote no cinto em uma bicicleta... ou talvez fossem as viaturas gritando atrás de mim que causaram surpresa.

— Opa — disse Colete Amarelo. — Oi.

A cidade não havia tido tempo suficiente para colocar as placas dizendo CUIDADO. Várias outras árvores deviam ter caído na ilha e causado situações piores.

O Sr. Mueller não estava lá. Eles conseguiram tirar o seu corpo da cena cortando uma parte da árvore que estava em cima dele; o funcionário estava segurando uma motosserra. O resto da árvore ainda estava na rua. O homem parecia prestes a cortar o tronco em pedaços e a jogar os pedaços em uma máquina de despedaçar madeira que estava perto da árvore, quando parou para fumar um cigarro.

— Por favor — falei, ofegante. — Preciso chegar no cemitério.

— Esta rua — disse Colete Amarelo — está fechada.

Eu me lembrei tarde demais de que tio Chris havia dito que aquela rua estaria fechada... para o trânsito de veículos.

— Eu sei — respondi. Não olhei para trás. Não precisava. Ouvi a viatura de Poling freando logo atrás de mim. — Mas eu preciso muito, muito, muito chegar no cemitério.

O funcionário deu uma tragada comprida no cigarro. Deu um passo para a esquerda, revelando o espaço onde o corpo do Sr. Mueller esteve. Era do mesmo tamanho do espaço entre a guarita e a cancela em Dolphin Key, perfeito para uma ciclista.

— Então vai logo — disse o funcionário.

— Nossa — falei com gratidão. — Muito, muito obrigada.

— Pare — ouvi o policial Poling berrar. — Essa menina está presa!

Parei.

— Você está esperando o quê? — perguntou Colete Amarelo.

— Eu... — Olhei para Poling, que estava saindo do carro. — Ele não é normal.

Colete Amarelo deu um sorriso.

— Não se preocupa comigo — disse ele, e mostrou a motosserra. — Eu sei me cuidar. Vai logo.

Ele puxou a corrente que dá partida na motosserra. O motor rugiu, e os dentes afiados e reluzentes começaram a correr loucamente.

Não esperei nem um segundo mais. Fui voando pelo meio dos pedaços do tronco gigantesco. Só depois de passar e de colocar os pés no pedal de novo, foi que olhei para trás. O funcionário voltou para onde estava antes, para a frente do espaço vazio, mas deve ter decidido que não precisava descansar mais, visto que havia apagado o cigarro e estava encarando o policial Poling.

— Opa, tudo bem? — cumprimentou, com o mesmo tom tranquilo que usou comigo, só que um pouco mais alto para fosse ouvido acima do som da motosserra.

Não ouvi o resto da conversa deles porque não fiquei ali. Vi a viatura do comandante Santos parando atrás da de Poling. O Colete Amarelo estava certo. Ele sabia se cuidar.

Eu não estava entendendo. Por que o funcionário não tentou impedir a minha passagem, quando havia um policial claramente me seguindo? Era óbvio que eu era uma criminosa.

Não havia tempo para pensar nisso. Eu só podia pedalar, e estava tão perto do cemitério que já via a cerca de aço negro à frente. Mesmo que ele passasse pelo cara da motosserra e pelo comandante Santos — o que me parecia extremamente difícil de acontecer —, não tinha como o policial Poling me perseguir dentro do cemitério porque o portão estaria fechado e trancado. O Sr. Smith avisou naquela assembleia na escola que o portão estaria trancado durante toda a Semana do Caixão.

E Poling não seria ágil o suficiente para subir na cerca alta e cheia de pontas. Nunca chegaria a mim. Ou, quando chegasse, eu já estaria a salvo no Mundo Inferior, onde John e eu tentaríamos voltar à vida normal... ou o mais normal possível no Mundo Inferior.

Contudo, não havia mais uma possibilidade de ser "normal". Embora o dia estivesse virando um dos mais lindos que eu já havia visto na Isla Huesos — o céu estava puro, sem nuvens, azul; a temperatura estava perfeitamente amena, o vento um pouco forte demais para velejar —, o que vi logo na minha frente conforme me aproximei do cemitério me encheu de horror.

Não era uma folhagem verde, mas uma cor escura,
Não eram galhos macios, mas retorcidos e intricados,
Não havia macieiras ali, apenas espinhos venenosos.

DANTE ALIGHIERI, *Inferno*, Canto XIII.

Os corvos que antes sobrevoavam a casa da minha mãe estavam agora voando baixo logo acima do cemitério. E a tempestade que passou pela Isla Huesos na noite anterior não havia se dissipado nem um pouco naquela região.

Havia galhos em cima de jazigos, como marinheiros bêbados em dia de folga, e quase todos os anjos e querubins decorativos de pedra tiveram uma das assas destruída. Cocos foram atirados feito mísseis pela força descomunal dos ventos e atingiram todos os mausoléus com vitrais nas janelas, quebrando tudo. Os corredores entre as criptas, que costumavam ser tão organizados, estavam cobertos de cascas de palmeiras.

O lugar parecia um campo de batalha.

Não precisei subir a cerca, pois os portões negros que o Sr. Smith garantiu que estariam trancados estavam completamente abertos, como se alguma coisa — ou alguém — tivesse forçado a tranca por fora até que ela não funcionasse mais.

O escritório do sacristão do cemitério também não ficou ileso. As janelas da pequena casa onde o Sr. Smith trabalhava haviam sido lacradas por causa da tempestade, mas isso não protegeu o telhado do escritório, que foi partido ao meio por um limoeiro espanhol gigante que caiu sobre ele... o mesmo limoeiro espanhol que costumava encher o pátio dos fundos de limões — o mesmo em que Esperança pousou freneticamente com medo de Mike, o funcionário do cemitério (agora falecido), quando tentou me matar.

E o pior é que havia gente em todos os cantos... pessoas que entraram pelos portões escancarados com pás e ancinhos e outros equipamentos de jardinagem, provavelmente para limpar os túmulos dos seus entes queridos.

— Ai, não... — gemi. — Não, não, não...

Uma sensação nauseante pelo que ainda estava por vir tomou a boca do meu estômago. Se os ventos conseguiram retorcer metal sólido, como fizeram com os portões do cemitério, e derrubar uma árvore tão grossa e forte quanto o limoeiro espanhol, como a estrutura da velha tumba de John teria resistido sem danos? Era tão velha, os tijolos das suas paredes eram tão decrépitos... será que estaria de pé? E a nossa árvore — a de flores vermelhas embaixo da qual nos conhecemos e nos beijamos enquanto as pétalas formavam um guarda-chuva vermelho sobre nós?

Pedalei mais rápido, com o coração batendo tão alto no meu peito que não consegui mais ouvir o som da motosserra, nem das sirenes. Não conseguia nem ouvir o sargaço e as cascas de palmeiras sendo esmagados pelos pneus da bicicleta. Só conseguia pensar que tinha de ver o quanto a tumba de John foi afetada, se a árvore de flores vermelhas ainda existia...

...então virei a esquina e vi que sim.

Quer dizer, uma boa parte.

Todas as flores haviam caído. Estavam no chão como um carpete ondulante de seda vermelha.

A árvore também havia perdido um tronco grande. Estava sobre o teto da cripta, fazendo com que parte dela ficasse afundada.

Fiquei aliviada ao ver que esse foi o único dano causado. A estrutura de tijolos vermelhos ainda estava de pé, e a palavra *Hayden* estava mais destacada do que nunca em letras grossas acima da entrada do túmulo.

No meio do tapete de flores vermelhas, havia um homem. O sol estava tão alto no céu e brilhava tão intensamente, que sem óculos escuros foi difícil determinar a sua identidade.

Por um segundo, meu coração se animou na certeza de que era John, de volta da jornada em que saiu com o meu pai para buscar os barcos. Naquele momento, os passageiros do Mundo Inferior provavelmente estavam embarcando, a ordem estava sendo retomada no mundo dos mortos e meu pai estaria de volta na casa da minha mãe.

É claro que John estava esperando por mim no tapete de rosas vermelhas. Fazia sentido encontrá-lo ali. Teríamos de lidar com a minha avó mais tarde, e com o fato de eu ter matado Tânato — sem falar no Sr. Mueller. Mas, naquele momento, John e eu nos reencontraríamos no mesmo lugar onde, havia anos, nos conhecemos.

Eu me aproximei e percebi que o homem de pé no tapete de flores vermelhas não era John. Era pequeno e magro demais para ser ele, e estava usando chapéu. John jamais usaria chapéu.

Além disso, o homem estava varrendo as flores para *longe* da entrada da tumba de John. John *jamais* faria isso... a não ser, é claro, que fosse coletá-las para colocá-las na frente da casa da minha mãe.

Eu me aproximei mais ainda e reconheci o homem. Senti-me boba por não ter reconhecido logo. Eu devo ter feito com que meu cérebro imaginasse que era John.

— Sr. Smith — falei, sentindo uma miríade de emoções dentro de mim; alívio, felicidade, confusão, e, sim, uma pontada de decepção. Desci da bicicleta, a deixei cair no chão, e fui correndo até ele.

— Sr. Smith, o que o senhor está fazendo aqui? Estou feliz em ver o senhor, mas mesmo assim, tem uma Fúria atrás de mim. Eles sabem que eu matei o Sr. Mueller... ou que eu e o John matamos ele. E, falando nisso, o John tá vivo. Eu salvei ele. Enfim, é complicado, e o comandante Santos está tentando parar o cara que está me perseguindo, mas o senhor realmente devia ir embora se não quiser levar um tiro, ou se não quiser ficar respondendo a perguntas a vida inteira.

O sacristão do cemitério se virou. Estava de costas para mim. Acho que não me ouviu chegando.

Engraçado. Aquilo sempre foi um motivo de discordância entre nós (até que passou a me conhecer melhor, é claro). O Sr. Smith nunca gostou do jeito que eu usava o "cemitério dele" como rota pública, passando com a minha bicicleta, sendo um "perigo para os que estavam de luto", mostrando "nenhum respeito pelos mortos".

Era isso o que ele costumava dizer antes de descobrir a razão *real* para que eu visitasse sempre o "cemitério dele"... John.

— Pierce — disse o Sr. Smith, olhando para mim. A aba do Fedora criou uma leve sombra no seu rosto, mas percebi que o assustei. — De onde você veio... — Ele notou a minha bicicleta no chão. — Ah, entendi. O que você falou sobre o comandante Santos?

— Ele está vindo atrás de mim. Mas vai ser difícil eles chegarem aqui porque tem um cara de motosserra... ah, enfim, é uma longa história. É muito estranho, durante o dia inteiro, vários estranhos se esforçaram pra me...

Parei de falar. Percebi, surpresa, por que os olhos da menininha com a camiseta *Princesinha do Papai* pareceram tão familiares. Eram os mesmos olhos do Sr. Smith... embora os dela fossem azuis, e o Sr. Smith tivesse olhos castanhos. Mesmo assim, os dois tinham um tipo de sabedoria nos olhos, que eram cheios de bondade.

Pensando bem, os olhos da guarda na guarita de Dolphin Key também eram assim. E os olhos do Colete Amarelo também.

— Sr. Smith — falei, franzindo o rosto contra o sol. — Tem alguma coisa estranha acontecendo. O senhor sabe por que um monte de estranhos arriscariam a vida e o emprego pra ajudar uma estranha?

Os olhos gentis do sacristão do cemitério se franziram embaixo da aba do chapéu. Ele deu uma olhada nos corvos que sobrevoavam as nossas cabeças. Sussurrou alguma coisa.

— O quê? — Não sei se o ouvi direito, mas achei que ouvi a palavra *Moiras*.

Ele olhou para mim de novo.

— Nada. É só que, no final das contas, talvez exista esperança — disse ele.

— Esperança? — Cobri os olhos para olhar para o seu, achando, animada, que ele estava falando do meu pássaro. — Cadê?

— Não essa Esperança — respondeu com um pequeno sorriso. — É só que talvez as coisas não estejam totalmente perdidas.

Abaixei a cabeça e olhei para ele de novo.

— Sr. Smith — falei —, acho que talvez o senhor precise se sentar e beber água. O senhor já está embaixo de calor há muito tempo.

Ele fez que sim com a cabeça.

— Talvez tenha estado mesmo. Estou vendo que você não está usando capacete. — Apontou para o meu peito, não para a minha cabeça. — Como sempre.

— É — respondi. — Talvez o senhor não tenha escutado antes, mas tenho coisas mais importantes me preocupando, como por exemplo fugir de policiais e não levar um tiro. Sr. Smith, por que o senhor está tirando essas flores vermelhas da tumba do John? Ele gosta delas. E o senhor não tem coisas mais importantes pra fazer? Tem uma árvore caída em cima do seu escritório, caso não tenha percebido.

— Eu percebi — respondeu ele. — Sou extremamente observador, ao contrário de algumas pessoas que não vou citar.

— Legal — falei. — Muito legal falar assim comigo, considerando tudo pelo que passei: salvar o John, esta ilha e tudo mais. Não precisa me agradecer, mesmo que o Tânato fosse o Seth Rector, e eu tenha matado ele. Não que isso faça diferença pro senhor, é claro. Mas tudo bem.

O Sr. Smith ficou um pouco pálido, apesar da pele escura.

— Você matou ele?

— Tânato — respondi —, não o Seth. Ele ainda está vivo e muito bem, me processando (e ao John) por agressão. Por quê? Que diferença faz?

— Nada — disse o Sr. Smith. — É só que... isso explica bastante coisa.

— Explica o quê? Não era pra eu matar ele? Fiquei na dúvida, mas não deu pra evitar, ele era um babaca.

— O Tânato toma a personalidade da pessoa que possui — disse o Sr. Smith. Senti um tom de lamento na voz dele. — Se estava possuindo o Seth Rector, acredito que teria, sim, um comportamento babaca.

Não pude deixar de perceber que o olhar do Sr. Smith estava em todo lugar. Olhava para mim, depois para os corvos, depois para as flores vermelhas aos seus pés. O que estava procurando? Isso me fez lembrar de uma coisa.

— O senhor viu o Frank e a Kayla? — perguntei, e olhei ao redor, mas ainda só conseguia ver membros de famílias com equipamento de jardinagem, arrumando os túmulos dos seus entes queridos. — Eles iam passar na sua casa e deixar o carro, depois vinham pra cá.

— Sim — disse o Sr. Smith, sem se alongar. — Vi, sim.

— Viu? — Olhei para ele, surpresa. — Cadê eles?

Definitivamente, tinha alguma coisa estranha no Sr. Smith, fora as coisas estranhas que ele estava dizendo. Eu não conseguia decifrar exatamente o que era. Ele parecia tão arrumado quanto sempre, de camisa branca bem-passada, gravata-borboleta verde e calça cáqui. Seus óculos de aro dourado brilhavam ao sol.

Mas vi que ele estava segurando o cabo da vassoura com muito mais força do que necessário.

— Ah — falou. — Eles vão chegar daqui a pouco.

— Sr. Smith. — Eu estava começando a me sentir menos aliviada ao vê-lo, e mais preocupada. Era difícil explicar, mas naquele silêncio do cemitério (não se ouviam as sirenes, e eu só escutava o grito ocasional dos corvos) comecei a sentir como se tivesse alguém nos observando... alguém além dos corvos no céu. — Que houve? Aconteceu alguma coisa com a Kayla? Com o John? — Meu pulso se acelerou um pouco. — O John esteve aqui? Porque eu marquei de encontrar ele aqui também. Ele falou alguma coisa pro senhor? Alguma coisa deu errado com os...

— Não — interrompeu o Sr. Smith; um tanto rudemente, achei. Ele colocou a mão no bolso da calça e pegou um dos seus lenços de sempre. — Não, não, o John não esteve aqui. Está tudo maravilhoso. Por que não estaria?

Não estava tudo maravilhoso.

E eu sabia disso porque o Sr. Smith jamais usaria uma palavra como *maravilhoso* — tenho certeza de que ele consideraria *maravilhoso* um equivalente de *incrível*, uma palavra que certa vez ele me disse que era usada demais pela minha geração. Ele levou o lenço de pano até a testa para secar o suor.

Independentemente da temperatura, eu nunca tinha visto o Sr. Smith suando... a não ser que estivesse se sentindo *extremamente* desconfortável, como se eu perguntasse sobre a possibilidade de ficar grávida no Mundo Inferior.

Mas se ele estava tão desconfortável, por que não estava me contando qual era o problema?

Eu percebi que ele olhou para o meu colo, da mesma forma que fez quando mencionou o capacete.

Foi só então que percebi o que estava acontecendo, e não precisei seguir o olhar dele para entender o que era.

O diamante estava negro. Tinha uma Fúria ali... talvez mais do que uma. O Sr. Smith sabia, mas não tentou me avisar.

Só havia uma explicação para ele fazer isso. E eu captei isso pela maneira como a mão dele tremeu ao colocar o lenço de volta no bolso. A verdade me atingiu como um tapa na cara.

O Sr. Smith estava com medo. E para o Sr. Smith ficar com medo, alguma coisa tinha de estar muito errada. Tanto o sacristão do cemitério e eu éramos EQM. Sabíamos como era a sensação da morte, então ela não nos assustava tanto assim. Eu não diria que o Sr. Smith *gostou* de morrer, mas sabia que ele queria voltar ao Mundo Inferior de novo porque não se lembrava de estar lá. Sempre teve um pouco de inveja por eu me lembrar, apesar de não ter gostado.

Não, Richard Smith não temia a morte... não para si.

Mas ele certamente estava com medo da morte — ou possivelmente de algo pior — naquele momento. O que seria?

Sem mudar o tom de voz e sem olhar em volta, comecei a tirar o chicote do meu cinto lentamente.

— Então, o senhor sabe o que John e eu fizemos ontem à noite depois que eu salvei ele? — perguntei casualmente.

— Não consigo nem começar a imaginar — respondeu o sacristão do cemitério, parecendo extremamente desconfortável.

— A gente foi pra casa da minha mãe — falei. — Depois foi pro meu quarto e fez amor a noite toda.

— Isso é simplesmente maravilhoso — disse o Sr. Smith. A cabeça dele parecia que ia explodir, não só pelo esforço que estava fazendo para não me repreender pelo meu comportamento irresponsável, mas por causa do medo. Gotas de suor desciam pelas laterais do seu rosto, e havia um sorriso congelado ali. — Simplesmente maravilhoso.

Bingo. Eu estava certa. Tinha mesmo alguma coisa acontecendo. O sacristão *nunca* diria que eu e John irmos para o meu quartos e "fazermos amor a noite toda" era "maravilhoso" — a não ser que tivesse recebido uma lobotomia completa.

O Sr. Smith que *eu* conhecia teria feito uma palestra sobre como eu devia usar proteção porque, quando faziam amor *fora* do Mundo Inferior, as divindades da morte eram famosas pela habilidade de fazerem divindadezinhas da morte... ou alguma coisa desse tipo.

O que estava acontecendo com o Sr. Smith estava deixando-o apavorado. Tão apavorado que o fez ignorar os seus princípios básicos para poder me avisar. Mas o que poderia ser? O que poderia ser tão terrível para duas pessoas que já haviam vivenciado a pior coisa que poderia existir — a morte — e sobreviveram para contar a história?

— É — falei, tomando o cuidado de não olhar em volta. Não queria que a fonte do pavor do Sr. Smith soubesse que eu estava de olho. — Que nome será que vamos dar pro bebê, se eu engravidar? Talvez, se for menino, eu o chame de Richard, em homenagem ao senhor...

— Já *chega*.

A voz aguda veio das minhas costas, mas eu sabia exatamente a quem pertencia. Eu reconheceria aquela voz em qualquer lugar.

Era a mulher que havia me matado.

E Ó! Daquele outrora amigo
projetou-se uma serpente, que o transfigurou
Onde o pescoço se conecta aos ombros.

DANTE ALIGHIERI, *Inferno*, Canto XXIV.

Sério? O Sr. Smith estava morrendo de medo da minha *avó*? Tive vontade de rir.

É claro que não fiz isso. Teria sido rude. Mas honestamente, a minha avó não era tão assustadora. Verdade, ela havia me matado uma vez — e havia tentado algumas outras. E, quando estava com a cara da Fúria, ficava feia como um diabo, e isso eu entendia que podia ser bastante assustador para o Sr. Smith, que não havia tido experiências com Fúrias, como eu.

Mas, ainda assim, era apenas a minha avó.

Tudo bem, ela havia me derrotado uma ou duas vezes — OK, três.

Daquela vez, no entanto, as coisas seriam diferentes. Eu não era mais uma menininha assustada e sozinha. Daquela vez, eu estava armada com o chicote do pai de John, que eu sabia usar. Daquela vez, eu estava no meu território, o cemitério da Isla Huesos, onde eu já havia caminhado tantas vezes que conhecia como a palma da minha mão. Daquela vez, eu tinha amigos — e a polícia também — que apareceriam a qualquer momento para me ajudar.

Daquela vez, *eu* tinha o poder. Daquela vez, eu era a rainha do Mundo Inferior.

E o mais importante: daquela vez, eu estava pronta para ela.

No entanto, eu não estava pronta para o que vi assim que me virei de frente para ela: minha avó estava com um braço em volta da minha melhor amiga, Kayla Rivera, e apontava uma faca para o seu pescoço.

— Oi, vó... — As palavras morreram nos meus lábios.

— Você sempre se achou tão engraçada. — A voz era de escárnio. — Lá vai a Pierce com mais uma das suas piadinhas. Mas você não é engraçada. Sabe o que você é? Uma abominação, que nem *ele*.

Meus batimentos quicaram, depois pararam completamente.

Agora, sim, eu entendia por que o Sr. Smith estava com tanto medo e ficou repetindo a palavra *maravilhoso*. É difícil pensar em alguma coisa inteligente para dizer quando vê uma menina inocente com uma faca apontada para a sua artéria carótida, uma menina que foi levada para a batalha entre o bem e o mal simplesmente porque eu me sentei ao lado dela na assembleia da escola.

Toda a minha habilidade de pensar racionalmente sumiu. *A Kayla, não.* Foram as únicas palavras que a minha mente conseguiu unir. *A Kayla, não.*

E depois: *É claro que o diamante sempre fica lilás perto da Kayla. Não porque é a pedra do nascimento dela.* Era um aviso... um aviso de que eu teria de protegê-la para que não morresse nas mãos de uma Fúria.

Nas mãos da minha avó.

— Se você machucar um fio de cabelo dela, eu juro... — Meus dedos apertaram a alça do chicote.

Minha avó apenas gargalhou. Parecia um dos berros dos corvos.

— Jura o quê? — perguntou ela. — Vai bater em mim com essa corda velha e nojenta? É exatamente isso que uma abominação que nem você faria. Bater na própria avó.

Eu não me surpreendi pela minha avó não ter reconhecido um chicote ao vê-lo. Não tinha a inteligência mais afiada do mundo... não tão afiada quanto a faca que segurava contra o pescoço de Kayla. Eu reconheci a arma; era uma faca de um conjunto gourmet bem caro. Eu tinha certeza porque era uma faca da cozinha da minha mãe. Eu já a havia usado várias e várias vezes para cortar maçãs e sanduíches.

Pelo visto a minha avó havia roubado a faca e queria usá-la para cortar a garganta da minha melhor amiga.

— Pierce — disse Kayla.

A palavra saiu dela como que involuntariamente. Assim que falou, Kayla mordeu o lábio inferior, como se tivesse se lembrado de que devia ficar parada, ou então a faca, tão afiada quanto uma lâmina e que já havia feito uma gota de sangue escorrer sobre a lâmina, cortaria mais ainda. Todo o batom escuro que Kayla normalmente usava havia sumido com o esforço de ficar parada, e a maquiagem havia escorrido por causa das lágrimas, embora fosse visível que ela estivesse tentando conter o choro.

Kayla não estava mais usando o vestido lavanda que usou no Mundo Inferior. Eu a imaginei colocando o vestido no cabide do closet e pensando: *Vou guardar pra usar depois, talvez na formatura*. Estava vestindo uma camiseta preta longa, presa com um cinto e cheia de zebras, e um sapato plataforma preto.

É claro que, quando ela escolheu aquela roupa, jamais achou que a usaria em uma situação de refém.

— Tudo bem, Kayla — falei, embora eu e ela soubéssemos que era mentira. — Cadê o Frank?

Foi a hora errada de fazer essa pergunta.

— Morto — disse a minha avó com satisfação. — Morto de verdade desta vez, do jeito que todos vocês, suas abominações, deviam estar.

— Não sei do que você está falando — respondi, embora as marcas de lágrimas do rosto de Kayla fossem uma explicação suficiente.

Minha avó riu.

— Vai você mesma ver — disse ela, e fez sinal com a cabeça para uma cripta perto de nós.

Feita de mármore branco, muito velha e castigada pelo tempo, a cripta tinha a inscrição dedicada À MINHA AMADA ESPOSA, MARTHA SIMONTON, 1820-1846.

Primeiro, vi apenas uma iguana grande e gorda pegando sol em cima da tumba. Mas depois percebi um par de botas que eu conhecia. Estavam em pernas que apareciam por trás do túmulo. Perto das pernas, no meio da grama, vi um braço musculoso e cheio de tatuagens.

Reconheci os desenhos. Eram chifres em caracóis, as mesmas tatuagens que vi no bíceps de Frank da primeira vez que o conheci, na cozinha do Sr. Graves.

— Elas estavam esperando a gente na casa do Sr. Smith — disse Kayla. Sua voz era um sussurro que mal se escutava. Eu a vi com aquele medo e tristeza apenas em uma outra ocasião, e foi naquele mesmo cemitério, na noite em que nós a levamos para o Mundo Inferior e eu tive de garantir que ela estaria a salvo lá embaixo. Estávamos muito enganados.

— A gente tentou lutar, Pierce, eu juro. Mas eram muitas delas. — As lágrimas correram pelo seu rosto. — Acho que elas mataram o Patrick também.

Virei a cabeça rapidamente e olhei para o Sr. Smith.

— *Não* — falei, e me senti como se tivesse levado um soco no peito.

Ele estava olhando para o céu de novo, observando, acho que tentando encontrar a esperança — ou Esperança — que havia mencionado antes. Não olhou para mim.

— Sim — disse minha avó com um sorriso, ainda segurando a faca contra o pescoço de Kayla. — Você acha que poderia sair por aí quebrando as leis da natureza e nunca precisar pagar? Achou que ia matar uma de nós e que isso nunca teria repercussões? Agora estamos quites.

Agora estamos quites. As suas palavras escoaram dentro da minha cabeça como os berros dos corvos. *Agora estamos quites.*

Quites? Ela achava que estávamos *quites* pelo que ela fez com Frank, Patrick, Kayla, Jade, comigo, minha família, meus amigos e John?

O cobertor vermelho de flores embaixo dos pés do Sr. Smith pareceu se espalhar e aumentar de tamanho a olho nu, até que tomou o chão não à minha volta, assim como o minha avó. O chão embaixo do corpo imóvel de Frank ficou tão vermelho quanto a gota de sangue que lentamente escorria pela lâmina da faca que minha avó segurava no pescoço de Kayla. O chão que serpenteava pelo cemitério inteiro enrubesceu, mudando a cantiga infantil chamada "Sigam a Rua de Tijolos Amarelos". Naquele momento, vi a Rua dos Tijolos Assassinados.

Será que as flores vermelhas realmente se moveram, sopradas pelos ventos fortes, resquícios do furacão, ou a minha visão estava brincando comigo de novo porque eu não conseguia controlar o vento vermelho que o Sr. Liu disse que impulsionava a minha raiva?

Não soube dizer. Não ligava. Pela primeira vez, não estava interessada em controlar a minha raiva. Deixei que tomasse o meu corpo do mesmo jeito que as flores vermelhas tomaram o chão.

Tirei o chicote que o Sr. Liu havia me dado do meu cinto. Era a linha que ele me mandou segurar quando eu sentisse que o vento poderia me mandar para longe demais.

Mas a experiência me dizia que também era a corda que podia mudar a direção do vento.

— Nós não estamos quites — falei para a minha avó.
— Porque isso não é um jogo. Isso é uma guerra. E eu vou vencer.

Apesar do vermelho na minha visão, a minha mira era excelente, assim como eu demonstrara na cozinha da minha mãe naquela manhã. Aquela situação não era tão diferente, na verdade, de quando Alex me irritou com a faca de manteiga. Tudo o que eu tinha de fazer era tirar a faca da mão da minha avó do mesmo jeito que tirei a faca da mão de Alex.

A única diferença era que eu tinha de fazer isso sem machucar a Kayla. Se ia machucar a minha avó ou não, eu não ligava.

Foi tão rápido que ela nem percebeu o que aconteceu. Em um milissegundo a faca estava na mão da minha avó; no seguinte, a lâmina reluzente estava jogava inocentemente aos pés do Sr. Smith e Kayla estava livre.

— Cobra! — berrou a minha avó, segurando o punho, surpresa por causa da cobra que ela achou que havia pulado do chão para mordê-la. Demorou certo tempo para que ela percebesse que a serpente era a sua neta, que durante tantos anos ela considerou uma idiota inútil e burra.

— Vá com o Sr. Smith — falei para Kayla, que parecia igualmente surpresa, sem saber ao certo se estava inteiramente livre.

Kayla franziu o rosto e foi correndo para o sacristão do cemitério, que largou a vassoura e a abraçou com um dos braços, enquanto o outro segurava a faca em uma cena ridícula de defesa que ele deve ter visto em alguma produção de *Amor, Sublime Amor* no Teatro da Comunidade de Isla Huesos.

— Não acabou, Pierce — avisou ele, com Kayla agarrada em seu corpo. — Tem outras.

— É claro que tem outras — falei. Tirei o meu colar e fui até a minha avó, que estava olhando para mim com seus olhinhos mortos franzidos de ódio e surpresa, acariciando o braço, que parecia quebrado. — *Sempre* vai ter mais. Eu vou ter que passar o resto da vida lutando contra Fúrias sinistras. Um grande poder traz grandes responsabilidades. Eu sei, vi o filme.

Eu não estava escutando o Sr. Smith. Estava pensando em um jeito de John e eu ressuscitarmos Frank. Patrick não seria problema, caso realmente estivesse morto. Não estava morto antes disso. Mas e o Frank?

Ele, sim, seria um problema. A alma *dele* não estava sendo controlada por Tânato porque não havia mais Tânato. Então como era possível que Frank estivesse morto?

— Não, Pierce, você não está entendendo — falou o Sr. Smith com a voz em um tom crescente que lembrava uma crise de histeria. — Tem muitas, muitas outras. E elas estão vindo pra cá. *Neste instante.*

Eu me virei para ver do que ele estava falando. E congelei.

Todas as outras pessoas que estava no cemitério arrumando as tumbas dos seus entes queridos estavam vindo na minha direção com pás e ancinhos no ar, como moradores de um vilarejo espantando um monstro do castelo da princesa.

O problema era que aquelas pessoas haviam confundido a princesa com o monstro. Isso era fácil de ver pela direção dos seus olhares imóveis e mortos, e pelo nome que suas bocas moles murmuravam sem parar — o mesmo nome que o policial Poling vinha berrando pelos alto-falantes da viatura.

Pierce Oliviera.

Não era atrás da minha avó que estavam vindo.

Era atrás de mim.

> *E vi ali uma corrente terrível*
> *De serpentes, e dum tipo tão monstruoso*
> *Que a lembrança ainda congela meu sangue...*
> DANTE ALIGHIERI, *Inferno*, Canto XXIV.

Eu me coloquei rapidamente na frente da Kayla e do Sr. Smith, chicote à mão. Eu não conseguiria segurar a multidão de Fúrias por muito tempo, mas estava determinada a morrer tentando.

— O que houve com a sua avó? — perguntou Kayla. A sua "alta capacidade de se adaptar" parecia ter voltado. — Avós deviam ser fofas e fazer brownies e amar você incondicionalmente. Por que a sua é uma vaca?

O Sr. Smith tossiu para limpar a garganta em sinal de discordância com o linguajar rude de Kayla.

— A Sra. Cabrero não tem como mudar; está possuída por um ente demoníaco...

— Vai pro inferno — disse Kayla. — Estou cansada dessa desculpa. Ela está possuída por uma Fúria, ela teve uma infância difícil. Sabe quem teve uma infância difícil? *Eu*. Mas eu não desconto em pessoas inocentes.

O desabafo de Kayla estava me fazendo lembrar do desabafo de outra pessoa. Eu logo me lembrei de quem: Frank, quando aquele cara de calça cáqui no Mundo Inferior ficou dizendo que tinha sido colocado na fila errada.

Era melhor não pensar em Frank naquele momento.

— Vamos — falei. — Se corrermos dá pra chegar na...

...*porta pro Mundo Inferior na cripta do John, onde é seguro*, era o que eu ia dizer.

Mas quando nos viramos, vimos que nosso caminho até a cripta estava bloqueada por Mike, o antigo assistente do cemitério.

Eu não via Mike desde que o deixei com uma contusão, atrás do escritório do Sr. Smith, algum tempo atrás, mas pelo visto ele havia se recuperado muito bem. Apesar de ter se demitido, ainda estava vestindo o uniforme de antes, e todas as suas tatuagens pornográficas estavam à mostra. Sorriu para nós enquanto batia com a ponta de uma pá pesada na palma da mão, como se estivesse ansioso para dar com ela na cabeça de um de nós.

— Estão indo pra algum lugar? — perguntou Mike. Um sorriso decididamente indecente acendeu os seus olhos, que antes estavam mortos.

— Foi ele quem matou o Frank — murmurou Kayla. Embaixo do pouco de maquiagem que havia sobrado, o rosto de Kayla tomou uma cor de morte. Foi a primeira vez que a vi assustada daquele jeito.

— Matar aquele merda foi um prazer — disse Mike, com o sorriso mais largo ainda.

— Por favor, Pierce — sussurrou Kayla. — Aquele negócio rápido com o chicote. Faz de novo.

— Isso — disse o Sr. Smith. — Eu em geral não aprovo violência, mas acho que seria um momento esplêndido pra você fazer, hum, aquele negócio rápido que a Kayla está sugerindo.

Eu olhei em volta. Estávamos emboscados. Mesmo que eu conseguisse tirar a pá da mão de Mike — e uma pá era muito mais pesada e difícil de atingir do que uma faca —, não tinha como os três conseguirem passar por ele pra chegar sãos na cripta. O Sr. Smith era um homem careta e idoso, não muito atlético. Jamais conseguiria correr mais rápido do que as Fúrias que estava chegando por todos os lados. A minha avó ainda estava atrás de nós também, gargalhando, apesar da dor no braço.

—Não tão poderosa agora, hein, Senhorita Rainha do Mundo Inferior — gargalhou ela.

—A gente não vai conseguir — falei para o Sr. Smith e Kayla. — Não os três juntos. A gente vai ter que ficar aqui e brigar.

—Gostei desse plano — disse Mike, e lambeu os lábios sugestivamente para Kayla.

Achei que ela fosse ter um colapso ali mesmo, a julgar pelo rosto pálido. Mas pelo visto ainda havia reserva de fogo dentro dela.

—Quer saber de uma coisa? — Kayla se virou para pegar a faca do Sr. Smith, o que era uma boa ideia, visto que o sacristão do cemitério obviamente não fazia ideia do que fazer com ela. — Matar esse merda vai ser um prazer pra *mim*.

Mike riu quando viu a faca e levantou a pá.

—Acho que você se esqueceu de uma coisa, garotinha. Tamanho é documento.

Kayla deu meio sorriso.

—Esqueci não. O tamanho do meu ódio por você é tão grande que não pode ser medido por nenhuma máquina que o homem conhece.

—Nossa — falei. — Boa, Kayla.

—Meninas. — O Sr. Smith olhou para mim e para Kayla, preocupado. — Por favor. Por favor, não façam isso. Vão embora e salvem-se.

—Salvem-se — disse Kayla com uma risadinha. Um tanto histérica, mas ainda sim, uma risadinha. Retrucar deu mais autoconfiança para ela. — Depois que eu sair disso tudo e fizer a minha cirurgia e abrir o meu salão de luxo, esse vai ser o nome dele. Salvem-se.

— Amei a ideia — falei. — Vou ser a primeira cliente.

— Obrigada — disse Kayla. — Eu venho pensando em falar pra você que devia fazer umas luzes. Só algumas, pra dar uma moldura pro rosto.

— Meninas — disse o Sr. Smith. — Por favor. Não se preocupem comigo. Vocês sabem que eu não me importo em morrer. E agora que o Patrick...

Ergui uma das mãos, palma para a frente, a fim de bloquear o fluxo de palavras, e repeti o que falei naquela noite horrível no castelo, quando estávamos todos reunidos em volta do corpo de John.

— Ninguém fica pra trás — falei.

— *Ninguém.* — Kayla franziu os olhos para Mike quando ele começou a nos rodear, segurando a pá como se fosse um taco de beisebol.

O Sr. Smith piscou os olhos rapidamente por trás dos óculos. Era difícil dizer, por causa do sol muito forte, mas suspeitei que ele estivesse tentando não chorar.

— Srta. Oliviera, apesar de todas as nossas diferenças e de tudo que aconteceu, quero que você saiba que conhecer você foi um dos grandes prazeres... e privilégios... da minha vida.

— Obrigada, Sr. Smith — respondi, e bati o chicote em uma mulher com uma camiseta que dizia *Eu Sobrevivi ao Festival do Caixão* que havia chegado perto demais com o seu ancinho. A mulher rosnou e se encolheu. — Digo o mesmo.

— Acredito que este seja o melhor momento para dizer, hum, vejo vocês do outro lado? — perguntou o Sr. Smith.

— Acho que sim — respondi.

De repente, Mike se jogou contra Kayla com um rosnado, levantando a pá bem no alto. Ela gritou e passou a faca no meio do corpo dele, mas ele desviou com facilidade. Um sorriso lascivo se espalhou no rosto de Mike. Eu teria batido com o chicote nele, mas estava ocupada com um homem que segurava um querubim de pedra e estava prestes a jogá-lo em cima de mim. O Sr. Smith, infelizmente, tinha de lidar com a minha avó. Ela se jogou nele, ciciando como uma cobra... uma cobra que tinha uma loja chamada Loucos por Costura e usava tênis ortopédico.

Eu tive a certeza de que em um segundo veria a pá do Mike na cabeça da minha melhor amiga, e que escutaria os seus gritos de dor.

Em vez disso, vi uma bota preta familiar na virilha de Mike, e ouvi o berro *dele* de dor.

— Se você tivesse deixado que eu matasse esse cara quando tive a oportunidade, Pierce — falou John com calma — nada disto estaria acontecendo.

A única outra vez em que fiquei tão feliz em vê-lo foi quando ele voltou a viver.

John pareceu ter vindo do meio do nada, uma chama de punhos e glória. Mike caiu no chão chorando de dor; flores vermelhas mancharam os joelhos da sua jardineira. A minha avó ficou tão surpresa que se afastou do Sr. Smith e berrou para Mike:

— Levanta! Levanta, seu idiota!

Mas parecia improvável que Mike fosse levantar tão cedo.

Um momento depois, o homem que estava prestes a jogar o querubim de pedra em mim estava no chão com Mike. O Sr. Liu, que veio atrás de John de dentro da cripta semidestruída, havia tirado o querubim do homem e o atingido com ele. O querubim ficou aos pedaços.

Minha avó grunhiu de raiva, e, lá em cima, os corvos deram o mesmo grito.

— Oi — disse o Sr. Liu para mim de um jeito estranhamente sucinto. — Estou vendo que você está usando o seu presente.

Fez sinal com a cabeça para o chicote. Tive vontade de abraçá-lo, mas aquele não me parecia o melhor momento e lugar, visto que as Fúrias ainda estava vindo na nossa direção por todos os lados.

— Não que eu não esteja feliz de ver vocês dois — falei, e dei uma chicotada em um terceiro homem que estava chegando perto de nós rapidamente com uma pá sinistramente afiada. — Mas por que demoraram tanto?

— Estávamos ligeiramente preocupados — disse John. Ele pegou a pá e a partiu sobre o joelho, depois jogou a parte sem ponta no homem, atingindo-o no plexo solar. — E eu tinha que fazer uma entrega de uns dois barcos.

— E passageiros para direcionar aos barcos — adicionou o Sr. Liu, jogando um pedaço do querubim de pedra em uma quinta Fúria.

— Isso não podia ter esperado? — perguntei. — Isso aqui está uma zona.

— A zona lá embaixo estava maior ainda — disse John. — Mas o Sr. Graves finalmente conseguiu controlar as coisas, graças ao seu pai...

— O meu *pai*?

— Ele conseguiu os barcos pra nós — disse John, olhando para mim com surpresa, como se dizendo: *Você estava lá. Como não se lembra?* Então explicou pacientemente: — Eu consegui levar os barcos pro Mundo Inferior, e o Sr. Graves conseguiu iniciar a embarcação... com uma ajudinha.

— De quem? — perguntei.

— Deles — disse John, e apontou com a cabeça para a cerca de aço da sua cripta.

Vi uma figura familiar — que era consideravelmente menor do que todas as outras no cemitério — passando pelo portão e virando-se para fazer um sinal ansioso para alguém que ainda estava dentro da cripta.

O Henry eu já esperava, é claro — embora não aprovasse a ideia. Um campo de batalha contra Fúrias não era lugar para uma criança, nem mesmo se tivesse vivido durante um século e meio no Mundo Inferior e já tivesse se acostumado à vida sem mãe.

Mas Nilo, que havia encontrado uma camisa e calças bem compridas, e que também estava usando um arpão antigo? E Chloe, cuja mão segurava a coleira de Tifão com força enquanto o bicho se jogava para a frente, todo animado? E a Sra. Engle *e* o Sr. Graves, que juntos seguravam o cabresto de Alastor, que só fazia fungar e que mal passava na pequena saída? Quando o cavalo finalmente conseguiu passar, deu um coice na primeira Fúria que foi burra o suficiente para chegar perto dele, bem no peito.

— John — falei, sentindo-me horrorizada. — *Não*.

John deu os ombros.

— Eles se voluntariaram pra proteger a retaguarda. Não apenas se voluntariaram, *insistiram*.

— John, o Sr. Graves falou pra eles que, se saíssem por aquela porta, perderiam todas as chances de ir para o que os espera depois da vida. Agora eles nunca vão conseguir...

— Pierce — disse John com voz paciente. — Eles sabem disso. Eu expliquei tudo de novo pra eles. Nenhum deles ligou. Não sei o que aconteceu lá embaixo enquanto eu estava longe, mas você ganhou súditos leais. Não teve jeito de eles deixarem você.

Balancei a cabeça, olhos se enchendo de lágrimas. Era demais para mim.

— John, eu não posso deixar que eles façam isso por mim. Agora eles são *regressores*.

John olhou dentro dos meus olhos. Havia um sorriso nascendo nos seus lábios, mesmo que um homem com um alicate de poda estivesse vindo na nossa direção.

— Pierce, um regressor é uma pessoa que retorna do mundo dos mortos — disse ele, jogando o alicate longe. — *Você* é uma regressora. Eu também. Nós todos somos regressores. Você achou que éramos outra coisa?

Fiquei olhando para ele, chocada. Por que nunca pensei naquilo? Por isso que a minha avó me odiava tanto e ficava me chamando de abominação. EQM era simplesmente um outro nome, mais agradável, para regressor. O Sr. Smith e eu realmente morremos e voltamos à vida, assim como Nilo, Chloe e a Sra. Engle... e Alex e John e o Sr. Liu e Henry e o Sr. Graves.

John tinha razão. *Nós todos éramos regressores*.

Ele deu um cruzado no homem que veio com o alicate, fazendo-o girar. Ouvi Nilo comemorando do outro lado, admirando.

— O menino morto sabe bater!

John se virou e se curvou em agradecimento. Nilo acenou, depois mandou a ponta do arpão direto na barriga avantajada de uma Fúria próxima.

Eu ainda estava tentando compreender as complexidades da camaradagem masculina quando senti um toque no meu braço e me virei, chicote no ar — mas vi apenas o rosto de Henry olhando para mim.

— Senhorita — berrou ele, abaixando-se para desviar do chicote. — Sou só eu, senhorita.

— Henry — falei, aliviada. — Não faz isso. Você não devia estar aqui, não é seguro. — E o que eu estava dizendo foi comprovado pela minha bicicleta, que passou voando na nossa frente, jogada por uma Fúria insana. — O que foi?

— O meu estilingue — disse ele. — O que eu fiz pra você. Ainda tem ele? Você devia usar. Coloca o seu diamante na borracha e atira nelas, e quando a pedra bater nelas, não vão mais ser Fúrias.

O estilingue de novo.

— Henry — falei, e o levei para a lateral que uma cripta próxima, fora do alcance de bicicletas voadoras, visto que o Sr. Liu estava levantando os restos da minha e jogando-os de volta na Fúria que a atirou primeiro. — O seu estilingue está na minha mochila, que eu deixei ali...

Apontei para o outro lado do caminho cheio de flores, onde o Sr. Smith parecia estar lutando contra a minha avó, um evento que eu não havia percebido antes.

— Ai, não — falei com o coração pesado.

— Eu vou buscar — exclamou Henry. Ele interpretou a minha decepção de forma errada, e saiu correndo em direção à mochila.

— Henry, não!

Corri para interceptá-lo, quase trombando com uma mulher que pareceu vir do nada, levantando uma picareta para bater no menino. Dei com o joelho na barriga dela, depois um golpe forte em sua nuca com a ponta da alça do chicote. Quando fiz isso, o diamante na ponta do meu cordão passou pela pele dela. Uma fumaça saiu da pequena queimadura.

Não tive tempo de ficar ali e ver o que acontecia. O Sr. Smith — e Henry — precisavam de mim.

Além disso, assim que a mulher caiu, outra veio com um machado. Elas vinham e vinham e vinham. Sempre que um de nós desarmava ou nocauteava uma Fúria, outra parecia surgir no mesmo lugar — enquanto, lá em cima, os corvos gritavam tão sinistramente que meus ouvidos começaram a zumbir.

Talvez fôssemos todos regressores *mesmo*, pensei. Mas aquele podia ser o dia em que morreríamos "de verdade", como disse a minha avó.

Considerando o seu braço quebrado, ela e o Sr. Smith estavam quase no mesmo nível, mas ainda assim ela era uma Fúria e possuía força não humana. E também emoções não humanas.

— Pecadores — chiou ela ao Sr. Smith com as mãos em seu pescoço. — Abominações.

Henry havia chegado à mochila sem se ferir e vasculhava seu interior.

— Espera, senhorita — berrou para mim. — Estou quase achando. Você tem coisas demais aqui dentro.

O Sr. Smith só conseguia fazer um som engasgado, mas achei que ele estivesse falando outra coisa. Os seus olhos, por trás dos óculos tortos, pareciam estar dizendo, *Chicotada*.

Eu obedeci, com prazer.

Bati o chicote, que se enroscou na garganta da minha avó várias vezes, cobrindo a sua pele como se fosse um cachecol quente e feito à mão... como um cachecol que uma avó amável pode mandar para a uma netinha pelo correio para o seu aniversário. Puxei com o máximo de força que pude, de modo que agiu mais como o abraço de uma jiboia constritora do que como um cachecol.

As mãos da vovó soltaram o pescoço do Sr. Smith imediatamente e foram para a própria garganta. Quem passou a engasgar foi ela.

Puxei o chicote mais ainda, fazendo com que ela se ajoelhasse, e me agachei ao seu lado.

— Gostou do meu cachecol, vovó? — sussurrei ao seu ouvido.

Seus olhos mortos se viraram para mim, sem mostrar nenhum sinal de medo, apenas ódio e desdém. Ela não conseguia falar porque não conseguia respirar. Eu conhecia aquela sensação. Foi a mesma que senti quando estava no fundo da piscina, depois que tropecei no cachecol que ela havia feito para mim e me afoguei.

— Pierce. — O Sr. Smith tossiu o meu nome. Finalmente conseguia falar. — Não.

Mal escutei. Só conseguia ver vermelho e ouvir os corvos.

— Então quer dizer que eu sou uma abominação, não é? — sussurrei para a vovó. — Você fez isso tudo pra que eu destruísse o John e o Mundo Inferior? Tipo a Eva e o Jardim do Éden, né?

Vovó fez que sim, um sorriso maligno no rosto — mesmo que estivesse sem ar.

— Pierce, não — disse o Sr. Smith. — Você não deve fazer isso. Sei que parece que é ela, mas não é. É o demônio dentro dela...

Aos poucos, percebi passos atrás de mim. Ouvi a voz de Chloe dizendo o meu nome, e depois John me chamando. *Pierce. Pierce, não.*

Mas não soltei a minha avó. Na verdade, segurei-a com ainda mais força.

— Bem, boa tentativa, vovó — falei, e levantei as mãos para segurá-la perto de mim; tão perto que senti os seus batimentos junto aos meus. — Mas você cometeu um erro. Eu não sou a Eva. Sou mais esperta do que ela. Eu sou a cobra.

Então eu peguei o Diamante de Perséfone e o apertei contra o seu coração.

Tua arrogância, punido és ainda mais;
Tormenta alguma, salvo tua própria ira,
Estaria completa em tua dor furiosa.

DANTE ALIGHIERI, *Inferno*, Canto XIV.

Afrouxei o chicote que estava em torno do pescoço da minha avó. Ela despencou no chão com um gemido. Uma trilha de fumaça negra saiu do seu peito e ergueu-se inocentemente no ar.

— Boa noite, vovó — disse Nilo.

— Ela não está morta — explicou Henry para ele. — É assim que elas ficam quando alguém expele a maldade delas. — Ele mostrou o seu estilingue, que finalmente havia encontrado no fundo da mochila. — Mas por que você não usou isto? Teria sido excelente se você tivesse acertado ela na cabeça com a pedra, a distância. Não no olho, é claro, mas talvez no meio da testa. Isso seria inteligente.

— Você é um menininho que está sem mãe há tempo demais — disse Chloe, que não gostou da ideia. Ainda estava segurando a coleira de Tifão, que babava sobre a camisa da minha avó com os dizeres *Eu amo gatos*. — E, enfim, como é que ela vai pegar o diamante de volta depois?

— Ah — disse Henry, triste. — Nunca pensei nisso.

Olhei para o chicote que eu havia usado no pescoço da minha avó. A resposta esteve na minha cara o tempo todo. Foi por isso que senti tanta afinidade com o chicote do pai de John, mesmo antes de o Sr. Liu me contar que ele era a linha que me prendia ao mundo.

— Você está bem? — John se ajoelhou ao meu lado e abraçou os meus ombros com força.

— Não me sinto bem assim há muito tempo — respondi.

Eu havia tirado a corrente que sustentava o diamante e a segurava em uma das mãos; a outra segurava o chicote.

— Detesto deixar ela desse jeito — disse John, olhando para a minha avó, que parecia desacordada. Estava murmurando alguma coisa sobre ter que voltar para a loja e fazer um inventário. — Mas temos muitas outras Fúrias pra liquidar.

— Estamos cuidado disso — disse Nilo com um sorriso malvado, colocando o arpão sobre o ombro. Chloe teve de arrastar Tifão para longe, mas ele se divertiu caçando Fúrias pelo cemitério. Para ele, parecia um jogo; assim como para Henry, que saiu correndo com o seu estilingue e o encheu com várias pedras. O cachorro era tão grande e assustador que várias Fúrias simplesmente soltaram suas armas e saíram correndo assim que o viram.

— Nós ficamos com ela — voluntariou-se a Sra. Engle, ajoelhando-se ao lado da minha avó. — Não ficamos, querido?

Ela estendeu a mão para o Sr. Graves, que a aceitou e se ajoelhou ao seu lado.

— Claro, sim — disse ele. — Vocês podem ir. Sei o quanto têm a resolver.

Eu estava ocupada demais com o que estava fazendo para perceber logo de primeira. Mas, assim que me dei conta, levantei a cabeça e falei, completamente estupefata:

— Sr. Graves. O senhor pegou a mão da Sra. Engle. O senhor *viu a mão dela.*

John também havia se levantado para voltar a lutar contra Fúrias. No entanto, parou quando me ouviu e se virou para nós.

O Sr. Graves ficou sem graça.

— Calma, calma — disse ele, balançando a mão. — Não fique tão animada. Eu vejo sombras já faz algum tempo. Não queria falar pra vocês e dar muita esperança pra todo mundo...

— Mas isso é incrível! — exclamei, e dei pulinhos de alegria.

— São apenas sombras — disse ele. — Talvez a minha visão melhore com o tempo, talvez não. — Ele levantou a cabeça e olhou na minha direção. — Mas devo dizer que você é bem mais baixa do que achei, considerando o volume da sua voz. Sempre que você estava no castelo, a impressão que dava era a de que eu escutava você constantemente. Achei que fosse uma menina bem maior.

Eu fiquei sem saber se aquilo era um elogio.

Minha avó gemeu e levantou a mão para segurar a do Sr. Smith.

— Ih, meu Deus — disse. — Acho que vou ter que ficar também.

Olhei para ele, sem acreditar.

— Depois do que ela fez com o Patrick?

Ele pareceu desconfortável.

— Ela não era ela. E devo isso ao seu avô. Nós éramos amigos e... eu devia ter ficado mais de olho nela depois que ele faleceu. — Ele apertou as mãos da vovó. — Como uma mulher religiosa e não muito curiosa pelo campo intelectual, descobrir que existe um mundo além do nosso que não é aquele inferno e céu tradicionalmente explicados deve ter sido bastante perturbador pra ela. É claro que para ela o mundo deve ter parecido bem ameaçador, e portanto precisava ser destruído, assim como John. Olha, ela está acordando. Como você está, Sra. Cabrero?

Vovó piscou e olhou para ele.

— O quê? — perguntou vagamente. — Ah, oi, Richard. Como você está hoje? — Ela falou como se tivesse acabado de se encontrar com ele no supermercado. Olhou para além do Sr. Graves e da Sra. Engle, visto que não os conhecia, mas quando notou John e eu, sua boca se apertou em uma linha tensa de reprovação.

— Vocês dois — disse ela. Parecia, e soava, irritada, mas mais como uma avó dengosa do que como uma pessoa possuída por um espírito do mal. — Quando chegarmos em casa, senhorita, temos uma coisinha ou outra pra discutir com a sua mãe. Dormir a noite toda com meninos! Nunca ouvi nada assim. Na minha época...

Dei uma olhada em John, surpresa. Ele estava de olhos arregalados.

— Hum — disse o Sr. Smith, abaixando a mão da minha avó com cuidado e dando um tapinha de leve no seu ombro. — Estou vendo que, sem um demônio controlando a mente dela, a Sra. Cabrero voltou, hum, às suas raízes mais conservadoras e religiosas. Talvez atiçá-la com detalhes sobre a sua vida sexual com o John não tenha sido a melhor maneira de lidar com a situação mais cedo.

— Você fez *o quê?* — John se levantou para atingir uma Fúria que estava chegando perto de nós. Ficou muito mais chocado com o que o Sr. Smith disse do que com o fato de a Fúria estar segurando um tridente.

— Eu não sabia que ela estava atrás de mim! — protestei.

— Ai, meu Deus — disse a Sra. Engle, e ficou corada. O Sr. Graves a abraçou com um dos braços e pareceu completamente revoltado.

— Sua mãe provavelmente vai achar que não tem problema — disse ela em tom de crítica. — Ela sempre teve ideias modernas. Mas esta cidade é pequena, e as pessoas falam. Não quero a minha única neta se comportando como uma meretriz.

— Eu também não vou deixar que ela se comporte como uma meretriz, Sra. Cabrero — disse John, preocupado. — Eu vivo pedindo que ela se case comigo, mas ela não aceita.

— *John* — exclamei. Agora quem estava revoltada era eu.

— Bem, assim é muito melhor — disse a minha avó, mais satisfeita. — Um jovem com morais apropriadamente cristãs nos dias de hoje? É isso que gosto de ver. Mas ele vai ter que cortar os cabelos, Pierce, seja quem for. Parece um daqueles hippies imundos que ficam andando de moto no centro da cidade, fazendo aquele barulho todo.

— Ai, meu Deus, *não* — falei com um gemido.

John ficou confuso.

— O que é um hippie? — perguntou.

Com esse drama todo, foi quase fácil esquecer que havia uma guerra acontecendo com Fúrias... até que Kayla veio até nós trazendo a pá que Mike havia deixado cair.

— Aqui — disse ela, e deu a pá sem cerimônia para o Sr. Smith. — Você é o agente funerário do cemitério, não é? Deve ser bom com pás.

— Sacristão do cemitério — disse o Sr. Smith, um tanto nervoso. — Sou sacristão do cemitério, na verdade. Agentes funerários e sacristãos são duas coisas diferentes.

— Enfim — disse Kayla. Estava com a expressão atordoada. — Começa a cavar.

— E, hum, por que eu faria isso? — perguntou o Sr. Smith.

— Porque eu estou prestes a matar alguém, então vamos precisar de covas.

Ela foi até o corpo caído de Mike e ergueu a faca que eu havia confiscado da minha avó, pronta para cravá-la no pescoço do ajudante.

— Ele matou o Frank — disse Kayla, simplesmente. — Tem que pagar.

A faca já estava descendo quando fui correndo até ela, berrando.

— Kayla, não!

Foi John quem a segurou. Passou um dos braços na sua cintura e a levantou, tirando-a do lado do corpo de Mike e assustando-a tanto que ela gritou e deixou a faca cair. A lâmina caiu no chão, em cima das flores vermelhas que formavam um tapete tão grosso que ela nem fez barulho no chão de concreto.

— Kayla — disse John. Ele a segurou de maneira gentil, porém forte o suficiente, enquanto ela lutava para escapar e pegar a faca. — Entendo como você se sente, mas não é assim que devemos fazer.

— Por que não? — perguntou Kayla furiosa, contorcendo o corpo. — Frank está morto. Ele matou o Frank.

Eu achei que ele sabia, mas pela sua expressão ficou bem claro que não. As palavras de Kayla pareceram quase como uma pancada física. Infelizmente, por mais que eu quisesse abraçá-lo e confortá-lo, aquele não era o momento para isso.

— A gente vai dar um jeito — falou John para Kayla, segurando-a pelos dois braços e sacudindo-a levemente, visto que apenas segurá-la não estava funcionando. A dor e o desespero dele eram óbvios, tanto pela sua voz quanto pelo toque firme nela. — Eu juro, Kayla. Vou dar um jeito de consertar isso.

— John. — Toquei o seu ombro. Não queria que ele fizesse promessas que não podia cumprir, principalmente para uma pessoa que eu amava tanto quanto Kayla. — Eu matei o Tânato. Lembra?

John olhou para mim e não parou de olhar. Ao nosso redor, caos: berro dos pássaros cada vez mais agitados no céu, além dos das Fúrias contra as quais lutávamos, o latido feroz de Tifão, os relinchos insanos de Alastor, o assobio dos ventos crescentes nas poucas palmeiras que resistiram e o choro de Kayla.

Mas havia uma quietude entre John e eu que, agora que realmente estávamos juntos de novo, nenhum caos externo era capaz de perturbar.

Eu amo você. Eu amo você. Eu amo você.

Não era mais preciso falar em voz alta. Nós conseguíamos ler um no olho do outro — ambos cheios de lágrimas.

— *Nós* vamos dar um jeito de consertar isso — disse ele, corrigindo-se. Olhou para Kayla. — Juro que vamos.

Kayla não tinha mais força para lutar. Estava olhando para os pés; a juba revolta de cachos multicoloridos caíam sobre seu rosto.

— Não sei como vocês vão dar um jeito e fazer com que ele seja... o mesmo.

— Nós vamos dar um jeito — garantiu John. — Kayla, você tem que acreditar em mim. Mas matar esse lixo... não vai ajudar em nada.

Estavam tão concentrados na discussão que nenhum dos dois viu o lixo se sentar, olhar em volta de si, ver a faca ao seu lado e pegá-la.

Mas eu vi.

— Desta vez não — falei, e atingi o peito de Mike com o meu chicote.

Mike falou um palavrão e soltou a faca para segurar o lugar do coração com as duas mãos. Seu rosto estava contorcido de dor, enquanto uma fumaça começou a sair da sua pele.

John e Kayla ficaram olhando para Mike, que estava deitado encolhido aos pés dele, gemendo. John se abaixou para pegar a faca.

— O que você fez? — perguntou ele, surpreso.

Eu havia retomado a ponta do chicote. Eu levantei a ponta ao sol, que fez reluzir o objeto reluzente que prendi ali: o Diamante de Perséfone que John me deu.

— Funciona bem melhor assim — falei. E vi que havia outra Fúria atrás deles. — Não se mexam.

Pá. A Fúria, que parecia ter mais ou menos a nossa idade, largou o canivete que estava segurando e saiu correndo segurando o braço, de onde uma fumaça fina e preta começou a sair.

John olhou para mim e sorriu.

— Muito bom.

— Foi ideia do Henry, na verdade — falei. — Só mudei um pouquinho. Não posso levar o crédito todo.

John olhou em volta, para todas as várias Fúrias que ainda estavam no cemitério. Eu praticamente consegui ver o plano se formando na mente dele.

— Vai ser mais fácil atingir mais Fúrias à cavalo.

Eu não consegui definir se gostava do plano. Alastor e eu nos ajudamos, mas ainda assim formamos um par incerto, baseado principalmente na tristeza pela morte de John. Mas John estava vivo e bem. Engoli a saliva.

— Boa ideia — menti.

John assobiou, e Alastor veio que nem um relâmpago com uma Fúria presa na mandíbula pela gola da camisa. John balançou a cabeça, pois não gostou do que viu. Relutante, o cavalo largou o homem, que caiu ofegante na frente das patas gigantescas. Eu rapidamente bati nele com a ponta do chicote, e ele berrou de dor e se enroscou todo, mesmo que o diamante mal tenha tocado nele. A fumaça flutuou no ar, saindo da parte de trás da cabeça do homem. Alastor relinchou de alegria pela dor do homem. Era esse o tipo de cavalo que ele era.

— Muito bem — disse John com tom de admiração.

— Não foi nada — respondi.

— Sr. Liu? — chamou John.

O gigante gentil chegou perto, arrastando duas Fúrias pelas cabeças.

— Pois não?

John colocou Kayla, ainda chocada, ao lado dele enquanto eu tocava a ponta do chicote rapidamente nos dois reféns.

— Nós vamos dar um fim nisso. Você pode tomar conta dela?

O Sr. Liu largou as duas amigas Fúrias, que estavam tontas, e fez que sim para Kayla. Sua expressão, como sempre, era implacável.

— Será um prazer.

Kayla olhou para ele com os olhos inchados de tanto chorar.

— Vamos matar alguém.

— Matar? — O Sr. Liu balançou a cabeça. — Machucar é melhor.

Kayla deu de ombros.

— Tá bom.

John montou em Alastor, depois abaixou uma das mãos.

— Pisa na minha bota — disse ele quando segurei os seus dedos —, e empurra o corpo...

Eu dei uma olhada maligna em Alastor, que ele retribuiu, mas permitiu que eu subisse na cela na frente de John... certamente porque seu mestre estava logo ali, olhando.

Se eu soubesse que um dia estaria cavalgando no cavalo do senhor da morte no cemitério da Isla Huesos, chicoteando pessoas possuídas por Fúrias, eu provavelmente não teria escolhido usar um vestido. Mas as coisas nunca pareciam ir conforme planejado.

Não vou mentir e dizer que não tiveram partes divertidas. Foi difícil, e eu tive de me concentrar. Usar um chicote enquanto você está em cima de um animal em movimento não é tão fácil quanto eles fazem parecer nos filmes de caubói. Mas eu não estava tentando laçar gado, só estava tentando tocar Fúrias... que, tudo bem, eram alvos bem difíceis porque estavam fugindo de um cavalo infernal. Em vários momentos, errei a mira quando elas se mexeram e certamente acertei algumas no rosto. Não que eu ache que não mereciam, mas eu tive de me lembrar daquilo que o Sr. Smith ficou repetindo: que eram serem humanos possuídos por demônios que não sabiam o que estavam fazendo.

Talvez.

Nilo e Chloe e os outros logo entenderam o que estava acontecendo, então foi uma questão de encurralarem as

Fúrias em áreas onde Alastor pudesse alcançá-las. E tudo o que eu tinha de fazer era chicotear.

— Sabe, Pierce — disse John no meu ouvido. Seu braço estava segurando a minha cintura com força enquanto perseguíamos uma mulher com um uniforme do Outback. Ela estava fugindo de nós sem medo; seu olhar era tão morto e vazio quanto o das outras Fúrias. — Acho que estamos vencendo.

— Contra as Fúrias humanas, talvez sim — falei. Acertei a mulher, que caiu sem jeito e gemendo sobre uma pilha de coroas de flores. A fumaça saiu do seu ombro. — Mas não contra *eles*.

Olhei para cima. Os corvos ainda estavam acima de nós, gritando com raiva.

— Espera — disse John, e fez com que Alastor parasse. — Olha. Viu aquilo?

— O quê? — Fiz sombra nos meus olhos e olhei.

No começo, não vi nada. O sol estava claro demais, e o céu estava tão azul que doía. Era difícil ver qualquer outra coisa a não ser os Vs pretos que os corvos desenhavam. Mas então vi sobre o que John estava falando. Um flash branco voando no meio do bando negro.

— John — falei, e enterrei os dedos no seu braço. — É a...

Uma pomba gorda, toda branca, a não ser por algumas pontas negras nas asas e no rabo, veio do céu de repente e parou entre as orelhas de Alastor. O cavalo se assustou e deu uma fungada forte.

— Esperança! — gritei, e a peguei. O pássaro me deixou fazer carinho com a minha bochecha, arrulhando alegremente. — Meu Deus, Esperança, onde você estava?

Esperança apenas arrulhou mais, passando a cabeça na minha e bicando os meus cabelos — obviamente procurando comida.

— Não sei onde ela estava — disse John —, mas encontrou algumas amigas.

Ele apontou para cima. Agora havia Vs brancos no meio dos pretos. Primeiro, apenas alguns; depois, mais brancos do que pretos, e os brancos pareciam estar *lutando* contra os pretos. Os corvos, sendo atacados por uma força maior e superior, rapidamente desistiram, desaparecendo rapidamente.

No entanto, notei que os pássaros brancos não eram completamente brancos quando um deles passou perto o suficiente para que eu o analisasse. Eles eram...

— Pombos! — gritei, surpresa.

— Pombos de cemitério — corrigiu John. — Eu falei pra você. A Esperança é um pombo de cemitério. Eles podem ter várias cores.

A pomba que havia passado por mim era maior do que Esperança, e cinza... da mesma cor do meu diamante quando não havia Fúrias por perto. Cinza como os olhos de John. As pontas das asas e do rabo, contudo, eram pretas. Ela pousou, assim como Esperança, bem entre as orelhas de Alastor, mas como era bem mais pesada, o pouso não foi tão gracioso.

Alastor deu um relincho irritado e sacudiu a cabeça, tentando tirar o pássaro dali. Mas a pomba de cemitério estava determinada a se manter firme, e ali se segurou, arrulhando alto de um jeito que achei bastante masculino.

— Esperança — exclamei. — É o seu marido? Por isso você sumiu esse tempo todo? Você foi encontrar a sua família e trazer todo mundo aqui pra ajudar a gente a eliminar aqueles corvos malditos?

— OK — disse John, me abraçando mais forte —, agora você está conversando com pássaros. Acho que já matou Fúrias o suficiente pra um dia. Vamos pegar as que faltam e voltar pra casa...

— É claro que eu falo com a Esperança — respondi. — Você fala com o Alastor. E por que ele não seria o marido da Esperança? Foi você mesmo quem me disse que as pombas de cemitérios têm um parceiro para a vida inteira. Eu acho que a gente devia dar um nome pra ele. Qual nome você acha que seria bom pra...?

— Com licença — disse uma voz profunda e masculina atrás de nós. — Mas vocês dois se importariam em descer desse cavalo? Nós gostaríamos de ter uma conversa com vocês, se for possível.

Eu me virei e olhei para baixo. Era o comandante Santos. E ao lado dele estavam o meu pai e o meu primo Alex.

E ele, a mim: Vê, quando mais perto de nós
Estiverem; então implores a eles
Pelo amor que lhes guia, e eles virão.

DANTE ALIGHIERI, *Inferno*, Canto V.

— Patrick Reynolds — disse o comandante Santos, olhando para o bloco de anotações que tirou do cinto. — Diz aqui que ele está em situação estável depois de uma cirurgia em decorrência de um trauma na cabeça. Um vizinho o encontrou e chamou a ambulância.

O Sr. Smith cobriu o rosto com as mãos.

— Obrigada, meu Deus.

Coloquei uma das mãos sobre as costas do Sr. Smith. Estávamos todos reunidos na varanda do escritório do sacristão. Embora o teto e a parte de trás da casa tivessem sido esmagados pelo limoeiro espanhol, a frente dela parecia forte o suficiente, e a varanda oferecia um pedacinho raro de sombra. Apesar de ser fim de tarde, o sol ainda castigava como se estivéssemos... bem, em uma ilha na região subtropical.

— Foi o Mike — disse Kayla, com a voz tão fria quanto a garrafa de água que recebemos dos paramédicos que apareceram logo depois do comandante Santos e seus policiais. — O Mike fez isso.

O comandante Santos não teve de consultar o bloco de anotações.

— Já entendi, minha jovem — disse ele. — Nas primeiras cinco vezes que você falou.

— Só quero garantir.

Kayla não falou nada sobre Mike ter matado Frank porque John garantiu que "consertaria" ele. O Sr. Liu havia escondido o corpo de Frank na cripta do John para que a polícia não o encontrasse. Todos nós concordamos que era melhor não admitir para Kayla que John não fazia ideia de como "consertar" Frank.

Pensar em Frank deitado e morto naquela cripta fria e úmida me fez tremer. Imaginei como Kayla estaria se sentindo.

— As digitais dele foram encontradas pela casa inteira do Sr. Smith — disse o comandante Santos. — Temos as digitais arquivadas por causa de uma invasão de propriedade que ele cometeu há alguns anos. Na verdade, Mike tinha uma bela ficha na polícia.

— Achei que tivesse melhorado — disse o Sr. Smith com tristeza.

O comandante Santos deu uma risada sarcástica, como a de um policial experiente que não tinha muita esperança na humanidade. É claro que ele não sabia que a ilha onde trabalhava havia sido tomada por demônios do inferno, mesmo que tivesse se perguntado sobre o comportamento esquisito dos pássaros migrantes.

— Talvez seja bom checar se o DNA dele também estava na cena do crime da Jade Ortega — falei. — E o DNA do policial Poling também.

O comandante Santos me deu uma olhada séria.

— O que *você* sabe sobre o policial Poling?

— A minha filha não vai dar mais nenhuma informação — disse meu pai casualmente. Estava encostado no corrimão da varanda. — Só com a presença de advogados.

— Não precisamos de advogados — disse o comandante Santos com a calma de um perito, e virou uma página no bloco de anotações. — Ela não está sendo acusada de nada. Estou apenas curioso. O policial Poling morreu.

Arregalei os olhos.

— *Morreu?* O que aconteceu?

— Ele apontou a arma para um cidadão — disse o comandante Santos. Continuou olhando para o que estava escrevendo. — Fomos forçados a atirar.

Só então entendi por que demorou tanto para que os policiais chegassem no cemitério. A árvore não foi a única coisa bloqueando a rua.

— O cidadão era o homem com a motosserra? — perguntei, preocupada, embora tivesse quase certeza da resposta. — Ele se machucou?

— Sim, ele tinha uma motosserra mesmo, e não, não se machucou — disse o comandante olhando para mim. — Por quê? Você o conhecia?

Balancei a cabeça. Notando o meu desconforto, John me deu um abraço, e Esperança, ainda sentada sobre o meu ombro, cantarolou. O seu companheiro, que estava sobre um dos caibros do telhado da varanda, cantarolou de volta.

Por que o homem da motosserra, eu me perguntei novamente, arriscou a vida para me salvar, sendo que eu era totalmente estranha para ele? Não fazia sentido nenhum.

— Qual é a raça do cachorro mesmo? — perguntou o comandante Santos apontando para Tifão, que estava deitado na terra logo na base das escadas da varanda. Respirava de maneira ofegante, mesmo depois de receber uma tigela grande de água dos paramédicos.

— É um Bullmastiff — disse a Sra. Engle com alegria. Chloe fez carinho na cabeça dele, e Tifão agradeceu lambendo a perna dela.

O comandante Santos olhou para o cachorro, desconfiado.

— É — disse ele. — Eu já vi essa raça antes, e não eram assim. E também já vi você — disse ele, apontando para Chloe com uma caneta. — Você se parece com aquela menina que apareceu nos jornais, a menina cristã de Homestead que tinha aulas em casa e que disseram que deu um tiro no pai porque ele estava abusando dela.

Olhei para Chloe, horrorizada. E me lembrei do cara de calça cáqui com a mancha de sangue na frente da camisa — o que ficava dizendo que estava na fila errada, a fila para o inferno — e que conhecia Chloe.

Ele *realmente* conhecia Chloe. Foi ela quem o colocou naquela fila.

— Ah — disse Chloe para o comandante Santos, com um sorriso encantador. — Eu não tenho como ser aquela menina. Ela morreu na tempestade em um acidente horrível de carro.

— É — disse o comandante Santos abaixando a caneta. — Fiquei sabendo.

Notei que os pedaços de vidro não estavam mais no cabelo de Chloe, e que ela também havia limpado o sangue.

— Ah, coitadinha — disse a Sra. Engle, colocando uma das mãos sobre o ombro do Sr. Graves. — Que coisa terrível praquela menina.

— A situação me parece toda muito ruim — concordou o Sr. Graves.

— Mas fico feliz pela mãe dela estar finalmente livre — disse Chloe.

— Também estou feliz pela mãe daquela menina — disse Nilo, e segurou a mão de Chloe.

No meu ombro, Esperança arrulhou alegremente, mas eu estava pensando em outra menina, a filha de um dos vizinhos da minha mãe que estava vestindo a camiseta *Princesinha do Papai*. Eu me perguntei o que teria acontecido com ela. Procurei por Alex para perguntar. Estava com o meu pai e o comandante quando chegou, mas naquele momento parecia ter desaparecido.

— E quem são *vocês*? — indagou o comandante Santos. Olhou para o Sr. Liu e Henry. O Sr. Liu estava vestindo couro e era cheio de tatuagens, e Henry estava com seus sapatos de fivelas prateadas e sobretudo comprido do século XIX.

Assim que ouviu a pergunta, Henry abraçou o Sr. Liu e começou a chorar lágrimas de crocodilo.

— Papai — exclamou ele —, não deixa o policial me levar!

O Sr. Liu colocou a mão grande sobre a cabeça de Henry e fez carinho nos seus cabelos, que não estavam muito limpos.

— Ele é adotado — disse para o comandante Santos daquele jeito sucinto de sempre.

— Entendi — disse o comandante Santos, sem acreditar na cena nem por um segundo. — OK. A situação é a seguinte. Eu tenho um problema com isso tudo. E com vocês todos. — Fez um círculo no ar com a caneta que parecia incorporar o cemitério todo e todo mundo na varanda.

Todo mundo menos Alex, que ainda estava desaparecido. Torci para que ele não estivesse de cara emburrada em algum canto por causa do Nilo e da Chloe, que claramente estavam juntos.

— Eu e o meu pessoal viemos aqui porque ouvimos berros, e entendemos, segundo você, Sr. Oliviera, que a sua filha está em perigo. E o que encontramos? — perguntou o comandante Santos. — Encontramos a sua filha num cavalo com um garoto que ontem mesmo o senhor insistia que havia sequestrado ela, mas agora recebemos a notícia de que o senhor retirou a queixa...

— Foi tudo um mal-entendido — disse papai com um sorriso, abanando a mão. — Amo o menino como se fosse um filho.

John e meu pai trocaram sorrisos que não teriam convencido nem o policial mais inexperiente. Eu sabia que eles só estavam fazendo aquela cena por minha causa. O comandante Santos parecia totalmente incrédulo, mas continuou.

— E encontramos gente caída no chão do cemitério todo com machucados superficiais, outras com machucados bem mais sérios, e sem se lembrar do que vieram fazer no cemitério.

— Bem, *eu* posso responder isso — disse o Sr. Smith. — Eles estavam limpando as covas depois da tempestade, dando uma ajuda amável e muito necessária para manter o cemitério em ordem, mas o sol foi demais pra eles, e todos simplesmente tiveram uma crise de calor.

— Isso — disse o comandante Santos, olhando diretamente para o sacristão do cemitério — é um monte de palhaçada, e o senhor sabe disso. Crise de calor? Cinquenta a sessenta pessoas? Tudo dentro de poucas horas? Algumas pessoas têm concussões. Algumas levaram pancadas pesadas na cabeça. Algumas têm marcas de mordidas de cachorro. Algumas têm mordidas de *cavalo*. Outras foram mordidas por humanos. *Todas* têm uma marca de queimadura pequena num formato estranho que se parece com a queimadura que uma das minhas policiais recebeu no Festival do Caixão, algumas noites atrás. Eu quero a verdade, agora. Nenhuma dessas pessoas pode ser chamada de cidadãos exemplares (com o seu perdão, Sr. Oliviera, porque sei que uma delas é sua sogra), mas, com exceção daquele pilantra, o Mike, nenhuma delas é suspeita de assassinato. Então quero que você seja honesto comigo. O que foi que aconteceu aqui?

O Sr. Smith uniu suas mãos em uma posição que eu reconhecia. Estava se preparando para dar uma palestra.

— Vou dizer o que aconteceu, comandante Santos — disse o sacristão do cemitério. — O que aconteceu hoje foi a vitória das Moiras sobre as Fúrias.

— *O quê?* — disse o comandante Santos.

Eu também fiquei sem entender.

— É muito simples — disse o Sr. Smith. — Na vida cotidiana, recebemos escolhas. Fazer a coisa certa, não fazer nada, ou fazer a coisa errada. Com muita frequência, as pessoas escolhem não fazer nada. E tudo bem. É mais fácil. Às vezes, é difícil distinguir o certo do errado. Mas, de vez em quando, algumas pessoas escolhem sair das suas atividades cotidianas para fazer a coisa certa... como o rapaz com a motosserra, Pierce.

Senti um grande peso saindo dos meus ombros. De repente, passei a entender.

— Ele era uma Moira — falei. — Todas aquelas pessoas tentando me ajudar hoje... o cara da motosserra, a mulher na guarita, e até e menininha. Eram Moiras.

— Isso — disse o Sr. Smith. — Exatamente. As Moiras são pessoas, qualquer pessoa, que escolhem o lado do bem. Se um número suficiente de pessoas escolher se deslocar um pouco para ajudar outra pessoa, o espírito da bondade acaba vencendo a escuridão, da mesma forma que os raios de sol irrompem das nuvens depois de uma tempestade e permite que mais atos de gentileza aconteçam. A minha esperança sempre foi a de que um dia a bondade prevaleça, e então não haverá mais Fúrias para destruirmos.

John ficou olhando para o Sr. Smith sem acreditar. Parecia tão cansado quanto o comandante Santos, mas à sua maneira. Eles dois tinham mais coisas em comum do que deviam perceber, visto que cada um já havia testemunhado uma boa quantidade de situações difíceis; John passou por elas, e o comandante Santos as colocava atrás das grades.

— Também espero por isso — falei. Queria acreditar na versão das Moiras que o Sr. Smith deu, mesmo que não fosse verdade.

Chloe apenas deu um suspiro feliz e colocou a cabeça no ombro de Nilo.

— Eu também. Essa história me lembra de anjos. Queria que ele contasse de novo.

— *Não* conta de novo — disse o comandante Santos, irritado. — Alguma coisa aconteceu neste cemitério hoje. Tem sempre alguma coisa acontecendo neste cemitério, não tem? Não apenas na Semana do Caixão, mas o tempo todo. Não faz diferença se trancamos os portões; tem sempre alguma coisa acontecendo aqui. E ninguém nunca fala sobre o assunto. Tem alguma coisa errada nesta *ilha*, e ninguém me diz o que é. Bem, estou falando pra vocês que, seja o que for — ele apontou para o chão para dar ênfase —, acabou *aqui*.

— Comandante Santos. — O meu pai se afastou do corrimão, celular em mãos. — Minha esposa está no telefone. Quer falar com o senhor.

Certamente, fui a única a perceber que ele disse *esposa*, e não *ex-esposa* — e a única cujo coração deu um salto de alegria.

O comandante Santos olhou para o meu pai como se ele fosse louco.

— *O quê?*

— A minha esposa — disse papai, mostrando o celular para o comandante. — Ela quer contar alguma coisa pro senhor. É sobre o que há de errado com esta ilha. Tem a ver com Nate Rector e as casas de luxo que ele está construindo em Reef Key. Tem a ver com ossos.

Eu respirei fundo e procurei Alex, mas ele ainda estava fora de vista.

— Ossos? — O comandante Santos parecia estar começando a desenvolver uma úlcera. — O senhor pode dizer para a sua esposa que ligo pra ela mais tarde? Não tenho tempo pra falar sobre ossos agora.

— Na verdade, comandante — disse meu pai com a voz fria como gelo —, acho que o senhor tem tempo, sim. A minha esposa é uma especialista. Ela tem um doutorado e conhece pessoas bem importantes. — Se ele falasse *esposa* de novo, o meu coração certamente voaria para fora do meu peito e pararia do lado do companheiro da Esperança. — Eles estão vindo do Instituto Smithsonian, em Washington, D. C., pra ver esses ossos. Acho que são ossos bem velhos, e Nate Rector fez as casas bem em cima deles. O pessoal de Washington está bem preocupado...

O comandante Santos pegou o celular do meu pai, e o segurou como se fosse levar um choque.

— Claro — disse ele. — Eu falo com ela com todo prazer. — A expressão dele indicava o contrário.

Ele e o meu pai começaram a descer da varanda até o carro do comandante Santos. A última coisa que o comandante falou antes de atender a ligação foi para John.

— Vocês. — Ele apontou para John e Alastor, que estava preso à cerca da varanda. — Ter um cavalo, ou cavalgar, é uma violação dentro dos limites da cidade, a não ser, é claro, que você seja da guarda montada. — Olhou para John com raiva. — E isso você não é, garoto.

John fez que sim com a cabeça.

— Eu sei, senhor. Não vai mais acontecer.

— Melhor não acontecer mesmo — disse ele. Colocou o celular ao lado da orelha. — Sra. Cabrero? Alô, sim, sou eu, comandante Santos. Sim, eu estava agora mesmo com a sua filha. Ela está bem. A sua mãe? Sim, senhora, ela foi levada pro hospital pra ficar sob observação... ela e mais várias outras pessoas. Não, não, ela vai ficar bem, tinha machucados superficiais na garganta, um braço quebrado, uma marca de queimadura e parecia um pouco confusa. Bem, pelo que eu entendi, senhora, foi tudo por causa de — ele se virou quando chegou no portão do cemitério e deu uma olhada mortífera no Sr. Smith — uma crise de calor. Mas o seu marido estava me falando sobre ossos? É isso mesmo? Estou muito interessado em falar com o Sr. Rector sobre isso. Vamos fazer o seguinte, eu vou passar na casa dele e buscá-lo agora mesmo.

Assim que ele saiu de vista, Chloe caiu na gargalhada.

— Meu deus do Céu — disse ela. — Tive certeza de que desta vez eu ia ser pega!

— Você *matou o seu pai?* — disse Kayla. Esteve em silêncio durante toda a conversa na varanda... o que era compreensível. As Moiras venceram aquela batalha, mas era difícil cantar vitória quando havíamos perdido Frank, embora nenhum de nós tivesse a coragem de admitir isso para Kayla. Talvez ela estivesse começando a se dar conta disso, de alguma maneira.

A risada de Chloe logo desapareceu.

— Eu sei que é um pecado — disse ela. — A Bíblia diz que aqueles que ferem seus pais e mães deverão morrer. Mas eu *realmente* morri por causa do que fiz. Então talvez um dia o Senhor me perdoe.

Kayla e eu nos entreolhamos. Aquela lógica devia fazer sentido para Chloe, embora eu não achasse que fazia sentido que ela morresse por ter defendido a mãe.

— Achei que você tivesse esperado a vida toda pra ir pro paraíso — falei para ela com cuidado.

— Como é que você sabe que isto não é o paraíso? — perguntou Chloe, bem séria.

— Por que pessoas inocentes como Frank morrem aqui — disse Kayla. — Duvido muito que isso aconteça no paraíso.

Fiz que sim com a cabeça.

— Falando sério. — Eu não queria que Chloe se arrependesse da sua decisão, principalmente porque não havia nada que ela pudesse fazer para voltar atrás. Mas queria que ela entendesse as consequências... o que me fez sentir um pouco como John. — O Mundo Inferior não é o paraíso.

— Eu sei disso — disse Chloe. — Mas talvez eu me sinta do mesmo jeito que aquele velhinho falou... sinto que quero fazer coisas pra ajudar as pessoas. Eu não acho que dá pra fazer isso no paraíso.

— Velhinho? — O Sr. Smith estava ao telefone, provavelmente falando com o hospital para ver o estado de Patrick, mas interrompeu a ligação e olhou para Chloe, escandalizado. — Essa menina acabou de me chamar de velhinho?

— Ah, não. Ela estava falando sobre o Sr. Graves — menti para ele.

Ele assentiu e voltou à ligação, mas eu não achei que ele tivesse acreditado em mim.

— No Mundo Inferior, eu vou ajudar as pessoas, e pra mim isso parece um paraíso — disse Chloe distraidamente.

Kayla ficou olhando para ela.

— Sabe de uma coisa? — disse ela. — Eu meio que entendo o que ela tá falando. A diferença é que quero ajudar as pessoas a terem cabelos mais bonitos.

— Bem — falei para Chloe. — Que bom. Porque o Mundo Inferior é a sua casa agora. É onde todos nós vamos morar agora, pelo menos 70% do tempo.

— Cem por cento do tempo — disse John.

— Mas somos tantos agora — falei. — Eu estava pensando que talvez dê pra gente fazer uma escala na organização das almas.

— Eu não sei o que escala significa — disse John.

— Uma escala no Mundo Inferior da Isla Huesos — disse Nilo. — Isso pra mim é um paraíso. "A areia quente se tornará um lago" — citou Nilo — "e a terra seca, fontes de água: onde outrora habitavam chacais, será agora como o *Nilo*, com relva e junco".

A Sra. Engle, impressionada, começou a bater palmas.

— Nossa, que lindo — disse ela. — E muito bem recitado. Isaías?

— Exatamente — disse Nilo, e piscou um dos olhos. Chloe suspirou de novo e o abraçou. Nilo olhou para mim e falou, por cima da cabeça dela: — Meu pai é um pastor.

Revirei os olhos, percebendo que Alex jamais teria chances com Chloe.

O engraçado foi que, no momento em que pensei nisso, ouvi Alex me chamando. Quando me virei, ele estava subindo na varanda.

— Cadê a Kayla? — perguntou ele.

— Bem aqui — respondi. Kayla, que estava sentada ao meu lado, levantou-se. — Onde você esteve esse tempo todo?

— Ocupado — disse Alex, e apontou para trás com o dedão. — Tenho um pacote pra ela.

Frank veio andando atrás de Alex, tirando a poeira da calça e não parecendo muito feliz.

— Alguém tem álcool? — perguntou ele. — Morrer dá muita sede.

Ó, felicidade! Ó, gratidão inexpressível!
Ó, vida perfeita de amor e paz!
DANTE ALIGHIERI, *Paraíso*, Canto XXVII.

Tudo pode acontecer em um piscar de olhos.
Um. Dois. Três.
Pisque.
Uma menina conhece um menino, cheio de tristeza e desejo. O menino a leva para outro mundo, um mundo obscuro de onde ela não tem como escapar.

Vocês não precisam se preocupar com essa menina, no entanto, porque ela sabe que *há* uma maneira de escapar, uma maneira de quebrar a maldição, de deixar o sol iluminar esse mundo...

...ou de pelo menos fazer com que o menino tenha férias de vez em quando.

O Sr. Graves tinha razão. Havia, *sim*, uma pestilência causando desequilíbrio no Mundo Inferior. Mas estava enganado quanto à causa. Suspeitava que a pestilência estivesse sendo causada pelo fato de John e outros habitantes permanentes no Mundo Inferior estarem passando muito tempo fora do reino dos mortos.

E, embora o Mundo Inferior certamente não pudesse funcionar direito sem que ninguém atendesse às necessidades dos mortos, sair do Mundo Inferior por muito tempo não era a causa do desequilíbrio.

A causa desse desequilíbrio era Alex. Nenhum de nós se deu conta — muito menos Alex —, até que libertei Tânato da sua prisão dentro do corpo de Seth Rector e ele encontrar um novo lar dentro do corpo de Alex.

— Eu realmente acho que ele gosta de mim — informou Alex com alegria conforme testemunhávamos o reencontro emocionante de Kayla e Frank na frente do escritório do Sr. Smith. — Olha o que eu posso fazer agora.

Alex pegou um coco e deu um chute nele. A fruta pareceu desaparecer na estratosfera. Se Alex estivesse interessado em continuar o Ensino Médio — o que não era o caso —, seria extremamente bem-vindo no time de futebol da Isla Huesos, em vez de ser ridicularizado por eles.

— Eu posso fazer isso — disse John, nada impressionado.

— Bem — respondeu Alex. — Eu posso matar você com um toque. Será melhor eu fazer isso, então?

— E como você descobriu que tinha esse controle impressionante sobre a vida e a morte? — perguntou o Sr. Graves.

— Bem — explicou Alex —, depois que eu levei aquela menininha pra mãe dela, que, falando nisso, me agradeceu mil vezes, eu estava seguindo os policiais que estavam atrás da Pierce. Vi todos eles parando porque aquele policial maluco pegou a arma e ia dar um tiro num cara com uma motosserra. E eu senti uma vontade louca de chegar perto daquele policial e de tirar a alma de dentro dele. Eu sinceramente não sei explicar de outra forma. — Ele deu um gole na garrafa de água que estava segurando. — Então foi o que eu fiz.

— Você tirou a alma de um homem de dentro do corpo dele? — perguntei devagar.

— Isso — disse Alex, dando de ombros. — Foi fácil. Foi aí que percebi que tinha aquele carinha morto vivendo dentro de mim. E falando sério, gente: nunca na vida me senti melhor.

Acho que todos nós ficamos estupefatos, exceto por Chloe, que disse:

— Bem, eu acho que faz sentido. Afinal de contas, o seu nome significa protetor dos homens. E quem é mais protetor dos homens do que aquele que leva o doce alívio da morte?

Frank, John, o Sr. Liu e eu demos uma olhada amarga para ela. Chloe continuou falando rapidamente.

— Fora, é claro, alguém que leva as almas das pessoas para o seu destino final. Esse trabalho também é muito importante. E é claro que quem morrer antes do tempo não vai achar que você é tão protetor assim, Alex.

— É — disse Alex, concordando. — Vou ter que dar um jeito nisso. Mas acho que é uma habilidade boa de se ter, sabe, em emergência. Não consigo acreditar que Tânato passou tanto tempo no corpo do Seth. Até *ele* deve ter achado que Seth é um imbecil. Mas era uma tradição dos Rector ter Tânato no corpo do homem mais jovem, então...

Meus olhos se arregalaram.

— Então os Rector sabiam?

— Eles têm que saber — respondeu Alex, e deu os ombros de novo. — Como é que se explica aquele mausoléu horrendo deles e a estátua de Hades e Perséfone?

— Mau gosto? — sugeriu Kayla.

— Não — falei. Balancei a cabeça e me lembrei das camisas de Seth. — Era mais do que isso. Eles sabiam *alguma coisa*. Tinham orgulho dessa coisa. Mas não entendiam exatamente quem o Tânato era. E não conseguiam controlar ele. Foi isso que causou a queda.

— Exatamente — disse Alex. — Eu acho que Tânato ficou realmente feliz quando você libertou ele, Pierce... Quer dizer, *mais tarde*, depois que ele pensou melhor. Ser um Rector não era bom pra ele. Ele ficava de mau humor. Foi por isso que me escolheu. Sou bem mais gente boa do que o Seth.

— E mais modesto também — adicionei com ironia. — Então cadê a alma do policial Poling agora?

— Ah — disse Alex levantando os ombros. — Ele está no Mundo Inferior. É responsabilidade de vocês agora. Não quero nada com ele. Aquele cara é realmente um babaca, mesmo sem uma Fúria dentro dele. Você sabe que ele matou a Jade, não sabe? Ele e aquele Mike acharam que era você, Pierce. Eu esganei a verdade de dentro dele; quer dizer, da alma dele. Fiz até com que ele tossisse onde escondeu a arma do crime. É uma chave inglesa, parte do material do Mike.

— Parte do material do cemitério — interrompeu o Sr. Smith. — O Mike deixa as ferramentas no casebre atrás do meu escritório.

— O Poling disse que Mike jogou a chave inglesa no mar.

— Se eu der queixa do sumiço da chave — disse o Sr. Smith — e sugerir que a polícia interrogue o Mike, tenho certeza de que ele vai tentar fazer um acordo rapidinho.

Alex ficou aliviado.

— Isso alivia o meu pai, então. Enfim, depois que eu me toquei de que era o Tânato, falei com o seu pai e os policiais e tal, ouvi que o Frank estava morto, aí fui na cripta e ressuscitei ele. Senti como se fosse natural, como se soubesse como fazer isso... ou como se fosse destinado, sei lá.

Eu entendia. Foi o mesmo que senti quando finalmente percebi como o colar de Perséfone e o chicote que o Sr. Liu havia me dado se encaixavam. Como se finalmente tivesse encontrado o meu lugar no mundo, o meu destino, por mais que fosse estranho.

Alex olhou ao redor.

— Tem alguma coisa pra comer? Estou *morrendo de fome*.

* * *

O Sr. Smith estava certo. Realmente precisamos de uma tempestade de vez em quando, porque elas varrem as ervas daninhas para que o sol possa iluminar as flores que não teriam como florescer.

O comandante Santos acabou prendendo Mike pelo assassinato de Jade Ortega e por tentativa de assassinato contra Patrick Reynolds. Depois que a chave inglesa desaparecida foi encontrada no fundo do oceano, Mike negociou a prisão perpétua para escapar da pena de morte. Todas as acusações contra tio Chris foram retiradas.

Seth Rector, que assassinou Alex, teve um pouco mais de sorte. Não havia provas do assassinato, visto que não havia corpo... Alex ainda estava vivo. Sendo assim, Seth não pôde ser julgado por *esse* crime.

No entanto, e isso foi muito estranho, o comandante Santos acabou encontrando mais de uma dúzia de moedas espanholas de ouro do século XVIII (que valiam mais de dez mil dólares cada) em uma bolsa preta de veludo no armário do Seth durante uma investigação na escola de Isla Huesos.

Seth, completamente chocado, disse nunca ter visto aquelas moedas na vida, e não fazer ideia de onde vinham. Conforme era levado pela escola, algemado, Seth viu John Hayden inclinado casualmente sobre uma das mesas da lanchonete externa, braços cruzados na frente do peito. Quando Seth passou por ele, John franziu os olhos e mostrou o dedo do meio. *Que vergonha.*

Seth começou a berrar que era um blefe "armado pela Pierce Oliviera e por aquele namorado anormal dela".

O comandante Santos sugeriu que ele guardasse as acusações para os advogados do pai.

Mas esses advogados estavam bastante ocupados, considerando que Nate Rector estava lidando com acusações por inúmeros atos criminosos, incluindo a destruição intencional de um território que já se sabia ser um cemitério indígena, liquidação imprópria de restos humanos, profanação de um cemitério, danos a descobertas arqueológicas historicamente significativas e enganação proposital dos investidores do Resort de Luxo de Reef Key por meio de ofuscação enganosa, falta de transparência e quebra de responsabilidade fiduciária.

Isso tudo significava que os Rector estavam falidos, e também que Reef Key provavelmente retornaria a ser o santuário de colheiros rosados e o mangue do qual a minha mãe sempre se lembrava com tanto carinho.

Visto que o Sr. Rector enganou não apenas os seus investidores, mas também o seu sócio, o pai de Farah acabou não sendo alvo das várias acusações contra a construção de Reef Key. Isso foi bom porque eu passei a gostar da Farah. Depois que Kayla voltou para a escola, ela me disse que Farah continuou sendo amigável, e que parou de andar com Serena, Nicole e os Destruidores do Rector, que, no final das contas, acabou se desmantelando depois que Seth foi para a cadeia por roubo). Todos os dias, Farah almoçava com Kayla — que estava determinada a se formar um semestre antes para fazer a faculdade de cosméticos e abrir a Salvem-se —, e passou a achar que a faculdade comunitária não era tão ruim assim. Bryce também se matricular ali, e o pai dele era dono de quase todos os bares do centro, além de ter um avião particular.

— Eu posso fazer compras em Miami sempre que quiser — disse Farah. — O Bryce tem o American Express Platinum. Seth nem tinha isso.

Fiquei feliz em saber que as coisas estavam indo tão bem. Talvez o Sr. Smith estivesse certo... não apenas quanto às tempestades serem boas de vez em quando, mas sobre as Moiras serem pequenos atos de bondade feitos por pessoas aleatórias. Isso certamente melhorou a qualidade de vida no Mundo Inferior.

Ser a consorte de John — e prima da personificação da morte — tem seus desafios. As pessoas podem resistir às mudanças, mesmo sendo positivas. Eu entendia que, para uma pessoa que passou mais de um século e meio morando em um castelo subterrâneo e que passava o dia organizando pessoas em barcos, passar alguns meses, semanas, ou mesmo dias, acima do solo com pessoas vivas podia ser uma ideia meio aterrorizante.

Quando você é uma flor e de repente a erva daninha que lhe protege vai embora, encarar a luz do sol pela primeira vez pode assustar.

Talvez por isso — depois que as coisas se ajeitaram e ficou claro que não havia nenhum perigo *iminente* de Fúrias, embora fosse impossível se livrar delas *completamente* — John tenha pirado quando sugeri a ideia de sairmos de férias.

Expliquei para ele sobre divisão de trabalho, e falei que isso é vital para o sucesso e a felicidade de um emprego, e que todos seriam bem mais saudáveis — e se dariam muito melhor uns com os outros — se tivessem um descanso do Mundo Inferior *de vez em quando*. Frank sempre pedia uma folga para jantar com Kayla na Isla Huesos — e às vezes pedia o fim de semana inteiro, o John concordava com prazer. Por que eu e ele não podíamos fazer o mesmo?

— É diferente — disse John.

— Por quê? — perguntei.

— Por causa da sua avó.

Eu estava preparada para esse argumento.

— Você sabe que o meu pai não permite que ela entre em casa por causa do que ela fez — falei —, apesar de ela não se lembrar de nada. E mamãe também não quer saber dela. Parece que, mesmo sem estar possuída por uma Fúria, a vovó tem uma personalidade não muito legal. Ela só quer ir pra igreja e ficar criticando as pessoas. Não faço ideia de como o meu avô de casou com ela — adicionei com um suspiro. — Ela deve ter sido bonita no passado.

— Ela é fraca e negativa — disse John. — Por isso foi tão fácil para uma Fúria possuí-la. E, pelo mesmo motivo, uma

Fúria pode muito bem possuí-la de novo. E o seu tio, que não sabe nada sobre nada disso, ainda vive com ela.

— Não por muito tempo — falei, defensiva. — O tio Chris vai se mudar.

— Vai?

— Sim, não se lembra que contei pra você? Meu pai comprou aquele barco pra ele, e ele começou a empresa de pesca. Agora que juntou aquele dinheiro todo, vai comprar uma casa própria porque também não aguenta a vovó. E, além disso, Alex foi pro internato...

A desculpa que Alex deu para não morar mais em casa foi que conseguiu uma bolsa em um internato muito prestigioso... na verdade, o mesmo para onde meu pai sempre ameaçou me mandar.

Alex só via o pai quando voltava do "internato", nas férias e entre semestres. E, quando voltava, passava quase o tempo todo trabalhando no barco com o pai. Nunca vi os dois tão felizes.

Meu pai ficou feliz em facilitar a mentira de Alex. Achou a aventura com John — o teletransporte para pegar os barcos, a visita ao Mundo Inferior, e até descobrir que o namorado da filha tinha poderes sobrenaturais — extremamente animador.

O único problema era que sempre que ele via John, papai queria ser teletransportado para algum lugar, como Paris, mesmo que fosse apenas por alguns segundos, só de brincadeira. Não entendia por que John não queria participar com ele dessa aventura de teletransporte — ou de ressuscitar pessoas.

— Se você ressuscitasse só os animais de estimação das pessoas — insistiu ele — já faríamos bilhões.

Talvez esse fosse outro motivo para que John não ficasse tão animado para sair do Mundo Inferior, principalmente se fosse para visitar os meus pais, embora ele fosse educado demais para me dizer isso. Mencionou medo de Fúrias como a razão principal, e o fato de termos muitas responsabilidades enquanto rei e rainha do Mundo Inferior para simplesmente sairmos quando quiséssemos.

Primeiro, o Sr. Graves não aprovou a saída de ninguém, por motivo algum, mas conforme o tempo foi passando e nada novo aconteceu, ele não teve como protestar; o reino dos mortos retornou ao normal: quente, com refeições deliciosas que apareciam na mesa do jantar três vezes ao dia — cortesia das Moiras — e novos quartos e alas, que foram aparecendo no castelo como se fosse mágica... uma capela para Chloe, uma academia para Nilo, uma biblioteca para a Sra. Engle e uma sala de jogos "irada" para Alex, com todos os tipos imagináveis de videogames. A única coisa que o Sr. Graves falou certa noite quando parou à porta da sala e ficou assistindo, com sua visão completamente recuperada, Alex e Nilo explicando os detalhes de *Call of Duty* para Henry, Sr. Liu e Frank, foi:

— Estamos amaldiçoados.

— Anime-se — disse a Sra. Engle para ele. — É melhor do que as Fúrias.

— Será? — O Sr. Graves não tinha tanta certeza.

A Sra. Engle riu e o abraçou. Havia flores florescendo em todos os cantos depois da tempestade, até nos lugares mais inesperados.

Dava para ouvir o som das explosões da TV pelo castelo inteiro, mas John e eu não ouvíamos nada na privacidade do nosso quarto, que felizmente não tivemos de dividir com mais ninguém, visto que as Moiras foram generosas e deram um quarto para cada pessoa.

Mesmo assim, conforme os dias após a tempestade viraram semanas e as semanas viraram meses, percebi que, apesar de sentir mais felicidade do que jamais sonhei em sentir vivendo no Mundo Inferior e fazendo um trabalho que eu de fato apreciava e achava significativo, eu sentia falta de... alguma coisa.

Não da escola, é claro, visto que, ao contrário de Kayla, eu não tinha um objetivo fora do reino dos mortos pelo qual me esforçar (Frank virou o investidor principal do Salvem-se, mas eu sabia que, quando chegasse a hora, eu também investiria no projeto).

E também não era do sol porque, sempre que eu queria, saía pela porta no topo das escadarias duplas — as mesmas por onde um dia fugi tão loucamente — e dava uma caminhada pelo cemitério da Isla Huesos (mas eu quase nunca mencionava isso para John, que definitivamente não aprovaria, embora eu sempre levasse o chicote).

Reclamar parecia ingratidão; eu sentia tanta felicidade, e havia tantas pessoas no mundo que ficariam felizes com um mero pedaço daquilo tudo. Mas eu não tinha como evitar o desejo de querer passar mais tempo com os meus pais, agora que haviam voltado a ter um relacionamento.

A impressão que dava era a de que sempre que eu e meus pais começávamos a relaxar e curtir a companhia um do outro, era hora de eu voltar ao Mundo Inferior.

Eu entendi por que John não queria voltar para Dolphin Key. Aconteceu mais de uma vez de o comandante Santos aparecer na casa dos meus pais para uma "visita" espontânea, coincidindo com uma visita que eu e John estávamos fazendo. Será que estaria vigiando a casa... ou John? O comandante não era burro. Não acreditou em nada do que falamos para ele no cemitério. Sabia que tinha alguma coisa errada e estava determinado a desvendar tudo... algum dia.

E não estava errado. Desde que conheci John, nossas vidas permaneceram em um perigo perpétuo, e muito disso veio de um único membro da minha família — que não parecia interessada em compensar nada. Ouvi dizer que a queimadura que o meu diamante fez na pele da minha avó deixou uma cicatriz permanente.

Mas vovó não conseguia se lembrar — ou fingia não conseguir — de como adquiriu aquela cicatriz. Parecia se lembrar muito pouco de eventos que ocorreram quando estava possuída. Chegou até a se mostrar questionável em termos de ética de trabalho, visto que o Loucos por Costura começou a quebrar financeiramente. E isso aconteceu em parte porque o companheiro do Sr. Smith, Patrick, parou de comprar produtos de costura com ela.

Vovó começou a reclamar, dizendo que, se as coisas não melhorassem, ela teria de fechar a loja e se mudar.

— Boa sorte — disse meu pai.

Pelo visto, o que ele sempre dizia sobre perdoar e esquecer não se aplicava a pessoas que haviam tentado matar a sua filha.

A única pessoa que ofereceu ajuda foi uma prima distante em Tampa, que mandou um informativo para a vovó sobre uma comunidade de cuidadores criada pela igreja. Vovó ficou encantada com a ideia, vendeu a casa e o Loucos por Costura, e saiu da Isla Huesos — outra erva daninha que a tempestade eliminou.

Isso foi bom para tudo mundo, exceto para John, que ainda não acreditava que havia terminado.

— Mesmo depois que ela morrer e for enterrada — disse ele —, ainda acho que o espírito pode voltar e tentar machucar você de novo.

Patrick, por outro lado, recuperou-se completamente. O Sr. Smith me contava detalhes quando eu o encontrava no cemitério, que passei a visitar com mais frequência conforme os dias foram ficando mais frios com a chegada do inverno (embora o inverno da Isla Huesos só fizesse com que a temperatura ficasse um pouco abaixo de 20 graus).

— Achei que você teria memórias ruins deste lugar — disse o Sr. Smith ao meu lado certa vez durante o pôr do sol.

— Não tenho — falei, alegre. — Este lugar pra mim é lindo e tranquilo. — Estávamos perto da cripta de John, cujo telhado havia sido consertado. Os galhos da árvore de flores vermelhas estavam vazios, mas não tinha problema. As pessoas me garantiram que voltariam a florescer na primavera. — Talvez seja porque é onde conheci John.

— Estranho — disse o Sr. Smith. — Eu me lembro de uma época em que você não gostava tanto dele quanto agora.

— Eu me lembro de uma época em que o senhor também não gostava tanto de mim — falei, brincando.

— Essa época nunca existiu — disse o Sr. Smith. — E conheço outra pessoa que gosta de você. O Patrick. Pergunta sobre você sempre. Quer que eu convide você e o John pra jantar. É claro que não entende...

O Sr. Smith, muito delicadamente, evitou mencionar o que Patrick não entendia — que eu e John éramos a realeza do Mundo Inferior e não podíamos sair para comer como pessoas normais. E também que Patrick fora atingido pelas costas, sendo portanto incapaz de identificar os seus agressores — um dos quais podia muito bem ser minha avó. A polícia encontrou mais um conjunto de impressões digitais na cena da agressão, mas nunca conseguiram identificá-las.

— O Patrick vive lembrando que você nunca provou os tacos de lagosta que ele faz — disse o Sr. Smith.

Isso tocou o meu coração. Eu queria muito voltar à casa deles e curtir a hospitalidade festiva, comer os tacos de lagosta que nunca provei. *Por que não podemos?*, eu me perguntei. A tempestade havia passado. O sol estava brilhando. Por que ainda nos escondíamos?

Fiz essas perguntas para John mais tarde naquela mesma noite. Estávamos deitados na cama em frente às chamas da lareira.

— Eu sei que, claro, não seria boa ideia sair do Mundo Inferior durante meses e meses — falei — porque senão você vai virar um homem de 600 anos de idade...

Ele ignorou a minha tentativa de humor.

"Mas alguns dias e algumas noites de vez em quando... que mal faria? O Sr. Liu e o Sr. Graves, agora que pode enxergar, com certeza conseguiriam cuidar das coisas aqui por uma noite ou duas. Não estou dizendo que seria boa ideia deixar o Nilo ou a Chloe no comando (Deus me livre), ou Frank e Henry, mas a Sra. Engle tem uma boa influência sobre todo mundo. Até o Alex... bem, eu não confiaria nele para tomar conta da minha pomba, e o Alastor comeria ele vivo, mas com certeza dá pra controlar ele e impedir que não queime o castelo inteiro. E nós dois também podemos tomar conta das coisas se *eles* quiserem sair um pouco, que nem a gente faz quando o Frank quer ir visitar a Kayla. Falando nela, deve ter algum motivo pro meu colar ainda ficar roxo perto dela, mesmo que ela não esteja mais em perigo. Talvez ela deva ser a minha ajudante. Talvez a gente consiga trazer ela pra me ajudar algumas noites."

John abaixou o livro que estava lendo.

— Desculpa — disse ele. — Você estava falando comigo?

— Eu sei que você estava ouvindo — falei com raiva, então peguei o livro e o joguei na cama. — Não tem como você estar lendo isso. Você estava segurando o livro de cabeça pra baixo.

Ele riu e me abraçou.

— Como é que eu posso ler quando você está perto de mim? A sua beleza é muita distração pra qualquer homem se concentrar.

— Não tenta sair dessa fazendo elogios — falei. — Até Perséfone tinha seis meses de férias do Mundo Inferior por ano.

— É isso que você quer? — perguntou ele, e se afastou, magoado. — Seis meses longe de mim por ano?

— Não — exclamei, e me arrependi das palavras que usei. Às vezes era difícil lembrar que, embora fosse o grande mestre daquele castelo, uma parte dele ainda era aquela besta ferida que me levou tanto tempo para domar. Eu achava que as feridas que as Fúrias, e que eu também, sem querer, deixaram nele no passado jamais se curariam por completo. — É claro que não.

— Bem, o que você quer que eu ache? — perguntou. — Você não se casa comigo, e só fala que quer ir embora. Não pense que não sei dos seus passeios pelo cemitério...

— Não é pra ficar longe *de você*. É pra ficar longe *com você*. Pra gente viver uma vida normal embaixo do sol, só um pouquinho.

— Pessoas normais se casam — disse ele, erguendo uma das sobrancelhas escuras.

— Pessoas normais têm casas normais embaixo do céu — falei. — E não castelos no Mundo Inferior.

Ele pensou nisso por um instante.

— A gente podia fazer os dois — sugeriu, finalmente.

Prendi a respiração.

— Tá falando sério?

Ele fez que sim com a cabeça.

— Não vejo por que não. A gente pode construir uma casinha e ficar nela de vez em quando. *Não tão perto da casa da sua mãe* — adicionou, preocupado, quando viu o meu rosto se iluminando. — Não quero morar nem perto do seu pai. E você tem que saber, Pierce, que sua avó jamais vai passar pela porta da nossa casa.

— Não, é claro que não. Ai, John, eu sei qual é o lugar perfeito. — Eu me sentei tão rapidamente que Esperança, que estava na ponta da cama, abriu as asas. Ela assustou o companheiro, que batizamos de Coragem; assim, tínhamos Esperança e Coragem sempre por perto. — O Sr. Smith mora em um prédio vitoriano muito lindo no centro. Todos os apartamentos tem vista para um lago nos fundos, com um jardim lindo. Fica na parte mais alta da ilha, e quando tem tempestade, eles fazem festas do furacão e o Patrick faz tacos de lagosta. A gente pode pegar um lugar ali. Como vamos ficar só de vez em quando, não precisa ser grande. E de cara vamos ter vizinhos que já conhecemos.

John sorriu para mim e levantou a mão para tirar uma mecha de cabelo que havia caído sobre o meu rosto.

— É isso o que você quer?

— Acho que seria muito bom — falei. Não queria revelar o quanto desejava isso, caso não desse certo. Eu sabia que não havia nada que ele não fizesse por mim, fora permitir que eu me machucasse, e que seria complicado, talvez impossível para um jovem sem crédito bancário nenhum conseguir comprar um apartamento. — O meu pai pode emprestar o dinheiro.

Eu sabia que John jamais aceitaria ajuda do meu pai. Ele insistiu em pagá-lo pelos barcos. Eu, esperta, fiquei fora dessa conversa, mas vi o quanto irritou o meu pai. Ele amava jogar dinheiro para tudo que era lado.

Mas não gostava que dessem dinheiro para ele.

John sabia disso, então não me surpreendi quando seu sorriso se alargou.

— O Frank não é a única pessoa que vem juntando as suas moedinhas de ouro, sabia?

— Jura? — Fiquei olhando para ele. — Achei que você tivesse colocado tudo no armário do Seth Rector.

— Tem muito mais de onde aquelas vieram — disse John. O sorriso desapareceu, e ele ficou sério. — Mas lembra, Pierce, se a gente fizer isso, o Mundo Inferior tem sempre que ser a nossa prioridade. Não podemos nunca negligenciar os mortos.

— É claro que não podemos negligenciar os mortos — respondi, e fui abraçá-lo de novo. — Eu devo tudo o que mais amo aos mortos: você. Mas tive que pensar nisso, que seria uma boa ideia ter um lugar fora do Mundo Inferior, porque talvez depois do casamento, a gente possa...

— Espera — interrompeu ele, surpreso. — *Depois* do casamento? Agora você *quer* se casar?

— É claro que não *agora* — falei. — Temos que esperar até depois de a Kayla abrir o negócio e fazer a cirurgia porque quero que ela seja a madrinha, e ela disse que não quer os peitos gigantes nas fotos. Quer dizer, as fotos dela comigo, porque você provavelmente vai aparecer que nem um borrão, como sempre apareceu nas filmagens.

John ficou em silêncio por um instante.

— Eu amo você — disse ele —, mas, praticamente na metade das vezes, não entendo o que está falando.

— O sentimento é mútuo — garanti. Parei de falar por um momento, respirei fundo e falei correndo: — O que eu estava tentando dizer antes é que outro motivo pra gente ter um lugar fora do Mundo Inferior é que talvez depois de casar a gente possa ter um filho.

Ele levantou a cabeça do travesseiro, virou o corpo de repente, então me prendeu com os braços e olhou bem dentro dos meus olhos.

— *O quê?*

— Bem — falei, com vergonha. As minhas bochechas estavam queimando, mas continuei mesmo assim: — Eu estava lendo umas coisas, e o Sr. Smith está errado; e essa não é a primeira vez. Hades e Perséfone tiveram filhos, *sim*. Eles foram totalmente esquecidos pela mitologia grega, mas eles existem. Deduzi que foram feitos nos meses em que Perséfone não estava no Mundo Inferior porque, como você sabe, não há como uma vida crescer aqui. Então não vejo por que a gente não pode fazer o mesmo. — Senti como se fosse ser assada viva pelo calor do olhar dele. — Você *quer* ter um filho um dia, não quer? Nunca nem perguntei o que você acha dessa ideia...

Ele me mostrou, de maneira bastante entusiasmada, o que achava daquela ideia por meio de um beijo quente; primeiro na boca... depois em outros lugares.

Pelo visto, ele gostou muito da ideia.

O que mostra que tudo pode acontecer. Tudo mesmo.

Um. Dois. Três.

Pisque.

POSFÁCIO

A pergunta que mais recebo por parte dos leitores quando termino uma série é: acabou mesmo?

É claro que Pierce, John e seus amigos podiam continuar a ter várias aventuras, e talvez um dia ouviremos falar sobre eles de novo, mas por enquanto me parece melhor dar um descanso a eles.

A inspiração para este livro veio do trabalho fantástico de Edith Hamilton, *A Mitologia* (Publicações Dom Quixote, Lisboa, 1983). Amei ler esse livro quando era mais nova. O mito de Perséfone sempre foi o meu favorito. Eu torcia para que o deus grego do Mundo Inferior me sequestrasse para que eu fosse viver entre os mortos.

Alguns personagens aqui foram inspirados em mitos, outros, em pessoas reais. Alastor, o cavalo de John, recebeu esse nome devido aos quatro cavalos negros que puxavam a carruagem de Hades quando ele sequestrou Perséfone (na versão romana da história). Tifão, o nome bem-humorado que John dá ao seu cachorro, também vem do "pai de todos os monstros" que tenta destruir Zeus.

O personagem do Sr. Smith, o sacristão do cemitério de humor sofisticado, foi parcialmente inspirado em um professor incrível de inglês que tive no meu primeiro ano de Ensino Médio, o Sr. Kenneth Mann. Ao pedir que os alunos fizessem escritas criativas valendo nota, além das avaliações curriculares obrigatórias, o Sr. Mann fez com que não apenas eu, mas vários outros colegas de turma na Bloomington High School South quisessem se tornar escritores melhores (e, consequentemente, seres humanos melhores).

A personagem de Pierce, cujo caminho foi aproximadamente baseado no de Perséfone, foi inspirada em uma grande amiga minha que teve uma experiência de quase morte. Ela me ensinou o que é ser uma "EQM". Assim como Pierce, a minha amiga diz que é só quando quase se perde a vida que se aprende a vivê-la totalmente, e que a única forma de lutar contra a escuridão é levar um pouquinho de luz para as vidas daqueles que amamos.

Eu devo tanto a tantas pessoas pela ajuda que me deram enquanto escrevia essa série que jamais poderia enumerá-las, mas algumas delas são Beth Ader, Nancy Bender, Jennifer Brown, Barb Cabot, Bill Contardi, Benjamin Egnatz, Michele Jaffe, Lynn Langdale, Laura Langlie, Ann Larson, Janey Lee, Charisse Meloto, Abigail McAden, Lauren Wisen, e, é claro, os meus leitores sensacionais. Obrigada a todos. Se eu estivesse no comando do Mundo Inferior, vocês todos iriam para o barco "bom".

MEG CABOT

Este livro foi composto na tipologia Palatino LT Std,
em corpo 10,5/14,7, e impresso em papel off-white,
no Sistema Cameron da Divisão Gráfica
da Distribuidora Record.